Marie-Laurence BRUNET CHALMEL

Alba Terra

Terre Blanche
Aubeterre-sur-Dronne

Vérone éditions

Découvrez nos éditions sur notre site www.editions-verone.com

Vérone éditions – 75 boulevard Haussmann – 75008 Paris

Bonnes Balades dans ce roman…

Partez pour 800 ans d'Histoire de la famille du château dans ce Périgord enchanteur.

À PROPOS DE L'AUTEURE

Née en 1959 originaire du canton d'Aubeterre-sur-Dronne, déjà autrice.

J'ai vécu à Montignac-le-Coq et à Pillac une douce jeunesse rurale dans des bonnes familles d'agriculteurs. J'ai fait mes classes aux écoles primaires de Pillac avec tous les enfants de paysans de la commune.

En écrivant ce livre je souhaite faire connaître la richesse historique de cette cité médiévale d'Aubeterre-sur-Dronne, et vous encourager à aller la visiter. Ses ruelles, sa basilique souterraine, son plan d'eau, ses artisans, son art du bien vivre. Vous retrouverez des indices du récit dans le livre à de nombreux endroits de la ville et dans toute la région du Périgord.

Jamais je n'aurai pensé qu'une famille de la noblesse d'Aubeterre avait eu autant d'importance dans le royaume de France. C'est avec un grand plaisir que vous découvrirez l'intrication des rois, des religions et de la famille d'Aubeterre, et ceci sur pratiquement dix siècles. L'importance anglaise, les multiples guerres, les anecdotes, mais toujours une famille aux vraies valeurs au service de son pays et de sa religion. De grands personnages y ont vécu et y ont séjourné.

Vous n'allez pas vous ennuyer !

À Louis passionné d'HISTOIRE,
à Juliette amatrice d'histoires.

Ce livre s'inspire de faits dans des lieux précis avec des personnages ayant peu ou prou existé. Ces nobles familles réelles jouent les acteurs principaux de l'histoire d'Aubeterre, romancée avec des intrigues dans le temps, sans en suivre à la lettre la chronologie, ni la stricte véracité. Toutes les familles de la noblesse et de la royauté, ainsi que les hommes de religion ont bien vécu et sont réellement passés par Aubeterre. Les archives sont là pour le prouver.

Certaines familles existent toujours, qu'elles me pardonnent d'avoir romancé des passés parfois sulfureux ou audacieux mais toujours passionnants. J'ai respecté à la lettre les archives de l'histoire de France et de Navarre… passant par les terres italiennes, anglaises, espagnoles, germaniques, d'orient et d'autres encore.

Les familles : d'Aubeterre, de Chalais, Talleyrand, de Castillon, de Raymond, Bouchard, Achard de Verac, d'Esparbès de Lussan de la Serre, de Jonzac, et bien d'autres, Pompadour, Bourbon de Conti. Cette liste des personnages ayant réellement existé, inscrite dans l'histoire de France.

La liste des personnages inventés de ce roman

À Aubeterre :

Geslin et Marie leurs deux fils Gailhard et Martin.

Guillemette protégée de la vicomtesse épouse Martin.

Salim serviteur de Pierre Ier suivi par Malvin.

Hugues et Nicolette les deux enfants de Guillemette et Martin.

Clémence sœur de lait de Nicolette fille du Sergent Mérul et de Richarde.

Jean, frère de lait d'Hugues, fils de Bertrade et du jardinier Arnulphe et Fausinde.

Les quatre enfants d'Hugues et de Clémence : Idelette, Huberte, Abel et jaquet.

Nicolette épouse le nouveau Baillis Tibert : leurs cinq enfants Mahaut, Philippa, Itier, Gabriel, Florimond.

Florimond épouse Ombeline,

Chevalier Alric épouse Emmelina leurs enfants : Jaffrée, Gaîa, Eloin, Valine,

Dame Ursule cuisinière,

Simon frère tourier de Saint Sauveur

Méru sergent parrain de Mahaut,

Albertina la petite protestante,

Julie maman de Brunet, Jaquette

Les religieux :

Mère Bietrix du couvent d'Aubeterre, abbé Jocelin de l'abbaye de Chancelade.

Artisans :

Eudes et Alsava couteliers, ciseleurs venant du Morvan.
Huguenin et Algine sabotiers venant de Provence.
Gaspard et Edelinde pelletiers arrivés du Poitou.
Simon et Sanceline aubergistes à Aubeterre.
Hérard et Stéphanie tisserands et marchands de tissus.
Raoul et Sybile forgeron et maréchal-ferrant.
Gaucelme et Margue vendeurs de cruchons, chaudrons.
Benoist, le faivre.

Les chevaliers :

Estève, Peyre, Aigulin, Aignan resteront au pays. Thibaud, Taillebourg, Raynaud, Enguerrant, Alard, Fulcran repartent vers Albi.
Damoiselle d'Allamand.
Pied qui traîne chef des croquants et Lisa son épouse.
Marinette la lingère du château.

*

Au canada :

Félix Vendéen et Rose de l'Ile de Ré, un bébé Victor.
Honorin Brunet de Montignac le coq et Augusta de Confolens un bébé Noêla.
Lucas et Toinette, deux filles et un bébé.
Thiers voisin défricheur, Jules voisin défricheur.

Familles contemporaines des rois

Nobles d'Aubeterre	Rois contemporains
Pierre Ier de Castillon **Vicomtesse Assalhide d'Aubeterre**	**Roi Philippe 1er 1052** « Les Capétiens »
Pierre II vicomte d'Aubeterre **2 épouses Bonnefille et Agnès**	**Roi Louis VI le Gros (25 ans) 1084** **Roi Louis VII le Jeune (43 ans) 1120**
Pierre III (3e croisade) **2 épouses Génosia/Thalèse de Lesparre**	**Roi Louis VII le Jeune 1120** **Roi Philippe II Auguste (43 ans) 1165** **Roi Louis VIII le Lion (3 ans) 1187** **Roi Louis IX *Saint-Louis* (44 ans) 1214**
Pierre IV de Castillon **Épouse** Marguerite **de Benauges de Gironde**	**Roi Louis IX**
Pierre V de Castillon **Vicomte d'Aubeterre** **Épouse Jeanne de Périgord**	**Roi Louis IX *Saint louis (44 ans)* 1214** **Roi Philippe III le Hardi (15 ans) 1245** **Roi Philippe IV le Bel (29 ans) 1268**

Fin des de CASTILLON

<u>Nobles d'Aubeterre</u>	**<u>Rois contemporains</u>**
Marie de Castillon vicomtesse d'Aubeterre Épouse Pierre Ier de Raymond	**Roi Philippe IV le Bel (29 ans) 1268**
Pierre II de Raymond	**Roi Philippe IV le Bel (29 ans) 1268 Roi Louis X le hutin (2 ans) 1289 Roi Philippe V le long (6 ans) 1294**
Gadrad de Raymond Pierre III Jehan Galéas de Raymond	**Roi Louis X le Hutin (2 ans) 1289 Roi Philippe V le Long (6 ans) 1294 Roi Charles IV le Bel (6 ans) 1294** *Guerre de 100 ans* **Roi Philippe VI (32 ans) 1293 *Les Valois***

FIN DES DE RAYMOND

Marie de Raymond Vicomtesse d'Aubeterre Épouse Guimard Bouchard	**Roi Philippe VI (32 ans) 1293 Roi Jean II le Bon (14 ans) 1319 Roi Charles V le Sage (16 ans) 1338**
Yolande Bouchard	**Épouse Charles IV de Saint Gelais Roi Charles VI le Fol (42 ans) 1368**
François II Bouchard Épouse Isabelle de saint Seigne de la Tour + Isabeau de Pompadour	**Roi Charles VII le Victorieux (39 ans) 1403** **Jeanne d'Arc** **Roi Louis XI (24 ans) 1423**

Nobles d'Aubeterre	Rois contemporains
François III Bouchard Épouse Marguerite de Villebois et de Mareuil + Françoise Gentil + Gabrielle de Laurensanne	**Roi Charles VIII (15 ans) 1470 Roi Louis XII (16 ans) 1462 Roi François 1er (32 ans) 1494** ** Calvin la Réforme des protestants** **Roi Henri II (2 ans) 1519 Roi François II (1 an) 1544 Roi Charles IX (14 ans) 1550**
David Bouchard Épouse Renée de Bourdeilles	**Roi Charles IX Roi Henri III (25 ans) 1551 Henri IV (20 ans) 1553** *Les Bourbons*
Hypolite Bouchard Vicomtesse d'Aubeterre Épouse le Marquis d'Esparbès	**Roi Henri III (15 ans) 1551 Roi Henri IV (20 ans) 1553** **guerre de religions**

FIN Des Bouchard*Héritage tous les descendants garderont ce nom

FIN des BOUCHARD*Héritage tous les descendants garderont ce nom

de LUSSAN de LA SERRE

Nobles d'Aubeterre	Rois contemporains
Vicomte Bouchard IV Épouse Marie-Claire de Pardaillan de Gontrin	**Roi Henri IV droit des cultes Roi Louis XIII (33 ans) 1601**
Marquis Pierre Bouchard Épouse Marie-Claire de Montespan	**Roi Louis XIII (33 ans) 1601 Roi Louis XIV (72 ans) 1638**
Marquis Louis Bouchard	**Roi Louis XIV**
Marquis Charles Louis Henri Bouchard Épouse dame d'honneur de la Reine	**Roi Louis XV (59 ans) 1710**
Marquis Henri Joseph Bouchard Épouse Marie-Françoise Bouchard et Françoise Scépeaux décédée 1816	**Roi Louis XV Roi Louis XVI (16 ans) 1754** **Révolution 1714/1789** **La Terreur 1793**

1788 : Fin des BOUCHARD d'ESPARBÈS de LUSSAN de LA SERRE marquis de JONZAC

Nobles d'Aubeterre	Rois contemporains
Chevalier Bourbon de Conti achète le château d'Aubeterre en 1740.	**Roi Louis XV** **Roi Louis XVI**
son fils M-F, Félix Bourbon-Conti épouse Marquise Louise Brousse de Verteillac 1 fils Bourbon-Conti, Comte de Beaumont sans héritier.	**Roi Louis XVIII (10 ans) 1755**
Vente à un carrier 1781-1820	**La Restauration n° 1 Louis XVII** **La Restauration N° 2**
1793 le château devient bien national	**Roi Louis Philippe 1er (18 ans) 1773**
1820 le château est démembré par un carrier	**Charles X roi de1824-1830** **Roi Louis Philippe 1er dernier roi de France famille d'Orléans.**
XXe siècle : Achat des ruines du château par Mme Molinier qui fait un travail colossal de restauration.	**Madame Moulinier rachète les ruines et fait un travail colossal XXe**

1976 Le styliste Roger VIVIER continue de rénover, il y reçoit des stars comme Dalida « amie » de F. Mitterand, Dalida aime se prélasser au soleil autour de la piscine du château pendant que le Président se promène dans les bois.

Propriètaire Mme N. TARDIFF

Actuellement propriété privée
XXIe siècle

Mister Horny l'achète en 1970, luxueux logis

Président de la République François MITTERAND DE 1981 À 1995.

Les familles du Pont Duchambon et Bouchard qui vont traverser les siècles auront beaucoup de descendants qui fleuriront sur plusieurs branches partout dans le monde, mais notamment au Canada aux USA et en Italie.

Le château d'Aubeterre servira de fil rouge à cet ouvrage, avec ses jours sombres et d'autres lumineux, voire très glorieux.

Je tiens à remercier les personnes qui m'ont aidée, mon mari *Jean-Bernard* pour sa patience et sa relecture attentive, *ma mère* qui a une excellente mémoire pour tout ce qui concerne *Le Bernou*, et *l'histoire d'Aubeterre*.

Le nombre de fois en trois ans où l'on m'a demandé ironiquement où en était mon livre ?

Le voici entre vos mains, passez à travers ces dix siècles de très agréables moments, de surprises, de navrement mais aussi de fierté ; histoires vraies ou romancées qui je n'en doute pas vont vous tenailler.

An 900 à 1099

Les de Castillon

La famille de Castilllon, une des plus illustres et puissantes de Guyenne et de Gascogne. Elle a pris le nom de la ville de Castillon-sur-Dordogne (détruite sous la répression de Louis XIII) du diocèse de Bordeaux, qu'elle possédait sous le titre de vicomté, dès le milieu du IXe siècle.

Les seigneurs de Castillon avaient leur cour et leurs barons : ils avaient dans leurs actes le titre de proconsul et de vicomte.

Nous nous sommes intéressés à *Pons 1er ou* Pierre Ier de Castillon vivant en 960, contemporain de Guillaume II Talleyrand, comte d'Angoulême et du Périgord, l'un des fils de Bernard, comte de Périgord.

Pierre Ier était destiné à épouser la fille du comte de Bordeaux mais celle-ci a préféré entrer chez les religieuses de Guîtres…

Mais par bonheur, il rencontra dans la famille d'Engoulesme, Assalhide, fille d'Alaas d'Engoulesme, propriétaire du château d'Aubeterre qui sera au centre de cette histoire.

Chapitre 1 : *Arrivan tôs*[1]
Le retour des Croisés

Martin, jeune périgourdin de quinze ans, nettoie des sauzes[2] le long de la route de Saintonge. Il se relève. Un bruit sourd a attiré son attention. Martin fouille des yeux l'horizon bleu dégagé et aperçoit dans la poussière blanche un long cortège d'hommes et de femmes, de vieillards et d'enfants, de carrioles et de chariots, de chèvres, d'ânes et de chevaux qui s'égrène sur la voie.

À leur tête des cavaliers blancs, plusieurs gonfaniers[3] conduisent l'escadron portant fièrement des étendards blancs et noirs avec la croix rouge des croisés, en haut de leurs lances, chevauchant devant d'autres drapeaux aux fleurs de lys puis d'autres encore aux couleurs d'Aubeterre.

Certains sont revêtus de belles capes blanches. Il n'en revient pas et reste paralysé devant le spectacle. Il écarquille les yeux : « Ce sont les Croisés ! » Cette foule déambule en jactant de plaisir à l'idée du grand retour sur les terres du Périgord de Pierre Ier de Castillon, seigneur d'Aubeterre. Enfin il va retrouver Gailhard son frère aîné. La troupe est trop nombreuse, il ne distingue pas nettement les hommes.

---

1 Ils arrivent tous.

2 Tiges servant à lier, couvrir les toits, faire des barrières.

3 Porte-drapeau de chaque compagnie seigneuriale.

Il a beau mettre ses mains en visière, la poussière soulevée par le déplacement des gens et des chariots brouille sa vue. Il ne parvient pas à discerner la silhouette de Gailhard son frère.

Martin se ressaisit, lorsqu'il voit que c'est impossible, il laisse son manche dans son andain[4], saute le fossé, prend la côte à la course qui le mène vers le village, fonce à toutes jambes au château prévenir son père.

« Les voilà ! Les voilà ! crie essoufflé Martin à son père Geslin : Le seigneur revient par la Petite Sauzade, ils sont peut-être deux cents ! Oui, Père c'est un miracle. Ils sont de retour ! »

« Annonce à tous la grande nouvelle, mon fils, cours… » lui crie Geslin en le serrant dans ses bras.

« Ils sont de retour… Notre seigneur du château d'Aubeterre arrive ! »

Martin court à perdre haleine dans les ruelles d'Aubeterre pour annoncer l'arrivée des croisés.

Il frappe aux portes, tempête au monastère des Augustines, heurte de toutes ses forces à l'entrée de l'hôpital des Antonins installé sur le mamelon face au château, descend à toutes jambes le long des maisons de chaumes et de bois, bousculant les canards, les cochons et les poules qui caquettent mécontentes.

Martin arrive sur la place du village où sont regroupées le long du château les échoppes ouvertes du sabotier, du coutelier, et du maréchal-ferrant que l'on entend frapper sur l'enclume. Tous occupés à leurs travaux sous cette chaleur estivale de septembre.

Il repasse par la porte barbacane, ouverture étroite entre les pieux et les piquets, pour prévenir par le sentier des marécages, tous

---

4 Sillon ou tas de végétaux.

les pêcheurs et les lavandières éparpillés le long du courant de la Dronne, et ainsi jusqu'au moulin. Les têtes se relèvent, les battoirs cessent, les regards se croisent surpris.

Cela paraît improbable, mais il faut aller voir ce qu'il en est. Des quatre coins de la cité converge vers le château la population d'Aubeterre forte d'une centaine d'hommes et de femmes qui déambulent en désordre vers le château.

Ici, le temps est maître des vies de chacun, le seigneur est maître des vies tout court.

Chacun réalise que c'est peut-être le miracle auquel plus personne n'osait espérer. Prestement les femmes ramassent leur linge et relèvent leurs jupons mouillés pour courir plus vite, et chacune de continuer à se partager la grande nouvelle.

Beaucoup de leurs hommes n'ont pas saisi ce qui se hurlait, alors les petiots passent d'une rive à l'autre pour les prévenir.

Les roues du moulin font grand bruit et le meunier et sa femme n'entendent pas Martin. Il a beau vociférer et tenter de leur expliquer ce qui se passe, ils ne comprennent rien.

Alors, Martin ose tendre le bras pour faire cesser le versement des précieuses graines et arrêter le mouvement. Lorsqu'il s'explique, il lui est répondu : « *Pouvians pas lo dire co !*[5] »

Tous les trois remontent vers le château, en ne cessant de parler et de faire aller leur imagination. Facilement repérable, le couple du meunier est blanc de farine. Ils sont fort respectés car ce métier leur confère autorité. C'est l'une des ressources de richesse importante pour le château.

---

5 Tu ne pouvais pas le dire de suite.

Les hommes remontent leurs casiers d'osier et leurs fils à pêche en s'empêtrant dedans, mais se hèlent pour se demander ce qui se passe d'aussi important. Peut-être une attaque de routiers ?

En remontant le quartier de la Source, Martin arrive essoufflé et se jette aux pieds de sa mère Marie, la cuisinière du château :

« Mère, notre seigneur Pierre Ier est en tête, mais je n'ai pu apercevoir Gailhard ».

Marie se signe, plusieurs fois en lâchant son devanteau[6] :

« Seigneur, Marie, Joseph. »

« Mère, Dieu a entendu vos prières, ils sont revenus de la croisade ! Nombreuse est la populace qui suit notre seigneur en cortège. »

Les gens du château, apparaissent, les uns après les autres et partagent excitation ou jubilation. Geslin prévient le capitaine des gardes de se tenir prêt. Ces derniers voient depuis leur palissade de la butte des artilleurs arriver, puis les chevaliers en tête, suivis d'une longue cohorte.

« Oui, maître Geslin, ce sont les croisés !

— Notre seigneur le vicomte Pierre Ier de Castillon est de retour, il arrive, sortez tous, ils arrivent… *arrivan tôs.* »

Une grappe d'enfants en guenilles, morveux et rieurs, suit ou précède Martin pour annoncer l'extraordinaire nouvelle tant attendue depuis des années. La croisade est partie en 1095, cela fait quatre années.

Tous les habitants laissent là leurs occupations et courent parmi les échoppes, les maisons en torchis, celles en bois. Ils sautent par-dessus les haies faites de buissons pour garder les animaux, Ils se tiennent par le bras, s'interpellent, font sortir les vieillards. Cette course effrénée fait s'éparpiller la volaille et effrayer tous les

---

6 Tablier sombre recouvrant entièrement la femme, croisé derrière le dos et attaché à la taille.

bestiaux. Ils évitent quand même les porcs qui sont à la recherche de détritus. Les tenanciers quittent leur manse. Les artisans se postent sur leur devant de porte. Les bourgeois ouvrent leurs oreilles et épient ce qui se passe en bas de leur étage. Les simples vilains se massent sur la place du marché le long des douves du château dans ce demi-cercle protecteur et poussent des gloussements d'interrogation à l'envi.

Chacun répète : « ***arrivan tôs !*** ». Les femmes relèvent la tête et abandonnent leurs travaux pour remonter par les venelles en terre battue, jusqu'au château afin d'avertir les serfs, leur annonçant la nouvelle.

Les pêcheurs de la *Dronne*, groupés autour de leurs étals, réparant leurs casiers d'osier et de roseaux se regardent étonnés en voyant remonter leurs compères. Ils s'élancent eux aussi aux pieds du pont-levis. C'est une cacophonie générale.

On rit, on crie. Les sabots claquent sur le sol sec et calcaire, on se tient par l'épaule, on se bouscule pour avoir la meilleure vue, on hisse les enfants au bout des bras pour ne pas qu'ils soient étouffés.

Même les femmes des maisons troglodytes sortent pour savoir ce qui se passe près du château.

Des larmes de joie coulent des beaux yeux verts de Marie, elle est tellement impatiente de revoir son garçon, pourvu que Dieu lui ait laissé la vie.

Des sillons de sueur et de larmes se creusent sur le visage poussiéreux de Martin. Son regard tombe sur sa tunique sombre, ses braies marron avec les peaux de ses chausses usées et son feutre trituré sur sa poitrine. Il s'aperçoit avec dépit qu'il ne porte sur lui que sa tenue des champs pour un jour pareil…

Tout à coup, le silence s'installe, pour ne laisser entendre que le bruit des sabots et des chariots sur ce chemin crayeux. Les drapeaux du blason d'Aubeterre de Castillon, du Roi et celui des croisés portés fièrement, flottent en tête.

Religieusement, la population s'agenouille au passage du défilé impressionnant et majestueux de ceux qui ont touché la croix du Christ… C'est la première fois de sa vie, pour Martin, qu'il voit autant d'hommes importants, en tenue de guerre, lors du passage de son seigneur, Le vicomte Pierre Ier. À sa suite, ses barons, et plus de dix chevaliers aux éperons d'or, drapés dans des manteaux blancs de soie avec sur le cœur la croix rouge des croisés.

Le vicomte va rendre honneur et hommage à Dieu en se levant de sa selle et en se signant devant son château.

« ***Gracias Dei, Gracias mater DEI.*** »[7]

L'Église est représentée par le chapelain et les six moines bénédictins du petit monastère qui ont refusé dans le temps de partir à Palluaud construire le nouveau monastère commandé par Charlemagne, et trois ermites de la grotte creusée depuis le VIe siècle, par les premiers chrétiens.

Tous les yeux fixent la quantité de chariots chargés de coffres solidement attachés, des tapis roulés qui débordent des chariots, des poteaux dorés et argentés brillent au soleil et de la vaisselle d'or étincelle au rebord des chariots…

Ce noble guerrier de Jérusalem, Pierre Ier de Castillon parti à la place de son parent, revient des lieux Saints en août 1099… Cela fait quatre ans d'absence.

***

7 « Merci à Dieu, Merci à la mère de Dieu. »

Le roi de France Philippe 1er

La première croisade partie sous le règne du Roi Philippe 1er est de retour en cette fin d'été. Pierre Ier franchit enfin les parcelles de sa vicomté.

Il est monté sur un cheval pur-sang arabe qu'un de ses sergents tient par le licol, suivi par un énorme percheron, ainsi que par une bête mulace trottinant à sa suite. Accompagné des gens de sa baronnie, de sa comté, de ses fidèles chevaliers et d'une partie de l'armée. Toute une foule bigarrée s'étire derrière des bœufs et des charrettes. Des chevaux par dizaines sont chargés de caissons volumineux, d'autres de ballots, puis les ânes suivent à la file, chargés des outres, des sacs de blé et d'avoine.

En dernier, des marcheurs n'ayant pour tout bagage qu'un bâton de pèlerin, un sac de toile, une robe sur laquelle on devine cousue, la croix rouge délavée des croisés.

Hypnotisé par un tel encombrement, Martin n'aperçoit pas son frère. Son cœur se serre.

Ils sont fiers, ces rares rescapés de cette première croisade sainte. Et ils sont riches… La malefaim, c'est terminé pour eux.

Dans leurs yeux brille encore la mémoire légendaire de la foi catholique chevillée au corps de Pierre L'Hermite qui les harangua avant l'assaut final sur le Mont des Oliviers lors de la prise de Jérusalem.

Il fait beau, sur le plateau d'Aubeterre. Au pied des enceintes en pieux du château, cette grosse centaine d'âmes retient son souffle lorsque le vicomte Pierre Ier de Castillon seigneur d'Aubeterre passe altier devant eux.

Lui, ne se lasse pas de regarder sur la motte son château perché sur le roc à pic de craie blanche, devinant la chapelle, toutes les salles et les communs. Il en a des projets pour le temps qu'il lui reste à vivre maintenant qu'il est de retour.

Le seigneur lance de sa voix forte au timbre grave en se levant de sa monture debout sur sa selle à arçonnière[8] qui lui permettait de tenir lors de la charge :

« **Braves gens, DIEU l'a voulu ! DIEU l'a voulu !** » répète le vicomte comme l'avait hurlé le prédicateur Pierre l'Hermite après l'appel du Pape Urbain II en 1095.

« **Nous avons gagné et nous sommes revenus !** »

« **Dans ces chariots : Je vous rapporte les reliques du Christ prises aux mains des infidèles !** » hurle Pierre Ier vicomte d'Aubeterre.

Quelle majestueuse entrée qu'offrent les Croisés dans cette descente triomphale en lacets, traversant le champ de foire où la populace serrée sur l'herbe sèche, se disperse pour laisser passer les somptueux trésors.

La foule se prosterne dans un silence religieux devant ce miracle vivant. Les femmes baissent la tête et se mettent à genoux, les hommes s'inclinent et ôtent leur capel[9], les enfants se faufilent pour être devant, pressentant que c'est là un instant d'éternité, unique, inoubliable, rarissime.

La foule reconnaît son seigneur, et les *Pater noster* montent en puissance.

À la porte du château un homme grisonnant et une femme bien dodue, raides tous deux comme des piquets, sont statufiés par ce

8 Forme donnée au cuir de la selle pour s'y tenir debout.

9 Chapeau.

qu'ils voient. Ce sont Marie et Geslin qui regardent, observent, scrutent, postés à l'affût afin de percevoir leur grand fils Gailhard.

Ils examinent aussi vite que leurs yeux le leur permettent. Ils balayent du regard tous les hommes de pied, puis passent en revue les écuyers, mais aucun ne ressemble à Gailhard.

Marie détourne son regard vers son mari et fond en sanglots, silencieuse. L'homme baisse les épaules, déconfit.

Un croisé descend avec élégance de son cheval, l'épée à la ceinture et s'approche du vieux couple. Il pose un genou en terre.

« Mes Chers Parents, bénissez-moi, j'ai tant prié ces instants de vous revoir, que je m'en suis dit que c'était un péché de vous avoir laissé si longtemps.

— Mon Gailhard ? Oui c'est lui ! Mon Gailhard ? Geslin, notre fils qui nous avait quittés est revenu ! »

Geslin n'en croit pas ses oreilles, ni ses yeux. Même ses jambes semblent jouer des castagnettes tant l'émotion est forte. Ils se serrent tous les trois au sol, et voilà que surgit Martin qui a compris, sans encore avoir vu son frère. De son bras musculeux et d'une poigne surhumaine Gailhard soulève sa famille, puis fixe son frère avec un grand sourire, si beau, et l'embrasse sur la bouche tant il l'aime. La famille est à nouveau réunie, comme c'est beau et bon.

Geslin ne pensait jamais revoir son seigneur, ni son fils. Il se signe des dizaines de fois et baise le sol fou de joie.

« Geslin ! lui intime Pierre Ier de Castillon qui était à proximité, cachant également son émotion. À quoi bâilles-tu ? Ouvre grand à mon armée tout mon château ! »

Un défilé innombrable de croisés enjambe les fossés de protection, et franchit les solides poutres du pont-levis dont les chaînes sifflent en laissant tomber le tablier. La herse se soulève à la vitesse du treuil. Le passage demande un certain temps pour que tous les cavaliers puissent entrer.

La foule hurle de bonheur au franchissement des douves par Pierre Ier de Castillon. C'est la liesse. Hommes et femmes s'embrassent et se saluent en tous sens. Des rondes et des pas de danses s'esquissent dans une spontanéité joyeuse.

« Allez zou, dit Marie la mère de Gailhard et Martin, en larmes, et faisant semblant de gronder ses trois hommes. Ne restons pas là ! Il faut rentrer à l'intérieur. Et avec tout ça… fit-elle d'un grand geste en montrant la caravane, ça va pas se nourrir tout seul !

— Et encore Mère nous avons laissé les chameaux !… » part d'un grand rire Gailhard en retournant vers sa monture. Sa mère fait semblant de hausser les épaules en se retournant vers sa cuisine, nageant dans le bonheur.

Martin tout excité suit son frère jusqu'à son cheval :

« Tu m'avais promis en partant de tout me raconter, tu t'en souviens ?

— Oui, petit frère, dès que nous serons installés dans le château et que mon gosier qui crie à boire sera rempli de la bonne eau fraîche de notre source, je te baillerai notre histoire. »

Sur la place d'arme, se sont rassemblés en toute hâte, le fils du seigneur Pierre Ier de Castillon, qui est là, avec sa seconde épouse Agnès, aux larges hanches prometteuses d'un futur enfant, accompagnée déjà des premiers petits enfants, tous émus.

Son premier fils biologique Arnaud est décédé à 25 ans après sa jeune épouse et de la même maladie (la tuberculose certainement) leur laissant Guillaume et petit Pierre.

La vicomtesse Assalhide d'Aubeterre, fille d'Alaas d'Engoulesme, sa tendre Assalhide, a élevé ses petits enfants orphelins, comme deux cadeaux qui l'ont comblée de bonheur.

Quelle joie de revoir toute sa famille bien portante, là devant lui…

De vrais personnages d'un tableau de maître, immobiles, plantés, incrédules de voir ainsi leur grand-père au milieu de tant de gens, si bien parés, impressionnants, effrayants de beauté guerrière.

« Mais il manque Assalhide. Où est-elle ? »

Pierre Ier de Castillon n'aperçoit pas son épouse.

« Geslin, où sont dame Assalhide et ses dames ? Visiter quelques malades sans doute ? »

— Oh, mon bon seigneur, si seulement…

— Parle maraud tu m'insupportes ! »

Dans la cour d'honneur, les sourires se figent, les visages deviennent graves, les têtes se baissent, l'on sait le secret.

« Qu'y a-t-il ? Elle est alitée, malade ?

— Non… mon seigneur, ose répondre Geslin tout en baissant la voix.

— Alors parle… Je te l'ordonne de suite. Va, débarrasse-moi ! »

Geslin s'avance et s'empresse alors vers la monture de son seigneur pour l'aider à descendre avec son armure. Il lui ôte son heaume et découvre le visage rasé de son seigneur qui ressemble à s'y méprendre à son père Olivier et à son grand-père Gaucelm de Castillon.

Geslin bafouille des mots incompréhensibles, tourne autour du cheval, hésite de faire face à son seigneur.

« Assez ! Quelles sont ces cachotteries, dis-moi où est mon épouse Assalhide ? Je veux qu'elle se réjouisse de notre arrivée, qu'elle partage ma joie, je veux que tu ailles la quérir, afin que je l'embrasse, elle qui m'a tant manqué durant ces années ».

Tous deux se fixent droit dans les yeux et Pierre Ier sent son cœur se serrer, il y porte la main tant il a mal, s'appuie pour tenter de rester debout, devient blanc comme un linge. Il comprend qu'il y a eu un drame.

Ils tombent dans les bras l'un de l'autre. Malgré la poussière et le Chapel de fer, les larmes coulent chez ces deux hommes qui partagèrent leur jeunesse comme frères de lait. Le lien de la mère nourrice est vibrant dans la reconnaissance des deux hommes. Ils n'ont pas besoin de paroles pour se comprendre.

Pierre Ier vient de saisir le drame : « Assalhide est morte ? »

Pierre Ier de Castillon se relève et oscille comme un automate, brisé, et se laisse conduire par Geslin.

Il laisse ce dernier lui enlever son haubert puis ses chausses de maille. Enfin, le baudrier, l'épée et le gambisson matelassé recouvert de cuir sont déposés dans l'armurerie. Puis il quitte la salle d'armes.

Pierre Ier embrasse de ses grands bras, en serrant très fort, ses deux petits enfants. Il va vers Pierre II son fils, pose ses mains sur sa tête et le bénit en dessinant une croix sur son front, et le maintient fort contre lui dans une accolade virile emprunte d'affection, et de tendresse paternelle. De ses mains rudes il lui caresse le visage.

Il se tourne vers Geslin qui le presse, et lui dit, fatigué, sans parole inutile : « Après… »

Il se retourne prestement, « le devoir avant tout ! »

Vers ses hommes et leurs suivants il crie en retenant ses larmes :

« Paix au roi Philippe 1er, Buvons à la santé du Roi de France.

Que DIEU Nous garde dans sa Sainte bénédiction lui qui nous a protégés jusqu'à notre retour ! »

« À BOIRE, aux Hommes et aux chevaux !

BUVEZ, MANGEZ, VOUS ÊTES ICI CHEZ VOUS. »

Précipitation vers les points d'eau et de boissons, cette chaleur de septembre est semblable à celle qu'ils ont endurée en Orient et tout le long de la Méditerranée. L'aubergiste Raoul et son épouse ne savent plus où donner de la tête, l'auberge déborde de toutes parts d'hommes et de femmes assoiffés.

Marie ne porte pas de cotte de mailles ni d'attribut d'autorité, mais c'est bien elle qui donne des ordres de tous côtés afin de dresser des planches sur les tréteaux à l'extérieur pour donner à boire à cette foule.

Elle commande d'aller chercher au pressoir des cruchons, les *sciaux*[10] *d'eau à la source,* au fournil des pains, et demande d'aller cueillir des raisins à la treille, pour donner une première sustentation. Le feu va ronfler d'ici peu de temps.

10 Un sceau.

Chapitre 2 :
La Croisade en 1096-1099

Marie aperçoit ses deux fils, Gailhard et Martin assis près de la sellerie, et les regarde avec tendresse, en train de se parler. Du fait de l'énorme tâche qui l'attend elle n'a pas le cœur de les interrompre mais il fait chaud dans son cœur lorsqu'elle les voit tous deux réunis.

« Allez Gailhard raconte-moi ! » insiste Martin.

« Tu sais c'est long, je vais te parler du voyage, de nos aventures, de nos exploits mais aussi de nos épreuves. Tu ne te rappelles sans doute que des préparatifs organisés ici avant notre départ pendant toute une année.

Petit frère, depuis 1026 et après le pèlerinage de Guillaume Taillefer comte d'Angoulême, rien n'allait plus dans notre beau pays.

Les juifs étaient accusés d'avoir détruit le Saint Sépulcre qui protégeait le tombeau du Christ à Jérusalem. Cette colère a soulevé une foule nombreuse. Réunissant des gens de classes inférieures, puis des artisans, des ouvriers et commerçants, puis les plus grands de notre royaume. Les rois, les princes, marquis, comtes, vicomtes, barons, prélats, ainsi que beaucoup d'épouses nobles les accompagnants, sont partis.

Le pape Urbain II a fait le tour de l'Europe mais n'a pas eu besoin de parler longtemps pour enflammer le désir de délivrer Jérusalem et de fédérer les familles royales, leur promettant en échange le pardon de tous leurs péchés et l'entrée au Royaume des Cieux, le paradis, pour tous ceux qui chasseront les maudits qui ont commis un sacrilège à l'égard du tombeau du Christ.

Lors du concile de Clermont en 1095 le pape Urbain II, cet ancien moine de Cluny, a exhorté en français l'énorme foule agglutinée pour le voir et l'entendre :

"***Ô Peuple des Francs ! Peuple aimé et élu de DIEU !***
De Jérusalem et de Constantinople s'est répandue la grave nouvelle qu'une race maudite, totalement étrangère à Dieu, a envahi les terres chrétiennes, les dépeuplant par le fer et le feu. Les envahisseurs ont fait des prisonniers : ils en prennent une partie comme esclaves sur leur terre, les autres sont mis à mort après de cruelles tortures. Ils ont détruit les autels après les avoir profanés.

Cessez de vous battre entre vous et de vous haïr ! Mettez fin à vos querelles. Prenez le chemin du Saint-Sépulcre, arrachez cette terre à une race maligne, soumettez-la !
Jérusalem est une terre fertile, un paradis de délices. Cette cité royale, au centre de la terre, vous implore de venir à son aide.
Partez promptement, et vous obtiendrez le pardon de vos fautes. Souvenez-vous aussi que vous recevrez pour cela les honneurs et la gloire éternelle au royaume des cieux."

Alors, imagine petit frère le frémissement qui a parcouru la foule amassée sur le passage du pape, puis des cris d'indignations et de colère qui s'élevèrent contre ces ennemis de Dieu, et enfin une grande colère.
Pierre L'Hermite a fédéré les foules par ce cri : "Dieu le veut !".
Et tous scandèrent "Dieu le veut" "Dieu le veut" "Dieu le veut" de plus en plus fort. C'était un vrai délire. Il fallait entendre ça. Le plus mécréant était pris aux tripes, la foule était ivre de vengeance.

Une première croisade, dite celle des "Gueux", s'est ébranlée avec environ 60 000 fous de Dieu, sans réelle protection, sauf celle de leur mission divine. Elle fut guidée par Pierre L'Hermite, accueillant tous ceux qui le souhaitent à le suivre de suite. Il encouragea tous les cœurs ardents, prêts à défendre immédiatement la Terre Sainte. Afin de pourvoir à la nourriture de ses troupes il s'est fait faire des lettres de recommandation par la communauté juive en échange de leur protection... Une première vague de 20 000 pèlerins se lève, auxquels s'ajoutent 15 000 Scandinaves particulièrement sauvages, armés de haches. Les rejoignent 15 000 nobles allemands et français armés, avec leurs suivants, chevaux et mules.

Derechef, ce fou de Dieu entraîne à sa suite en 1095 la croisade "des gueux", sans attendre les chevaliers, les comtes et les barons, tous hommes d'armes qui, comme notre seigneur Pierre Ier de Castillon, partent pour la deuxième vague, celle "des Barons".

Pierre l'Hermite (d'Amiens), est suivi par des milliers de serviteurs vassaux, paysans, cerfs déliés de leurs seigneurs durant toute la période de la guerre Sainte contre les musulmans. Ils s'élancent sur les routes vers l'Orient. Une aventure que Dieu leur offre pour devenir riches par tous les moyens et délivrés de tous leurs maux par l'indulgence plénière papale.

Tu sais, c'est sans protection que 20 000 hommes, femmes tenant leurs enfants à la main, partirent persuadés de faire tomber les murs de Jérusalem, grâce à leur foi ardente et à leurs prières, menés aveuglément par un "saint" homme.

Je ne peux oublier de te citer parmi ceux qui ont suivi très nombreux, ceux qui n'ont connu que la faim chez eux, les mauvaises cultures ne donnant que des mauvais rendements ; ceux qui étaient pétris de peur du fait des attaques fréquentes de bandits au long des routes. Je ne peux oublier les survivants de familles décimées par la peste, mais aussi les femmes qui voulaient oublier le commerce de leur corps, refoulées par ordre du pape, et qui seront les plus vaillantes souvent. Ils partent tous unis par le même vœu : "délivrer Jérusalem". Pour tous ces pauvres gens, ce projet d'aventure était une solution à tant de misères.

Pierre L'Hermite dit "petit-Pierre ou Chtou" a prétendu avoir eu une vision du Christ le mandatant de *purger* les lieux saints.

Il semble porter en lui la divinité, alors qu'il ne se nourrit que de pain et d'un peu d'eau et de vin. Des clercs peu scrupuleux l'ont rejoint en n'ayant pas une vie aussi ascétique que lui. C'étaient des hallucinés ou des fanatiques chassés des couvents qui se sont agglutinés à lui, abusant d'une autorité qu'ils s'étaient attribuée pour encourager les attaques.

Une histoire fausse a circulé : les mahométans auraient fait des tueries de vierges, et massacré des chrétiens, saccagé les églises en y mettant du bétail. Tout cela motive le flot parfois ingérable et souvent violent de cette marée humaine qui va se déplacer de l'occident vers l'orient.

Et puis tu sais, à ces rumeurs s'ajoute la condamnation des juifs qui ont fait tuer Jésus en le faisant crucifier. De plus, ces juifs, dit-on, viennent de monnayer la destruction du saint sépulcre (tombeau du Christ).

Ce peuple qui parjure en traitant le Christ de "bâtard pendu" fils d'un légionnaire romain nommé Pendré et de Myriam une prostituée, doit être puni !

Accusant le "cadavre puant du Christ de se décomposer" contrastant avec leur Dieu immatériel, les Juifs attendent toujours la venue du Messie comme le leur a annoncé le prophète Jérémie dans l'ancien Testament. Pour les juifs, Jésus n'est pas le Messie attendu.

Tu comprends pourquoi les juifs doivent aussi être punis pour la destruction du saint Sépulcre qui protégeait le tombeau du Christ à Jérusalem ?

Ce fut la motivation d'une foule nombreuse, des gens de toutes classes, mais surtout celle du petit et du moyen peuple, avec des religieux et quelques nobles. Certains sont partis pieds nus pour expier leurs crimes. Ils devaient en avoir commis beaucoup pour faire tant de pénitences !

Ce furent des fauves, mon frère, pire que des animaux affamés.

Aucune loi, aucune règle, rien n'est respecté, qu'importe... Dieu pardonne !

On tue, on tue pour tuer, on assassine, on poursuit les blessés, on les enferme pour les faire brûler, on les achève à terre. Aucune pitié, aucun sentiment humain. La cruauté de ces croisés sauvages va entraîner des milliers de morts, et cela hante encore mes nuits.

À part quelques marchands qui avaient commercé avec les pays au-delà de la Méditerranée, tous ignoraient où se trouvait la Palestine. Ils allaient selon les chemins et à l'assaut des villages, pour piller.

Ils longèrent le Danube, persécutèrent les juifs en les torturant pour les voler puis les exterminer en les brûlant. En Hongrie ce fut une lutte insoutenable afin d'obtenir des vivres. Comme des hordes de loups assoiffés de sang, ils se lançaient pour exterminer femmes, vieillards, enfants, restés dans leurs maisons. Ils cassèrent tous les mobiliers. Pour trouver de la nourriture, ils fouillèrent les caves et les greniers. Personne ne put se protéger et éviter le fléau de ces fous de Dieu.

Les premiers de la troupe s'emparèrent des rouleaux de la Thora. Tu sais, la Thora, c'est ce qu'il y a de plus sacré pour le peuple Juif. Ce sont les rouleaux qui retracent l'histoire de leur peuple et recèlent leur Loi avec ses dix commandements. Ils conservent cela précieusement dans leurs synagogues !

Ces gueux n'ont rien respecté et les foulèrent aux pieds en les détruisant, puis mirent le feu aux synagogues. Ils pillent et brûlent. Ils éventrent les femmes enceintes, enrôlent les jeunes enfants pour les baptiser de force. Ils déterrent les cadavres et en procession crient que les juifs ont fait bouillir les catholiques décédés. C'est ainsi qu'exaltés, ils se redonnent le courage de tuer et de tuer encore.

Tu imagines mon frère ce qu'ils ont fait ? Et ce n'est pas fini ! J'en ai honte.

Martin, pétrifié, se tient la tête entre ses mains, des larmes coulent lentement et creusent des sillons sur les joues de son frère aîné. Imperturbable Gailhard continue.

Des pères juifs tuent de leur main leur fils avant d'aller se faire massacrer sans résistance. Fort peu acceptent *l'eau pourrie* du baptême qui leur est proposée.

Des femmes juives meurtrissent leurs enfants avant de s'occire avec un couteau parfaitement effilé comme l'exige la religion. Afin de gagner du temps, elles lançaient de l'argent devant leur porte et par les fenêtres, pour se donner le temps de se meurtrir elles-mêmes.

Les hommes juifs déterminés incendiaient eux-mêmes leurs synagogues avant qu'elles ne tombent aux mains des chrétiens.

En un seul jour 11 000 juifs périrent ou furent massacrés.

À Cologne, des enfants roués de coups, traînés dans la boue, furent cloués sur les portes des maisons les bras en croix comme le Christ. (Martin devient tout blanc).

Oui, mon frère, ceux qui participaient à la croisade de Pierre L'Hermite se sentaient investis de pouvoirs divins. Ils contraignaient les juifs à se faire baptiser après la torture alors qu'ils étaient inconscients. Au réveil, les juifs se jetaient alors du haut d'une tour dans le Rhin pour aller se noyer. Les jeunes couples se faisaient sacrifier en se tenant la main par des hommes très pieux, leurs anciens. 300 juifs furent ainsi tués.

Les chrétiens enterraient vifs les juifs qu'ils réussissaient à débusquer, directement dans le sable, afin de les convertir, disant que c'était là le but de leur expédition au service de la foi chrétienne.

Une ville prise d'assaut fut le témoin d'une tuerie de 4000 Hongrois assassinés.

Ensuite, ils pillèrent Belgrade, et là ils s'adjoignirent de nouveaux combattants pour remplacer leurs morts ou leurs blessés. De vrais barbares venus de l'est.

Lors de la traversée de plusieurs pays, ils atteignirent le chiffre de 35000 hommes et femmes, pauvres ou libres de toute attache, des aventuriers, des honnêtes gens et des malfrats partis chercher fortune avec plus ou moins de ferveur, quelle que soit leur origine ou classe sociale.

Ils étaient affamés, assoiffés, convoitant les richesses. Cette foule ingérable échappant totalement à Pierre L'Hermite, massacra, tua femmes et enfants dans d'atroces souffrances. Ils pendirent les hommes qu'ils réussirent à capturer partout où ils passèrent. Ils violèrent les femmes sans condition d'âge, pillèrent tout sur leur itinéraire, et partaient en laissant derrière eux des cités dévastées, où les morts grillaient dans les foyers allumés par les pillards.

Ce fut un <u>*véritable fléau*</u> partout où ils passèrent au cours de leurs deux années de marche, et ce, jusqu'en octobre 1097 devant la ville de Nicée où, sans armes, ils se firent laminer par les archers Turcs et leur pluie de flèches et de javelots, ce fut un véritable carnage petit frère. La croisade des "Gueux" était détruite.

Là ils s'éparpillèrent pour fuir comme des lapins.

Moins d'une centaine en sortit vivante, dont le prédicateur Pierre L'Hermite, qui rusé, conduisit le petit groupe restant dans un retour précipité, en évitant toutes les villes.

Mais ils furent rattrapés dans leur fuite par “La croisade des Barons”, qui les obligèrent à se joindre à leur propre troupe. De mauvaise fortune, ils obéirent aux ordres de Tancrède de Hauteville. Ayant eu vent de leur comportement, ce dernier avait honte d’eux, de ce qu’ils avaient commis et il ne les ménagea pas.

C’est à ce moment petit frère que je les ai vus. Ils étaient horribles à voir, dépenaillés, puants, de véritables bêtes hirsutes, femmes enfants et hommes confondus. Sans dents pour la plupart, les cheveux sales, en guenilles, portant un sac sur leur épaule. Certaines femmes enceintes décharnées, des enfants dont les yeux exorbités nous regardaient sans rien comprendre, des clercs factieux avec des frocs de moines, mais en étaient-ce vraiment ? Je n’en mettrai pas ma main au feu, petit frère, pour avoir approuvé ou commis de telles atrocités, ils ne devaient pas avoir beaucoup connu l’enseignement du Christ.

Je vais te raconter la suite. Pendant ce temps-là, Pierre Ier de Castillon, prépare son armée avec 1 000 cavaliers et 7 000 hommes de pied.

J’ai la lourde charge de faire circuler les informations entre le seigneur et les troupes. Nous attendrons une année pour suivre les plans élaborés d’attaques, et les itinéraires, avec les autres “Barons” désignés chefs d’hommes.

Je fais beaucoup d’allers et retours entre Toulouse et Aubeterre afin d’échanger les plans et les préparatifs à prévoir. Le seigneur Pierre Ier de Castillon m’a adjoint trois hommes d’armes pour être plus en sécurité. Nous changions souvent nos montures, et c’est depuis ce temps que je dors sur un cheval.

La première armée est conduite par *Godefroy de Bouillon*, son frère et son épouse accompagnés de leurs enfants. Ils partent en quittant la Meuse et font vœu de s'installer en Terre promise définitivement en vendant tous leurs biens.

La seconde est celle du Comte Raymond IV de Toulouse avec qui partira Pierre Ier de Castillon fort de ses 1 200 cavaliers et 7 000 hommes de pied, il lui en confiera le commandement. Je suis mon maître avec ferveur et application. Rien que d'y penser, j'ai le ventre qui me serre comme si j'avais un boulet à l'intérieur. Je crois mon petit frère que j'avais plus de peur que de fierté.

La troisième est celle de Tancrède de Hauteville qui représente l'idéal du chevalier chrétien, avec les Italiens et les Siciliens. Elle suivra les côtes méditerranéennes. Cette croisade menée par Tancrède de Hauteville est de la première vraie croisade, dite des "Barons" partie plus d'un an après celle des "gueux" de Pierre L'Hermite.

Tancrède poursuivit les fuyards, les rattrapa et les força à rejoindre la croisade des seigneurs. Ceux-ci les acceptèrent de mauvaise grâce, sur des navires byzantins au Bosphore.

Et enfin celle de *Guillaume le Conquérant* expérimenté, ayant déjà mené nombreuses batailles et diverses guerres.

Des itinéraires différents sont voulus afin de pouvoir nourrir leurs troupes sur tout le trajet des 4 000 kilomètres, sans mettre à sac les régions traversées. Environ 4 500 chevaliers rompus dans l'art de la guerre et 30 000 hommes d'armes à pied partent ainsi dans un enthousiasme général.

Nous sommes partis vers Toulouse où le Comte Raymond IV de Toulouse nous attendait pour lever le camp. Toulouse est une ville très jolie, toutes les maisons sont construites en carreaux roses et il y a un grand fleuve, La Garonne. De nombreux bateaux l'empruntent pour le transport du vin, du bois. La Garonne est dangereuse car le courant y est très fort. On dit qu'elle est coléreuse et qu'elle peut monter en une journée et inonder la ville.

Nous sommes passés par Lyon. Nous devions franchir les Alpes, pour rejoindre Aquilée, suivre les côtes magnifiques de l'Empire byzantin, nous arrêter pour attendre les troupes de Tancrède dirigée par Hugues *de Vermandois* qui venait de Paris. Celle *de Bohémond de Tarente* nous a rejoint à Salonique. À chaque rencontre nous étions fous de joie, pleins d'allant, nous étions tellement nombreux, que nous imaginions que personne ne pourrait résister à une pareille armée. Nous nous sentions invincibles et déjà vainqueurs.

En route, nous retrouvions *Robert Courteheuse de Flandre et de Normandie* qui nous fit des descriptions effrayantes des massacres qu'avaient commis les troupes de Pierre l'Hermite.

En partant, nous sommes bénis par les gens, le haut clergé, mais aussi par la maison royale de Philippe Ier, les seigneurs, leurs familles et toute la population aux fenêtres, sur le bord des routes, dans les champs, les villages. Tous nous portent aux cieux, prient pour nous et nous considèrent comme de véritables héros.

Avec nous, se rajoute une foule bigarrée, les épouses de nobles et leurs serviteurs, mais aussi des non-combattants, de la piétaille. Il s'agit de pauvres hères, de femmes et d'enfants, des paysans libérés avec leur famille, de nombreux clercs. Mon seigneur me dit que les quatre départs de croisade rassemblent entre 500 000 voire 600 000 âmes.

Ce que nous n'aurions pu imaginer, écoute-moi bien : vas-tu pouvoir le réaliser ? C'est que seulement 12 000 âmes – hommes femmes et enfants – arriveront à Jérusalem.

Certaines femmes portent la cotte de mailles et se battront comme des vraies combattantes courageuses. Elles seront de précieuses auxiliaires pour préparer les flèches et les javelots, et pour jeter les pierres.

Mais tous étaient loin de pouvoir penser ce qui nous attendait.

Ces armées de métier utilisèrent des parcours différents pour se rejoindre à Constantinople. Pierre l'Hermite trouve le moyen de se sauver, il est de nouveau rattrapé par Tancrède qui en a besoin pour les pourparlers car il parle Arabe.

Nous avons longé les côtes pour rejoindre Constantinople où je vécu ma plus belle histoire, douce à mon cœur mais chargée aussi de regret, que je vais te conter.

Un après-midi, dans *le souk*…, tu vois, le souk c'est un grand marché couvert de toiles, de tapis, d'ustensiles en tout-genre, d'orfèvrerie et même des couteaux ciselés ; tu y trouves de tout, des épices, des babouches, des chèvres, des poules, des chameaux, des mules ; il y a plein de monde qui grouille dans ce labyrinthe. C'est extraordinaire de couleurs et de senteurs. C'est une véritable fête pour les sens, difficile à imaginer sans l'avoir vécu.

Une jeune femme voilée de couleurs magnifiques se cacha derrière des robes lorsqu'elle me vit, puis elle réapparut en me souriant.

Je lui souris et elle osa me montrer ses yeux de biche, son regard magnifique.

Nous étions tous deux bousculés par les passants. Aussi, surmontant ma timidité et elle, sa prudence, je lui pris le bras pour aller contempler avec elle la beauté du Bosphore. Le soleil commençait à décliner, les couleurs se reflétaient sur la ville. Pour moi, c'était tellement beau que c'en était irréel. Voyant que je ne lui voulais aucun mal, elle se leva, prit ma main et m'emmena dans des dédales de ruelles bruyantes, avec des odeurs de cuisine et d'épices. Là, elle s'arrêta mit dans ses cheveux un bouquet blanc de jasmin, et m'en donna une branche dans ma main. Puis elle disparut.

Je mis un certain temps pour retrouver mon chemin mais j'étais enivré par l'odeur de la fleur de jasmin, je ne connais pas son prénom mais pour moi elle s'appelle Jasmine.

Tiens regarde dans ma chemise, la fleur de jasmin est là, bien pliée dans un tissu. Elle sent *Jasmine*.

Ce fut mon plus beau souvenir.

Puis ce fut la bataille contre Nicèe.

La situation étant figée, nos ventres criant la malefaim, nous avons eu l'ordre de cuire nos morts, de tuer les infidèles, de faire rôtir en broche les enfants et de les manger. C'était une vision digne de l'enfer.

À la vue de cet horrible festin, nos ennemis déstabilisés, perdirent Antioche. « *Mieux vaut être prisonniers des Turcs que des Francs barbares* » se dirent les mahométans. Rançonnages, persécutions, meurtres, ils ne résistèrent pas.

La flotte anglaise nous approvisionna à Ma'arra, et enfin nous avons eu de l'eau potable pour étancher notre soif. Notre seigneur redoubla alors d'énergie.

Après la prise d'Antioche un problème dut être réglé, car la cité devait être un bien à se partager, comme ce le fut pour Nicée avec son lac.

Qui aurait droit à la cité d'Antioche ?

Tancrède avait quant à lui récupéré Bethléem avec ses hommes.

Une bataille succède à une autre. Ce fut donc la bataille d'Antioche.

C'est *Godefroi de Bouillon* qui nous approvisionna par bateaux en longeant les côtes plusieurs fois. Quand nous l'avons vu arriver, ce fut la fête. Il nous redonna la force et le courage d'attaquer la ville. Tous, nous reprîmes courage et foi pour affronter un siège de huit mois au pied de la ville d'Antioche. Mais sous le soleil ardent, avec le manque d'eau, subissant le harcèlement des bédouins, une partie de l'expédition fut anéantie.

Une terrible épidémie nous toucha, la famine, la soif, la chaleur le jour, le froid durant la nuit, ce fut atroce. J'ai vu tellement de morts autour de moi.

La bataille fut rude, mais les croisés l'ont emportée contre les Turcs, brisant leur soi-disant invincibilité. Partout le pays doit savoir que nous les avons vaincus.

Certains croisés s'amusèrent à catapulter des têtes de morts décapités par-dessus les remparts en vainqueurs enivrés, dans un élan de vengeance. Un énorme trésor fut découvert dans la ville qui était très riche.

Bien que les ouvriers et leurs maîtres aient perçu une paye provenant des offrandes pour remonter les murailles, certains, épuisés et découragés, profitant de la prébende[11], embarquèrent à leurs frais sur des bateaux pour Gênes et Venise dans la perspective de revenir au pays. Étant donné les conditions de vie, je les comprenais, mais nous n'avions plus alors assez de charpentiers, ni de maîtres d'œuvre.

Nous avons eu un sursaut de bravoure et de résistance : malgré le froid des nuits, la faim qui nous tenaillait et les épidémies qui nous

11 Revenus fixes accordés aux clercs et aux soldats.

affaiblissaient, nous avons par grâce retrouvé un peu de force. En effet nous avions découvert de grandes plantes, que nous pouvions couper et en les suçant nous avions de l'eau sucrée, c'est ce qu'on nous a dit être de la canne à sucre.

Et ce fut le miracle. Nous retrouvions de la force dans un sirop agréable à boire.

Trois soldats nous dirent qu'un songe leur signifiait qu'il leur fallait aller chercher la lance du centurion qui avait percé le côté du Christ, enterrée dans la basilique.

Le comte de Toulouse n'y croyait pas, mais notre *seigneur* Pierre Ier, au vu des détails précis donnés par les soldats leur accorda d'aller creuser là où leur vision leur avait indiqué la cache conservant cette précieuse lance.

La lance du centurion fut effectivement découverte, enterrée dans la basilique sous un peu de terre au pied de l'autel. La foule se mit à genoux, Jésus approuvait notre guerre. Et c'est bien dans la terre, au fond d'un trou que nous avons vu le bout du fer de la lance. C'était donc vrai. Dieu nous accompagnait. Il voulait nous voir réussir, en nous faisant découvrir ce fer qui avait percé le côté droit du Christ.

Enthousiastes, tous redoublèrent de force pour prendre Antioche.

Notre seigneur Pierre Ier de Castillon, intrépide, partait le premier sur son cheval en entraînant les autres. Il emporta la victoire sur *Marash* par sa bravoure, puis *Tripoli* ; commandant ses troupes avec fougue et autorité comme un général se doit de mener ses armées. Moi, je tenais le rôle de gonlfanier, c'est-à-dire de porte-drapeau, porté haut et bien visible. C'est grâce à lui que peuvent se rallier les troupes. C'est un rôle très important et j'étais au cœur de tous les combats. Notre seigneur est un grand sieur, mon frère, un grand sire.

Contrairement à la promesse faite au Pape, qui souhaitait que la chevalerie ait un comportement irréprochable, conforme à la morale chrétienne, mettant fin aux guerres privées, leur demandant de respecter femmes, enfants et religieux, ce fut là un engagement devenu impossible à tenir. L'offensive fut sans aucune concession ni respect humain. Nous avions tellement lutté dans le sable, le vent, le froid, le soleil, la soif et la faim, que rien ne pouvait plus nous arrêter, oubliant tout respect humain ainsi que la promesse faite au Pape.

Certains puissants se montrèrent très gourmands et s'approprièrent des territoires particuliers comme l'Arménie, ou des villes comme Antioche et Saint-Jean d'Acre. Et ils s'y installèrent définitivement.

Puis ce furent des disputes entre les chefs. Certains voulaient les villes et les territoires gagnés, dessinant de nouvelles frontières aux fleuves et rivières, et décidant de s'implanter sur ces prises de guerre.

Le comte de Toulouse, furieux qu'ils osent ainsi briser le pacte qui avait été signé avec le pape, nous fit signe de nous regrouper et il nous conduisit vers Jérusalem.

Les trois autres troupes, vexées ou peut-être prises de remords, nous suivirent jusqu'à Jérusalem. Les ordres furent clairs, les cavaliers devaient se séparer en quatre groupes de même nombre, deux dans un sens, deux dans l'autre, et faire le tour de Jérusalem toujours au galop en chantant des cantiques, afin que l'ennemi ne puisse compter combien nous étions puisque les cavaliers ne cessaient de se croiser.

Le gouverneur de Jérusalem avait évacué et mis à la porte tous les chrétiens pour qu'il n'y ait pas d'aide venue de l'intérieur de la ville ni de trahison.

Les musulmans qui avaient toujours accueilli sans difficulté les pèlerins en Terre Sainte pendant des années, furent sidérés et déstabilisés face à ce déploiement de force, effrayés par la sauvagerie et la violence qu'ils pressentaient de l'assaut à venir.

De mémoire courte, ils avaient déjà oublié les persécutions qu'ils avaient eux-mêmes fait subir aux Palestiniens. Ils ne retenaient pour leur avantage, en bons commerçants pragmatiques, que le bénéfice des échanges et la bonne entente commerciale avec l'Occident. Le piège d'intimidation fonctionna.

L'occupation de la ville Sainte ne pouvait être tolérée en occident car cette dernière abritait le Saint Sépulcre, le tombeau du Christ qui avait été rasé. Les croisés étaient animés par ce désir farouche d'arracher ces régions aux infidèles. Nombreux à avoir endossé la tunique blanche des croisés, cette croix rouge en mémoire de la croix du Christ, nous étions tous devenus de valeureux guerriers, habités par une foi vertueuse.

Notre détermination se renforça quand nous apprîmes que dans le même temps, des chrétiens espagnols emportaient leurs premiers succès dans la reconquête de la péninsule Ibérique. Notre continent pouvait ouvrir, développer et soutenir ses ports et des comptoirs maritimes sur la route d'un commerce prometteur. Le projet d'enrichissement personnel stimulait et excitait l'imagination aventurière pour des centaines de chevaliers ou de barons désargentés ou sans fiefs. Une aubaine qui ne se présenterait pas deux fois. Car l'Orient jouit d'une civilisation bien plus brillante et développée que la nôtre en Occident.

Le 7 juin 1099, trois ans après leur départ, 12 000 hommes fatigués tombèrent à genoux en pleurant à la vue des remparts de Jérusalem.

Godefroi de Bouillon organisa avec les charpentiers génois qui restaient, un plan d'attaque de la ville avec tous les engins militaires ainsi que des engins de levage conçus par les techniciens, manouvriers. Les servants de forge et tous les vivandiers chargés de nourrir cette nombreuse main-d'œuvre s'installèrent au pied de la ville.

Un moine converti à l'Islam mais repenti, nous balançait des boules de pains du haut du rempart afin de nous soutenir, connaissant notre malefaim. Intrigué par ce manège, Il fut questionné par le chef de la cité de Jérusalem, et ce dernier rit à gorge déployée, en disant aux mahométans "mais ce ne sont que des pierres que je leur lance dessus !" "Continue alors..." lui dit le gouverneur "et jettes-en plus !"

Mais ils nous avaient empoisonné les puits et nous crevions de soif.

Réunion avec le grand Calife de Jérusalem !

Voyant la tournure qu'allait prendre l'assaut, le Calife tenta une conciliation en envoyant ses ambassadeurs, et promit aux chrétiens le libre accès aux lieux saints ainsi que le droit de visiter la ville.

Conciliation refusée.

Les croisés piaffant d'impatience ne voulurent pas abandonner si près du but. Après un siège de quarante jours, les habitants furent massacrés. Les soldats escaladèrent les remparts avec des échelles et les machines de guerre avaient été construites avec du bois de Palestine. Grâce aux génois, ils purent ouvrir la cité sainte à coups de hache et se ruèrent portes grandes ouvertes. Exaltés par les harangues des prédicateurs et enragés à la suite d'années de privations, ils se battirent comme des forcenés, des animaux enragés. Les combattants ne pensaient qu'à se venger, rançonner, s'accaparer frénétiquement des biens précieux, tuant tout sur leur passage. Cela ne correspondait plus à une croisade mais à une terrible guerre sans merci.

Le massacre fut tel, que dans les rues on voyait des monceaux de têtes sanguinolentes, de pieds et de mains coupés gisants de partout, le sang à pleine ruelle. Partout les croisés devaient enjamber les cadavres. Ils pillaient sans fin, raflaient or, argent, bijoux, chevaux, armes et armures tout ce qu'ils trouvaient dans les palais et les maisons.

J'entends encore les cris, les sabots des chevaux, les hurlements au-dessus de nos têtes.

Victoire de Jérusalem.

Mais nous ne voulions pas tous succomber à ce débordement de fureur. Nous étions à la Tour Ouest avec le comte de Toulouse, et ce dernier libéra les habitants, leur enjoignant de partir le plus loin possible. Nos deux seigneurs, le comte et le vicomte Pierre Ier refusaient de commettre des meurtres dans la cité Sainte.

Ils ne savaient pas que quelques semaines plus tard tous ces braves gens seraient tués à la bataille d'Ascalon par les croisés restés en Palestine alors que nous serions sur le chemin du retour en bateau.

Mais enivrés ou non par ces noces sanglantes, après avoir enjambé tous ces cadavres meurtris, nous atteignîmes la basilique. Nous pleurions tous en nous embrassant. Nous avions touché et gagné notre objectif : **Libérer le tombeau du Christ**.

Pierre L'Hermite disparut au Mont des Oliviers après avoir endoctriné et exalté les soldats, les exhortant corps et âme à meurtrir. (Il disparut et finira ses jours dans un monastère qu'il fonda près de Liège, moine veuf et père de deux enfants, il y mourut en 1115.)

Le comte de Toulouse et Pierre Ier de Castillon étaient dégoûtés par le comportement inhumain et sans-scrupules des Francs et des Flamands.

Un butin énorme fut pris, dont des lampes en argent d'une hauteur d'une tourelle de château. Jamais je n'aurais supposé que cela puisse exister. Il y en avait quarante qui pesaient des tonnes. Un lustre immense et 150 petites lampes d'argent. Les hommes se mirent par dizaines pour les soulever, les décrocher afin de pouvoir les emporter dans les chariots accompagnant chaque armée.

Dans la ville, nombre de maisons abondaient de pierres précieuses de toutes les couleurs, ainsi que des tapis de soie somptueux, de l'or en quantité, du cuivre, de l'argent, des tissus cousus d'or et d'argent, des voiles, des sièges en or, des livres saints, des perles, de la vaisselle en or et en argent.

Martin, les armées étaient devenues folles et incontrôlables. La soldatesque raflait tout ! Un pillage complet, certains s'entretuaient pour s'approprier ce que l'autre avait pris. Les femmes en cotte de mailles se disputaient pour obtenir pierres et tissus.

Elles qui avaient combattu avec tant de bravoure pour une noble cause, se battaient comme des chiffonnières sans foi ni loi.

Après tous ces saccages, *Godefroi de Bouillon* et *Raymond comte de Toulouse* refusèrent de porter leur couronne, là où le Christ avait porté celle d'épines.

Mais ils se partagèrent Edesse, Tripoli et Jérusalem.

Nos hommes fouillèrent le calvaire du Golgotha et trouvèrent les trois croix dont celle de Jésus. Leur bois imputrescible, sous la terre ne s'était pas détruit mille ans plus tard, et celle du Christ était reconnaissable car elle portait un écriteau.

Avec recueillement chaque armée prit une partie de la croix du Christ, Pierre Ier choisit le clou qui avait transpercé les pieds de Jésus. Il ramassa de la terre du Mont des oliviers qu'il conserva dans un pot de terre cuite, puis l'écriteau de la croix sur lequel est écrit :

« Ici le Roi des Juifs ». Ensuite, tout ce qui fut or, perles, pierres précieuses fut partagé… Pierre Ier choisit une broche pour dame Assalhide, en imaginant qu'elle la porterait sur son long manteau vert, ou les soirs d'été à la fraîche, retenant son étole…

Voilà les reliques que notre seigneur ramène à Aubeterre.

Les croisés se divisèrent, entre les hommes et femmes qui restaient et ceux qui repartaient.

Le comte de Toulouse avait rempli sa part dans son pacte de Chevalier signé avec le Pape.

Le seigneur Pierre Ier, nous fit prendre des bateaux jusqu'à Marseille, en passant par Venise pour y laisser des reliques à la basilique Saint Marc. Pierre Ier y acheta également un magnifique vase soufflé près de Venise pour son épouse qui aime tant faire des bouquets, et un second pour y mettre la terre du Mont des Oliviers. »

Afin d'organiser la pérennité de leur installation sur place, plus tard seront créés deux ordres de moines-soldats permanents :

– Les croisés hospitaliers en 1 113 chargés de tout l'aspect santé des hommes et des populations.

– L'ordre des Templiers en 1 118 administrateur et gérant les biens et les hommes, les militaires comme la population. Chargé de protéger les intérêts commerciaux, les échanges s'intensifient par la Méditerranée et le commerce devient florissant.

« Tu ne sais pas Martin ce que c'est que la mer !

— Moi non plus, je ne connaissais que la *Drone*, la Tude, l'Isle, la Dordogne et encore la Gironde et son embouchure. Je ne pouvais pas imaginer une étendue d'eau pareille, c'est incroyable, géant ! Ça bouge tout le temps, c'est immense. On ne voit pas le bout de l'horizon. Les vagues énormes remuent le bateau par gros temps et parfois menacent de le faire chavirer et cela nous rendait malades. Même les plus costauds se tenaient aux rambardes pour rendre leurs tripes.

Enfin Marseille, la terre ferme. Tout au long de la traversée pendant le retour, nous devions nous méfier des pillards car nos chargements étaient très convoités. »

Voilà Martin :

« J'étais fier quand je suis parti en 1094, mais je pleure tous ceux, si nombreux, qui sont morts au nom de Dieu. Je ne peux le comprendre encore en ce jour de septembre 1099.

Tu vois mon frère, je vais aider notre bon seigneur à réaliser les saints projets qu'il a en tête, et après je souhaite me retirer des tumultes et des combats, en gardant dans mon cœur ma bien aimée *Jasmine.*

Je veux être utile pour ceux qui souffrent et j'irai chez les Antonins soigner les malades, j'ai appris en Orient de nombreuses médecines et chirurgies.

Comme ça Martin, nous nous verrons tous les jours », lui dit Gailhard en le serrant très fort contre lui.

Gailhard et Martin restèrent silencieux un long moment, communiant dans la même joie et la même souffrance, comme si l'agitation autour d'eux ne les touchait pas, ils étaient enfin réunis, seuls au monde.

Louis VI le Gros né en 1084
Roi de France de 1101 à 1137 – soit 28 ans.

Chapitre 3 :
Les préparatifs

Mais pendant ce temps de confidences, la fête se prépare au château. Le sergent Méru et les dix gens d'armes sous ses ordres ne savent plus où donner de la tête, une ivresse de cris, d'appels, de rires. On s'interpelle, se prend dans les bras, on se tape dans le dos, hommes et femmes ont besoin de se sentir ensemble.

Les chevaux hennissent, grattent le sol, piaffent d'impatience de recevoir leur mesure d'avoine, et de s'abreuver à loisir. Les bêtes ont compris d'instinct que cette halte n'avait rien de commun avec ce qu'elles avaient précédemment vécu. Ça sent le bon picotin! L'herbe est grasse et bien sèche des trèfles de juin, les foins bien goûteux de la vallée de la *Drone*.

Les chevaliers et servants rangent les chariots en cercle autour de la place de garde. Et seulement après avoir mis tous les chargements en sécurité, ils quittent leurs tenues et se recouvrent d'un surcot et d'une chemise de lin sur leurs braies[12] pour s'abreuver à leur tour.

Tous se hâtent de s'installer, une corne à la main de vin clairet frais tiré des caves du château.

La liesse augure les banquets promis par le châtelain alors qu'il était en partance de Jérusalem. Il leur avait juré un temps de calme et de prospérité pour son retour, évoquant le pays de la « terre promise » ou coulent le lait et le miel. C'était la promesse de vivre dans un pays de douceur, d'abondance et de Paix.

---

12 Tissus collant au corps, sorte de pantalon.

Le seigneur Pierre Ier ne leur a pas menti. Comme sur les champs de bataille, ils bénéficient de son sens de la chevalerie, de sa justice et de son honneur. C'est pour cela qu'ils sont plus de deux cents à l'avoir suivi à pied, après avoir débarqué à Marseille pour remonter sur l'Aquitaine ; sauf pour les barons, les dix chevaliers et leurs servants montés à dos de chevaux ou de mules. Ils se sentent bien sur ces terres retrouvées, sous ce ciel bleu sans un nuage, et voyant à leurs pieds serpenter la *Drone* et toute cette belle vallée verdoyante du Périgord qu'ils ne connaissaient pas.

Leurs yeux s'écarquillent devant ces femmes belles, rondelettes, brunes, couvertes d'une coiffe en tissus, simples, nerveuses, souriantes. Des femmes pleines de vie, musclées, pas très grandes mais vives, elles ont vite fait d'aller et de venir. Ce ne sont pas des fainéantes par ici. La marmaille s'éparpille autour d'elles sans les perturber ni déconcentrer. Tout le monde est vêtu sobrement, mais sans haillons ni reprises, leurs tenues sont propres, simples et confortables.

La vie doit être agréable ici.

Les hommes ne sont pas très grands non plus. Bruns, râblés, vifs, les yeux aux aguets, observateurs et fiers, courageux et travailleurs. On peut deviner en eux l'honnêteté de la parole donnée. Trempés de caractères entiers, des poignées de mains fermes et viriles. Vêtus d'un feutre noir sur la tête, des braies sombres, souvent avec des chaussures en toile, quelquefois des sabots et certains, nus pieds.

D'ailleurs ils viennent tous nous offrir quelques amandes, des noix, des pommes des alises, des mûres, de l'ail sauvage, du fromage de chèvre… en attendant le festin !

Pierre Ier de Castillon fait rapidement le tour de son château donnant à chacun une tape, un signe d'attention ou une parole d'amitié. Il demande à Geslin de le suivre.

Il s'assoit sur son trône et offre un tabouret à Geslin, signe inhabituel de reconnaissance de la part d'un seigneur à l'égard de son serviteur. Ce dernier ferme la porte de la salle d'étude.

« Parle-moi, maintenant.

— Oh, mon seigneur… Notre chère vicomtesse est morte depuis l'hiver dernier en priant dans l'oratoire de la chapelle pour votre retour. Elle s'est alanguie de vous, veillant sur vos enfants. Mais prise de fièvre et de toux quelques jours plus tard, elle s'est enfermée nous disant qu'elle était recouverte de boutons rouges, et que personne ne devait l'approcher par peur d'une contagion. Nous ordonnant de lui donner à distance le nécessaire pour manger, se laver ou se vêtir par l'entrebâillement de la fenêtre au bout d'une longue tige de bois. Cela a duré trois jours. Tous les jours elle demandait des linges, puis elle brûlait elle-même ce qui avait servi. Nous entendions de l'autre côté de la porte dame Assalhide délirer. Elle n'a pas cessé de vous appeler dans ses délires.

Elle nous a ordonné de ne pas venir dans la chambre avant quinze jours. Ses derniers mots furent difficiles à prononcer, il fallut tendre l'oreille. "Vous direz au vicomte mon époux, que je l'attends". Puis le filet de voix se tut à jamais.

Un matin, personne ne saisit la panière. Nous l'avons appelée, elle n'a pas répondu. Alors nous avons compris que tout était fini. Nous lui avons obéi. Nous avons observé le temps imposé avant d'ouvrir et de trouver son corps qui sentait fort, malgré le froid. Mais dame Assalhide même morte était restée si belle. C'était comme si elle dormait. »

— Mon bon Geslin, je comprends. Mon épouse a sauvé la cité d'une maladie foudroyante qui aurait pu tuer la plupart de la population, (la rougeole). Quelle marque d'amour pour notre peuple ! Comme je l'aime, Geslin, comme je l'aime, comme son absence m'est douloureuse, elle me manque terriblement !

— Oui mon seigneur… » bredouilla Geslin.

Elle a géré sans trembler, d'une main d'homme, vos biens et vos avoirs pour qu'à votre retour tout soit prêt. Tout a été tenu en bonne entente avec votre frère Elie de Chalais.

Elle n'a jamais douté et savait que vous reviendriez vainqueur.

Elle repose maintenant dans la crypte dessous la chapelle, habillée selon son vœu dans le beau manteau que vous lui aviez offert, doublé de fourrure de loup au col de renard. »

Geslin s'effaça, laissant Pierre Ier meurtri, touché en plein cœur, désemparé. Pierre Ier s'effondra sur ce tabouret de bois, seul, appuyant sa tête sur un pilier, désarticulé comme un pantin, se balançant doucement. Il n'avait pas imaginé son retour sans le partage de la fête dans les tendres bras de son épouse bien aimée, toujours si souriante. Il avait tant rêvé ces retrouvailles familiales depuis plus de trois ans, mais n'avait jamais pensé un retour dans le deuil.

Funeste augure ?

Au cours de ces trois années il aurait pu comme quelques-uns, jouir des femmes qu'il avait sous la main, car elles ne manquaient pas.

Les femmes Orientales rayonnaient de beauté dans leurs voiles de soie brodés de tissus chatoyants. Il aurait pu tomber sous le charme de cette musique mystérieuse et envoûtante, de leurs danses ensorceleuses du ventre, fumer des herbes qui font voler les pensées dans les nuages du ciel. Mais jamais le souvenir et la fidélité due à Assalhide ne l'avaient quitté. Aucune femme ne l'égalait à ses yeux.

Il la revoyait encore demoiselle d'Aubeterre de la famille des d'Engoulesme, sous sa lourde coiffure brune tressée, dans laquelle elle avait fait disposer des roses d'aubépine. C'est alors qu'il fut ébloui, tombé amoureux, devant le petit autel de la chapelle, il y a si longtemps…

Discrète, délicate, patiente dans le quotidien et pourtant rieuse lors de leurs ébats intimes. Elle avait eu trois grossesses sans problème.

Ils eurent le bonheur d'accueillir en 1080 deux garçons, enfants qui moururent dans leurs premiers jours. Puis Arnaud mourut à 25 ans, leur laissant ses deux petits enfants orphelins et en mauvaise santé.

Seul Pierre II, adopté (en réalité fils d'Elie de Chalais) était vivant et de ce fait, seul héritier.

Les réceptions avec Assalhide à ses côtés resteraient des jours de fêtes inoubliables. Femme dévote, craignant Dieu, épouse aimante, conseillère dévouée pour son mari, mère infatigable, souriante malgré le décès de son premier fils François, puis du nourrisson et enfin, d'Arnaud. Habitée par un immense chagrin, elle demeurait vaillante et constante sans jamais se plaindre.

Assalhide, contrairement à d'autres dames nobles, avait accepté de ne pas partir aux côtés de son époux pour la Terre Sainte afin de veiller à la vicomté comme son époux le lui demandait. Son devoir était de s'occuper de leurs descendants, de veiller à ne rien laisser traîner des redevances et des tenues de manses à faire rentrer, de faire justice et de rendre le droit. De comptabiliser soigneusement sur le grand livre qu'il lui avait confié pour tous les paiements en natures sonnantes et trébuchantes de son bon peuple, à chaque saison comme il se le doit.

Hélie de Castillon, son beau-frère, l'avait aidée même si durant l'absence de son frère il s'octroya un peu la vicomté au cas où Pierre Ier mourrait en croisade… son fils naturel n'en était-il pas déjà l'héritier… ?

Tous les sujets respectaient dame vicomtesse d'Aubeterre, et lui l'aimait d'un amour inconditionnel fait de tendresse, de respect, d'admiration, de complicité.

Quel vide !

Tous les projets qu'il mûrissait depuis des années se trouvaient-ils anéantis ? Sans son épouse, aurait-il la force de les accomplir ? Soudain il se sentit envahi d'une lassitude qui ne lui était pas connue.

Sa tête, son corps l'abandonnaient, son cœur l'étreignait d'une vive douleur.

À quoi bon la richesse des pierres précieuses, de l'or, de l'argent, qu'il lui destinait ; les merveilles de soies et de rubans qu'elle aurait hésité à toucher tant ces cadeaux brillaient de finesse et d'éclat, et les senteurs des parfums venus d'Orient. Tout cela pour Qui ? Pour quoi ? Comment continuer ? Et la magnifique broche qu'il lui destinait pour son manteau, le vase superbe de VENISE ?…

Elle aurait ri, comme une jeune fille. Il la connaissait. Sa dame Assalhide avait l'innocence, la pureté et la fraîcheur d'une âme d'enfant.

Il avait ramené pour les garçons de magnifiques chevaux arabes et des selles splendides. Dérisoires bonheurs pour lui en cet instant.

À force de penser à Assalhide, il s'aperçut qu'il était en train de lui évoquer à haute voix ses plantations de graines pour le jardin, ainsi que ses plans pour construire une serre, et la multitude des travaux qu'il envisageait… Il sentait près de lui sa présence.

Il se prit la tête entre les mains, mais d'un coup se releva car il sut qu'elle n'aurait pas voulu le voir défait, abandonnant ses projets. N'avait-elle pas donné sa vie pour sauver celles de ses sujets ?

Alors il remisa la cassette de reliques et s'allongea à moitié assis sur son grand lit, seul. Lui qui avait tant rêvé la sentir près de lui. Qu'est-ce qu'elle lui manquait ! Il pleura, sans pouvoir s'arrêter, et d'un seul coup s'endormit, épuisé.

Maudite Croisade ! S'il était resté ici, il aurait pu prendre soin d'elle et elle serait encore en vie.

Après sa sieste il reprit ses esprits, se releva et annonça :

« Je veux qu'il y ait fête au château tous ces jours, grande joie pour tous !! Geslin, fais chercher les ménestrels et les troubadours

aux châteaux de Montmoreau, de Chalais et Bourdeilles ! Nous aurons tout le temps de pleurer après.

Organise les ripailles dès ce soir, demain ce sera grande fête, qu'on se le dise et le colporte dans tout le pays. Fais envoyer des messagers. »

Geslin s'exécuta et dit au premier messager :

« Enfourchez votre cheval, prévenez le seigneur de Bourdeilles et sa dame, puis aux quatre autres : partez sans férir, annoncer à Montmoreau La grande fête du retour de notre seigneur. Et qu'ils amènent avec eux, moult jeux et troubadours. »

Le seigneur ajouta :

« Qu'une autre équipe passe par Bonnes prévenir mon frère Raimond et sa famille. Puis allez chez les de Chalais, la famille de mon frère Hélie. Je veux que toute ma fratrie soit rassemblée, malheureusement notre frère Senebrun, défunt, nous manquera.

Que les plus rapides partent également pour Saint-Florent chercher mon frère Olivier à son monastère. »

Les animations, les pitreries et jongleries des troubadours, avec leurs instruments, luth, guimbardes, tambourins, flutiaux, bombardes, flutes, crécelles, diatoniques, cloches et grelots amuseront la belle société qui dansera.

La cohorte de manants de la suite du vicomte s'installe sur les prés dans le sous-bois au pied du château et patiente. La population s'approche des étrangers avec prudence et les regarde avec une certaine curiosité sans animosité, mais plutôt avec gratitude d'avoir ramené leur seigneur riche et en bonne santé.

À l'arrivée des guerriers et pèlerins, les autochtones ont de suite porté à boire et abondantes victuailles.

Mais ils viennent de s'apercevoir qu'ils ne parlent pas la même langue, et ne se comprennent pas. Qu'à cela ne tienne, par gestes, les voyageurs se font facilement comprendre : avoir bonne repus, boire, manger, se reposer… le langage est universel !

Avec empressement on les mène à la source de la Muscadière qui alimente le château et la place. Ils boivent et s'aspergent le visage tant ils sont couverts de sueur. Les femmes et les enfants ont aperçu une source en contrebas dans le fossé entre les remparts et les venelles, et font de même.

La Muscadière, est une source intarissable qui alimente le château.

Après avoir traversé ces terres arides, des montagnes qui n'en finissaient pas, affronté des flots démontés, la faim, la fatigue et la soif à la recherche de la châtellenie d'Aubeterre, se protégeant parfois de routiers agressifs et violents, ils savourent enfin la douceur de cette terre promise, de ce Périgord enchanteur.

Les Aubeterriens veulent accueillir dignement ces étrangers pour les remercier. Ils courent chercher des victuailles chez eux, et c'est un repas à ciel ouvert qui se dresse dans la petite cité. Chacun offre qui des oignons et de l'ail, qui du lard, qui des œufs, qui du pain de châtaigne, d'autres du poisson séché, des noisettes, des pommes, du raisin, des baies de prunelles, du miel, des fromages de chèvres, du lait d'ânesse ou de chèvre.

Le succès ne se fait pas attendre, tout est avalé gloutonnement et nos hôtes se pourlèchent les babines. De larges sourires éclairent les mines réjouies et reconnaissantes d'être enfin arrivés sains et saufs.

Même s'ils ne parlent pas le même langage, ils se comprennent pour l'essentiel… Certains sont Normands, d'autres Savoyards, d'autres Marseillais, ou encore du massif central, ou encore Italiens et même Germains.

La rumeur a déjà fait sensation, la nouvelle se répand à grande vitesse, galope de paroisse en paroisse ; les cloches des monastères carillonnent à la volée.

Et commence alors un incessant défilé de victuailles portées par les quelques manses de Laprade, de Nabinaud, de Bonnes, de Pillac, de Montignac le coq, Palluaud, Les Essards, Saint-Romain, Belon, Menestre, Bors, Juignac, Saint-Antoine, Saint-Séverin, Cumond… Toutes ces âmes veulent être de la fête à ce retour de croisade.

C'est le Seigneur DIEU qui le leur demande ! Modeste participation à la croisade. Ils se sentent comme « appelés »…

Cela va être une fête comme jamais il y en a eu dans les parages ! Quelle joie !

Quant au seigneur Pierre Ier de Castillon, il convoque les religieux, leur ordonnant de se répartir les tâches suivantes : les hommes seront hébergés chez les moines, et les femmes accueillies au couvent, avec les enfants, dans la communauté des religieuses pour deux ou trois nuits. Les chevaliers feront monter les tentes du camp durant la semaine suivante, mais pas ce soir. Tous les nobles seront au château.

« Geslin, tu feras garder le bétail le long de la *Drone*. Fais monter des tables et des bancs pour mes chevaliers qui dormiront dans la salle d'armes. Il nous faut d'abord les désoiffer, après tu verras pour le bec avec ceux de la cuisine et ta cuisinière préférée… »

Se tournant vers ses chevaliers, Pierre Ier de Castillon leur annonce :

« Vous mes fidèles chevaliers, Thibaut, Taillebourg, Raynaud, Enguerrant, Alard, Fulcrand, Estève, Aigulin, Peyre, Aignan, mes amis les barons, vous serez à mes côtés en place d'honneur au banquet. Je vous présente Geslin, mon frère de lait, il sera votre obligé durant votre séjour chez moi, et sera à votre service. »

Appuyée, le long de la porte du logis, les pommettes rouges, Marie fait une révérence à son seigneur, émue qu'il se dirige vers elle pour la saluer. Elle le connaît si bien avec tous les détails racontés avec ferveur par son Geslin de mari. Avec confiance et audace, elle lui adresse la parole :

« C'est notre fils Martin notre *gouyat*[13] de quinze printemps qui vous a précédé, nous annonçant votre arrivée, Mon seigneur !

— Eh bien Geslin et Marie, vous avez bien de la chance d'avoir des fils comme Martin et Gailhard, soyez en fiers ! Désormais, je me fie à vous mes amis, la bataille des réjouissances cette fois-ci est la vôtre.

— Faites comme dame Assalhide vous l'aurait ordonné ! »

Marie, essuie rapidement des larmes sur ses joues rouges et ordonne aux servants en toute hâte :

« Faites tirer du vin de notre vigne de Belair, et faites remonter du puits plusieurs sciaux pour remplir les tonneaux ! Que les hommes se rafraîchissent ! Remplissez tous les récipients, pour qu'ils puissent se laver. Demain nous ferons festoyer tout ce qui porte noblesse ou longue robe, gens d'Église, chevaliers au château. »

Aux commandes, Geslin et Marie filent à la cuisine où Martin attend les ordres pour le ravitaillement de la troupe.

« Martin ! dit sa mère, descends les jambons secs, les saucisses fumées et le poisson séché, quelques boisseaux de fèves et des sacs d'oignons. Monte le bois et fais allumer les quatre cheminées, n'oublie pas le lait frais et les œufs !

---

13 Enfant.

Le potager (fourneau) est à relancer ! Pour la rôtissoire et le fournil, fais de bons brasiers, il nous faut cuire les premiers services de ce soir…

— Oui mère, j'y cours. »

Martin n'aurait jamais imaginé les monceaux de nourriture qu'il allait devoir déplacer pendant une semaine. Mais il voit s'affairer les servantes et tous les domestiques du château attraper la volaille sur la terrasse, quérir les plus gros moutons sur les prés, se charger des plus beaux brochets prestement amenés par les pêcheurs. Tous les Aubeterriens sont fiers d'honorer la table de leur seigneur et de ses hôtes.

Guillemette, petite brunette de quinze ans s'amuse de voir Martin s'empêtrer sous les aumônes. Il croule littéralement sous les aliments, des saucisses roulées autour du cou, trois beaux jambons pendouillant à sa ceinture, le sac de fève sur le dos. Il est tellement emprunté qu'il manque de renverser au passage les œufs posés en monceau sur la paille et laisse éructer quelques jurons bien appropriés « *fi dé Diou dé fi dé Diou !* » tout en déposant son chargement.

Au-devant des écuries, les sacs d'avoine et de seigle obstruent le passage. Les garçons d'écurie surveillent les déchargements. Sans oublier le son, le foin et la paille pour les chevaux qu'il faut déplacer un peu pour pouvoir se frayer un passage.

« C'est le "souk" ici ! » dit Martin, fier de savoir ce nouveau mot devant Guillemette.

Puis la jeune fille s'esclaffe et ne peut plus retenir son rire joyeux lorsqu'elle le voit courir derrière le *goret*[14], et tenter de le capturer par la queue. Le cochon couine de mécontentement et s'enfuit en détalant à toute vitesse.

Ayant laissé s'échapper sa proie, et déséquilibré par la force et la rapidité de l'animal, de justesse, Martin se redresse avant de s'étaler dans du crottin fraîchement déposé par les montures des saints

14 Porc.

hommes de Jérusalem. Prestement, Guillemette évite une autre catastrophe. Elle rattrape de justesse les toupines (pots en grès pour la conservation) que Martin allait culbuter avec un effet domino. Martin devient une catastrophe ambulante.

Il finit à terre, à genoux, aux pieds de Guillemette hilare qui le relève.

« Je peux t'aider Martin ? sourit-elle aimable avec un large sourire.

— Pour sûr, on ne sera pas trop de deux pour réceptionner les victuailles. Regarde ce qui nous arrive : des poules, des poulets, des cygnes, des oies, les paons, des canards, d'autres cochons détachés, ces chevreaux qui sautent partout et demandent leur mère. Aux trois piquets, six bêtes à traire. Comment veux-tu que je fasse ?

— Demandons aux soldats et au sergent de construire une palissade ! Propose Guillemette. Et les lavandières vont se mettre à plumer les volatiles, une fois que les hommes les auront saignés. »

Guillemette réunit les enfants qui sans occupation se trouvaient plutôt encombrants. Elle les héla :

« Venez les enfants, appela-t-elle, il faut traire les vaches et mettre les chevreaux sous leurs mères. »

Une course s'engagea à celui qui arrivera le plus vite, entre les *drôles* et les *drôlesses*[15].

« Bonne idée, dit Martin, nous aurons un peu de répit avec les animaux. Il faut que je mette en perce trois autres tonnelets de vin de la vigne du château. Et ma mère trépigne parce qu'elle n'a pas le lait et les œufs pour faire ses crèmes…

— Je vais aller aider ta mère, répondit Guillemette, fais le travail pour les hommes. »

En se retournant vivement pour aller chacun dans des directions opposées, ils se frôlent, et leurs visages s'empourprent. Ils croisèrent

---

15 Garçons et filles.

leurs regards émus et coururent aux travaux, juste le temps pour Martin de déposer un baiser sur le front de Guillemette ravie.

Elle est bien jolie Guillemette. Élevée par les religieuses, elle sait lire et compter. Martin ne sait pas encore lire ni compter, mais c'est assidûment qu'il écoute Guillemette qui le lui enseigne et il progresse courageusement et passionnément… Sa passion est-elle pour la lecture ou pour Guillemette ?

Il rêve et soupire en souhaitant des épousailles avec Guillemette.

Pierre Ier de Castillon est rentré dans son château entouré de sa descendance, il se fait présenter tous les domestiques qu'il souhaite revoir, dont la jeune Guillemette.

Il sourit en voyant le regard énamouré de Martin. Il les signe sur le front et leur fait promettre obéissance.

« Voulez-vous vous épouser Martin et Guillemette ?

— Oh mon seigneur, c'est mon plus grand souhait, répond Martin, rougissant jusqu'aux oreilles.

— Ce serait un grand honneur pour nous de recevoir votre bénédiction, prononce Guillemette émue jusqu'au bord des larmes. »

Le seigneur réunit leurs mains, touche la cuisse de Guillemette comme c'est la coutume, pour lui signifier qu'elle appartient désormais à Martin, et il leur annonce :

« Guillemette, tu étais la protégée de dame vicomtesse Assalhide, un jour tu en connaîtras la raison.

Elle t'a donné la meilleure éducation, aussi tu seras rattachée au château pour servir d'écrivain à tous ceux qui te le demanderont, pauvres ou riches. Tu les recevras dans une salle de la chapelle à cet effet, régulièrement, sauf le dimanche et les fêtes ainsi que lors des travaux importants des champs. Tu recevras les enfants aussi bien que les adultes pour leur apprendre à lire et surtout à compter.

Toi Martin, tu seras son premier élève. Je sais que tu commences à te débrouiller avec l'aide de Guillemette, mais il va falloir aller plus vite, car je compte sur toi pour seconder ton père dans mes projets de plantations et d'aménagements. Il te faudra savoir lire, écrire, compter et connaître le latin, la géométrie et l'arithmétique, ainsi que l'astronomie, et tout ce qui est nécessaire pour aider ton père afin de créer une serre qui puisse abriter des arbres aux fruits délicieux.

Vous serez tous les deux logés au château ainsi que votre descendance. Guillemette je te remets une dot, comme si tu avais été notre enfant, le quart des redevances du four banal près de la source, et cette bourse pleine d'or.

Te voilà riche, fais en bon usage, aide celui qui est dans le besoin, soutiens les femmes, protège les enfants perdus, évite les conflits, incarne la sagesse. Dieu te protège ! »

— Ô mon seigneur, je serai digne de toutes vos bontés à mon égard, jamais je ne pourrai suffisamment vous remercier.

— Oh que si ! En nous faisant un beau garçon Guillemette ! » s'esclaffe Pierre Ier en invitant l'assemblée à applaudir le jeune couple.

Toutes les personnes présentes s'exécutent sans retenue, et les deux jeunes mariés sont applaudis à tout rompre par une foule devenue immense.

« Enfin un peu de joie dans ce château » dit Pierre Ier de Castillon.

Geslin et Marie pleurent et rient de joie en assistant à la scène. Les voilà avec une gendresse et pas n'importe qui… Marie est deux fois fière : d'abord parce que c'est son fils qui est choisi, ensuite parce qu'elle avait pris sous son aile Guillemette depuis la mort de dame Assalhide et la considérait déjà comme sa fille. Elle avait ainsi appris à la connaître et l'appréciait pour sa joie, sa délicatesse, son courage, son travail soigné et son intelligence.

La famille ne pouvait espérer meilleur parti sans présumer du don qu'allait lui faire le seigneur et qui allait faire d'elle une femme riche, honorée et reconnue dans la cité.

À Aubeterre la peste n'a pas frappé, ni la lèpre ; Aubeterre n'étant pas pour l'instant un lieu de passage de populations étrangères.

Il revient au seigneur et aux clercs de tenir le livre des naissances, mariages et décès. Ses charges judiciaires sont de trancher les litiges et d'arbitrer les différends.

Le chapelain du château et le prieur du monastère des bénédictins, sous l'injonction de leur seigneur, appellent les enfants en leur faisant signe du doigt, car ils ne sont pas tous baptisés ou ne portent pas de prénoms. Il y a eu tellement de décès infantiles et en couches depuis quatre ans que le seigneur parti, les registres ne sont plus à jour…

Pierre Ier de Castillon confie aux bénédictins demeurés à Aubeterre la charge de remettre de l'ordre dans l'enregistrement de la population locale. Ils s'attaqueront parallèlement à enregistrer les nouveaux habitants qui l'ont suivi et vont demeurer dans la cité.

Cette petite communauté religieuse, s'est installée au milieu du bois, sur la butte opposée au château, depuis leur refus d'obéir à l'ordre de Charlemagne de tous partir pour Brantôme. Leurs autres frères sont installés à Palluaud, eux sont restés.

Il leur revient donc d'organiser les processions, et d'assurer la confession de tous les manants qui ont suivi leur seigneur, car certains ont des passés plus que douteux de truands et de voleurs. Les femmes ne sont pas en reste de fourberies et les enfants ont appris très jeune la dissimulation, le chapardage et le mensonge. Bref, avec le seigneur de retour de croisade, sont arrivés quelques énergumènes peu fréquentables à surveiller de près !

Pierre Ier de Castillon s'en retourne à ses appartements. Il place sous bonne garde ses trésors par un corps armé de plusieurs gens d'armes.

Il avait mis à l'abri, pour les offrir à son épouse, des poudres et des graines pour la cuisine ; après un long soupir, il descend les trois marches qui le mènent vers la cuisine où Marie est occupée à malaxer une pâte à croûter.

« Marie, je te signe en mémoire du Seigneur notre Dieu ! Puisque notre dame n'est plus là, je te confie tous ces paquets qui contiennent des semences que je voulais lui faire connaître. Il écrasa quelques grains noirs du bout de sa lame. Goûte Marie… »

Confiante et très honorée, la servante mouille son doigt et poudre largement celui-ci avant de le porter à sa bouche. Elle suffoque et se jette sur une cruche d'eau. Son seigneur éclate de rire à gorge déployée :

« Utilise le poivre dans tous les plats et dans tous les vins, avec modération néanmoins. Il a des vertus insoupçonnées. Et voici d'autres sacs avec d'autres épices tout aussi différentes. »

Geslin sait lire tout haut :

« Gin-gem-bre-, gi-ro-fle-, ber-ga-mo--te, cu-rry, co-rian-dre, ca-nne-lle, ci-tro-ne-lle, mus-ca-de, poi-vre…

— Marie, tu les goûteras au fur et à mesure, afin de les utiliser de manière appropriée, à ta façon. Avant de te laisser aux préparatifs, je veux que tu savoures encore cette dragée. »

Marie devenue sceptique esquisse un léger mouvement de recul après l'expérience du poivre. Elle se méfie… mais obéit.

« Croque Marie, c'est délicieux !

— Humm… Humm, c'est… bon ! Sucré ! Ne serait-ce une amande entourée de sucre fondu ?

— Oui, toutes les grandes tables d'Europe vont en vouloir, c'est aussi précieux que de l'or. »

Marie se délecte de la sucrerie dans sa bouche gourmande tout en essuyant ses doigts sur son tablier.

« Tu mettras du sucre à la fin de chaque repas avec tes crèmes et cette eau de rose ramenée d'Orient. Tu apprendras à faire des sirops. Salim te montrera comment conserver ces denrées précieuses. »

Marie ouvre des yeux inquisiteurs.

Pierre Ier se retourne alors vers un angle sombre de la pièce, et demande à un homme tout de noir vêtu d'avancer.

Marie pousse des cris et des hurlements, échappant de son devanteau[16] les oignons pour les farcis, qui roulent jusqu'aux pieds du diable présent dans sa cuisine, tout noir, en robe longue avec un foulard sur la tête, un immense sabre recourbé à son côté. Un diable noir.

Elle se couvre la tête, se met à genoux devant son seigneur et implore sa protection, le supplie de la protéger contre ce monstre noir.

« Calme-toi Marie, dit le seigneur amusé, je te présente Salim. C'est lui mon cuisinier turcobole. Cet homme est un Arabe et il m'est fidèle depuis Jérusalem. Il était cuisinier du grand Calife, et restera jusqu'à sa mort à notre service. Il va t'apprendre les sorbets, la ricotta, les crèmes glacées, le nougat, les massepains... Il n'est pas méchant du tout, il est noir comme tous ceux de son pays, et même si c'est la première fois que tu vois un homme dont la peau a une couleur différente de la nôtre. Sache qu'il est tout comme nous, le sang dans ses veines est rouge comme le tien. Dans son pays, c'est le soleil qui a habitué leur peau à devenir noire mais certainement pas le diable. Tu peux le toucher. »

Marie, poussée par le seigneur, et Geslin, s'avancent vers l'homme afin de le saluer.

« Tu vas devenir la reine des délices d'Aubeterre et des alentours, car personne d'autre n'aura ton savoir ni la connaissance de ces ingrédients. »

Se tournant vers Salim, il lui demanda d'aller chercher les jarres d'huile d'olive ! L'homme lui apporta des poteries de forme évasées.

« Marie, l'huile d'olive possède un parfum et une finesse que nous ne connaissions pas. Tu vas apprendre à cuisiner avec autre chose que de la graisse fondue. Salim t'en apprendra l'utilisation.

---

16 Grand tablier recouvrant la poitrine le ventre et les hanches, attachés dans le dos.

— Oh, mon seigneur, cet homme va-t-il rester près de moi ? Ici ? Dans ma cuisine, à mes côtés ? demande Marie très apeurée. Je saurai me débrouiller seule. Gardez-le avec vous…

— Marie, il va rester avec toi et il va t'apprendre énormément de nouvelles recettes, d'autres techniques pour me régaler et étonner mes hôtes. De plus, tu n'auras plus à te casser le dos, car il est très fort, lui souffle à l'oreille Pierre Ier. »

« Jésus Marie Joseph, vivre à côté d'un sarrasin !!! »… pensa Marie par-devers elle.

Puis priant tout haut :

« Mon Dieu ! Je vous en supplie aidez-moi ! Quels péchés ai-je commis pour que vous me punissiez ainsi ? De plus, j'ai le mal de dents depuis deux jours, avec toutes les festivités qui sont à préparer, comment vais-je m'en sortir ? Oh, non ! Un sarrasin dans ma cuisine, c'est le début de l'enfer, je suis morte… serait-ce le purgatoire avant l'enfer ? »

Pierre Ier ne peut retenir un grand rire : « Dieu vous en aimera que davantage Marie… »

Salim silencieux se déplaça et lui offrit des clous de girofle, en lui montrant comment les écraser entre ses dents en serrant très fort. Marie recula, hésita, se saisit quand même des grains, les disposa, puis senti ce drôle de goût qui lui envahit le palais et anesthésia les douleurs dentaires.

Puis en serrant les dents, elle s'affaira à ses préparatifs et ressentit le bienfait de la médication assez rapidement. Marie adressa un très léger sourire, qui ressemblait plus à un rictus, à l'égard de Salim qui le reçut humblement en courbant la tête avec satisfaction.

« À votre service, ma dame Marie » lui dit-il courtoisement dans un français irréprochable.

Marie rougit au son de sa voix, honteuse d'avoir méjugé Salim. Elle vivait sur des braises ardentes avec tout le travail qui l'attendait. Bien vite elle redescendit sur terre, ou plutôt dans la vaste cuisine de l'aile des communs.

Une solide équipe préparait le festin du soir et anticipait le banquet du lendemain. Dehors sur l'esplanade, le boucher et quelques tenanciers aidés de serfs égorgeaient les sangliers et les chevreuils, les porcelets ainsi que les veaux. Vaches et bœufs restaient aux manses car les vaches étaient les reproductrices et il ne fallait donc pas les occire pour qu'elles fassent des veaux. Quant aux bœufs, ils servaient au labour ou au transport.

Le sang des abattoirs recueilli par les enfants servirait pour la sanguinette[17] et à épaissir les civets de lièvres. Par cette chaleur il fallait faire vite, et utiliser l'eau à grand renfort pour que la viande ne tourne pas. La couvrir de laurier découpé, de romarin et de précieux morceaux de sel pilé avec du salpêtre.

Les chiens se chamaillaient les détritus, se régalaient des entrailles de tous ces bestiaux sacrifiés. Des coups de pied de toute part les repoussaient, mais sans succès, le sol sanguinolent les attirait comme les mouches et les guêpes.

Un groupe de femmes rieuses et bavardes plumaient les volatiles, étourneaux, merles, pigeons, poulets qui serviraient d'amusies pour les hommes ce soir. Plus sérieux la préparation des cygnes, des paons, auxquels elles mettaient de côté soigneusement les plumes qui orneraient la volaille cuite pour la présentation des plats au défilé d'apparat du lendemain lors du banquet, et de plumes pour écrire. Des fillettes récupéraient les plumes et les triaient sur des toiles de chanvre. Une fois défaites, les bestioles étaient embrochées

17 Boudin liquide.

sur de longues barres qui iraient aux cheminées du fournil et de la rôtisserie ou en *casse*[18] au four du potager.

Les jeunes gens approvisionnaient les feux en bois nécessaires pour entretenir toutes les cuissons à venir. Ils puisaient l'eau dans des *siaux* de bois dans le puits du château pour laver les œuvres et envoyer les indésirables aux douves.

Les pêcheurs déposaient des brassées d'anguilles dans des bouquets d'herbes, et les estourbissaient à l'aide d'un gros bâton.

Les enfants jouaient à la bataille avec les pauvres bestioles gluantes qui allaient elles aussi cuire à la broche, ou servir à garnir des croustades.

Pendant ce temps industrieux des multiples petites mains, les soldats se détendent dans la cour, face à la herse du château, devant la chapelle, et l'hydromel circule de mains en mains. Ils savourent le point de vue dégagé de la place d'armes qui domine les alentours aux quatre points cardinaux sur la vallée du Périgord. Leurs chevaux et tous les ongulés ont été abreuvés, descellés, bouchonnés et se reposent dans les écuries pleines à craquer. Pour eux aussi c'est temps de fête et demain ils iront *pacager*[19] l'herbe grasse des fonds bien herbeux devant les grottes troglodytes.

Des *drôles* et des *drôlesses* heureux de tout ce remue-ménage leur ont distribué de l'orge et de l'avoine ainsi que des brassées de foin. Ils sont à la fête eux aussi.

Les cinq petits enfants du seigneur, espiègles et rieurs, se glissent par tous les orifices du château et dédales de la tour de la place forte, se faufilant dans les souterrains pour voir ce qui se prépare dans tous les coins. L'excitation due au retour de leur grand-père et la

---

18 Plat de poterie.

19 Paître.

curiosité les animent. Les garçons ont même pris leurs épées de bois pour imiter les soldats à l'exercice, et courent après les chiens pour épater les filles.

Les chevaliers attendent qu'on leur apporte de l'eau pour prendre leur bain. Cérémonie qui surprend la contrée, mais c'est là une pratique que ces hommes ramènent d'Orient où les étuves et les bains sont tout un art de vivre très apprécié.

De l'autre côté des douves, les auberges fournissent le verjus aux hommes et aux femmes assoiffés par leur périple. Chacun veut connaître leur histoire mais peu parlent l'occitan. Beaucoup viennent des territoires traversés durant le retour de Pierre Ier. Il n'y a que rires, boutades, embrassades et tapes sur les épaules.

Les femmes sont avenantes et oublient la pénibilité des jours passés, la traversée méditerranéenne sous la chaleur en bateau, et tout ce qu'elles ont pu endurer pendant la guerre et ce pénible retour.

Quelques-uns demandent de la bière, cette boisson brune que l'on dit remplir l'estomac et donner fort mauvaise haleine. Pour ce soir ce n'est pas un problème tant ils ont soif ! Ce breuvage eut vite un grand succès et favorisa rapidement la miction mais aussi parfois frictions amicales tout autour des estaminets de fortune dressés le long des sentiers pentus. Certains au bord de la rivière, d'autres accolés à la palissade des douves. Les masures vibrionnaient telles des ruches d'abeilles. Les femmes pissant debout, seules les traces de nombreux filets humides marquaient le sol.

Les enfants les imitaient en riant, à celui qui ferait le jet le plus loin.

Que la vie est douce sans la guerre !

Pierre Ier se réjouit d'une telle fébrilité. Il veut que ses gens qui l'ont suivi fassent la fête. Et pendant que les mains expertes de sa servantaille farcissent les tourtes et pressent les fromages, préparent le souper, pétrissent les pains, Pierre Ier demande à son fils et aux religieux de le rejoindre dans la salle d'apparat.

« Mes barons, Chevaliers, mes frères les moines et frères Antonins ! commença le seigneur :

Je vous sollicite pour exposer en procession demain *tantôt*[20] les reliques ramenées de Jérusalem. Nous allons les vénérer. Et il nous faut créer un spectacle d'ostension qui satisfasse la dévotion digne de la valeur et du poids religieux de ces reliques. Vous avez pu voir Monsieur le Prieur, par insigne privilège, les trois reliques avant l'ensemble de la populace.

Demain notre Évêque de Périgueux, Renaud de Thiviers, sera en tête de la procession, que vous ouvrirez avec lui et les autres abbés. Pour cette présentation, il serait bon que tous les moines et les religieuses soient présents à votre suite. Je serai en second, suivi par les chevaliers croisés. Puis viendront les chariots chargés des reliques qui seront disposées sous un dais. Suivront ma famille, ma cour et tous les nobles de notre région. Mes hommes de pied fermeront la marche.

La fête doit être somptueuse. Aubeterre deviendra un lieu de dévotion, sa renommée s'élargira sur toute la région et au-delà. Ainsi son influence s'étendra en devenant un haut lieu de pèlerinage grâce aux reliques et à mon projet d'édification. »

Quelques irréductibles soldats se sont couchés à la belle étoile, rassasiés des rôtis de Marie, et des crèmes montées avec la contribution de Salim. Mais c'est surtout le vin bien frais qui les fit s'assoupir le sourire aux lèvres. En bas, les estaminets sont fermés et les rires ne sont plus qu'étouffés.

Hommes et femmes du voyage sont montés se coucher sur la colline en face, comme il a été prévu.

---

20 Après-midi.

La population est rentrée chez elle, et semble s'être tue pour mieux chanter, exulter, clamer leur joie le lendemain. Le ciel étoilé les recouvre du bonheur de la paix.

Bun ne[21]

21 Bonne nuit.

Chapitre 4 :
Le festoiement

Avant l'aurore, Geslin et Marie réveillent Martin mais laissent Gailhard finir sa nuit ronflant à pleins poumons, afin de bien débuter cette journée qui sera sans aucun doute mémorable. Ils sont bien conscients que l'événement qui secouera la cité sera de très bon augure pour la suite de la vie au château.

Même s'il ne fait pas jour, les serviteurs arrivent. Marie et Guillemette leur servent une soupe grasse qu'ils partagent tous au même récipient, trempant allègrement la cuillère en bois, et lampant ce bon bouillon de viande.

Plusieurs femmes et hommes, les yeux ensommeillés, sont déjà présents pour raviver les feux. Les braises n'étaient pas loin sous la cendre. Les tresses de brioches sont enfournées derrière les tourtes, pâtés et les miches de pain. Dans le fournil attendent les croustades faites la veille, puis d'autres tourtières de viande et de poisson auxquelles suivront les tourtes aux fruits, les galettes et les pâtes de fruit qui sèchent à côté des briques chaudes.

Dans le souterrain, au frais, les hommes ont entreposé les viandes abattues la veille, entrelardées de graisse de porc, ainsi que les grosses volailles en broche déjà assaisonnées.

Sur les trépieds et les chaufferettes de la salle chauffe le lait pour parachever les sauces de poisson et les entremets. D'autres sauces sur le potager épaississent, veillées par des jeunes filles qui touillent sans cesse sous la vigilance de Marie, pour ne rien faire cramer.

Et enfin, auprès de l'âtre, mijotent les civets au vin rouge, et ceux au vin blanc. Gare aux pucelles qui voudraient discuter.

Des chapelets de saucisses attendent qu'on les libère pour les joindre aux *toupines* de fèves. L'odeur du vin rouge et les échalotes piquaient le nez hier, mais ce matin c'est une odeur ronde de civet qui s'échappe des récipients. Aux chaudrons frémissent les poules farcies baignant dans un fumet d'herbes odorantes de saison.

Les hommes vont se mettre à cuire les gibiers coupés en deux, puis s'ensuivront les porcs, les moutons, les grosses volailles. Des jarres d'eau tenues par des garçonnets continueront sans arrêt d'arroser les morceaux afin d'avoir les meilleurs jus de viande.

Pierre Ier de Castillon n'a pas dormi. Son cœur est rempli de souvenirs et il redessine le parcours de sa vie.

Il repense à l'origine de sa famille puisqu'il descend du Roi de Pampelune 919-970.

Arbre généalogique de Pierre Ier de Castillon

Roi de Pampelune 919-970 épouse Comtesse d'Aragon 910-972

↓

Duc de Vasconie épouse Comtesse Consort de Castille 940-972

↓

Pons de Castillon épouse Tote de Vasconie

↓

Arnaud Aimond de Castillon vicomte 970-1022 Procosul de Bordeaux

↓

Gaucelm ou Galcème de Castillon seigneur de Castillon 1000-1050

↓

1. Olivier de Castillon est moine à Saint Florent

2. Gérard Chanoine de l'abbaye de Salagnac en Périgord
3. Pierre Ier de Castillon de Saint Loubès et de Puynormand épouse la vicomtesse Assalhide d'Aubeterre
4. Hélie de Castillon épouse dame de Chalais
5. Raymond de Castillon seigneur de Bonnes avec sa sœur dame Isabeau
6. Sénebrun de Castillon décédé
Ces cinq frères furent chassés de Paris tant ils firent tourner en bourrique l'ordre public et les femmes, ce furent de joyeux fêtards.

↓

Arnaud meurt en 1090, 2 fils : Guillaume et Pierre tous décédés. Pierre II épouse Bonnefille, puis Agnès qui meurt à Aubeterre en 1137

↓

Pierre III épouse Génosia, Thalèze, et revient de croisade en 1178,
Bertrand de Castillon meurt en 1181,
Hélie de Castillon Évêque d'Agen, meurt en 1181
Isabeau de Castillon
Olivier de Castillon

↓

Pierre IV marié avec Marguerite de Benauges, excommunié meurt en 1252

↓

Pierre V marié avec Jeanne de Périgord, meurt en Pays de Galles

↓

Marie de Castillon **épouse de Raymond**.

Puis ma vie… se remémore Pierre 1er de Castillon, prit une autre dimension avec la rencontre de ma bien aimée, Assalhide, et très vite nous vint un premier fils François, mort nourrisson. Peu de temps plus tard, quelle espérance et quelle joie pour Assalhide lorsqu'elle posa mes mains sur son ventre arrondi. Mais ce fut le même échec, la même déception. L'enfant survécut quelques semaines seulement. J'étais triste de voir Assalhide souffrir si désespérée. Elle décida de se rendre à Saint-Émilion, entra à l'ermitage, caressa longuement la grande pierre plate sur laquelle Saint-Émilion reposa, et nous demandions ensemble au Saint dans une prière fervente, d'être bénis pour que notre Dieu nous accorde un fils vivant.

Arnaud naquit, enfant gracile et attachant. Il épousa notre gentille bru qui nous donna deux petits enfants. Peu de temps après naquit Pierre II chez mon frère Elie De Chalais qui nous le confia à l'adoption. Garçon gras et potelé, joueur et taquin, il fit notre joie et devint un vrai frère pour Arnaud condamné par la même maladie que son épouse.

Notre gendresse mourut d'une toux déchirante, maigre et épuisée. Malgré tous les soins des pères Antonins, elle entraîna Arnaud dans la même maladie.

Avec Assalhide nous tentions de sortir au bon air les deux petits orphelins, bien chétifs alors. À 25 ans Arnaud nous laissait petit Guillaume et petit Pierre. Leur santé ne laissant aucun doute sur une vie brève, ayant la même maladie que leurs parents.

La vie réserve heureusement d'autres joies, celle d'avoir notre descendant, Pierre II s'attachant facilement à nous, et nous à lui. Il se plut à Aubeterre dans son château. Il est fort, rapide comme l'éclair, rusé et observateur. En grandissant, il comprend rapidement les situations délicates. Bon diplomate, il sera également un excellent soldat, et fera ainsi un excellent vicomte.

Après son premier mariage avec damoiselle Bonnefille qui décéda en couche, Agnès sa seconde épouse, de bonne constitution, aimante et bonne mère, lui donnera quatre enfants : Pierre III, Bertrand, Hélie, et notre fleur, Isabeau, notre première petite fille, une vraie fée.

(Olivier le petit dernier, naîtra plus tard.)

Et puis il y eut cette vilaine injure d'Olivier de Castillon à l'égard de l'archevêque de Bordeaux. Le pape et le roi appelaient à la Croisade pour sauver notre terre Sainte. Du fait de son refus, j'étais tout désigné pour le remplacer afin d'être au départ de cette croisade comme homme d'arme et de commandement. Je compris qu'il était de mon devoir de noble guerrier de remplacer mon frère aîné. Je n'ai pas regardé en arrière lorsque j'ai quitté Aubeterre il y a quatre ans, j'étais fier d'aller sauver Bethléem. J'avais une belle armée bien équipée que je pouvais payer avec une bonne solde. Gailhard me rappelait sans cesse le château avec son parler occitan et cela me consolait lorsque j'avais eu des journées éprouvantes. Cette guerre fut atroce, je ne retournerai pas en Terre Sainte. Et je découragerai Pierre II d'y mettre le bout du pied. De penser encore à ces tueries à ciel ouvert au nom de Dieu me devenait insupportable.

Comme me le dit Gailhard – « ***su son ase***[22] » :

« En mai d'aquo, n'avèm besonh del drol à Aubia Terria, en rason de tota que farà ! Voli pas dire mas dels paures bogres que vivan, la societat de naoutra época aima pas los paures. Nostra Pierre II, un boun Signor e sa fema s'emplissan d'amor. La drôlessa qu'es una estela dedins lo castillo e les drolo parleran dies linguas et iran contra los ipocritas. To les vesin lo diran, la vicomtesse pareilh à la Reina de Castilla. »

(Voilà la langue usuelle de l'époque de Gailhard, j'ai supposé qu'il me serait difficile d'écrire ce roman qui s'adresse à vous tous dans la même langue occitane du limousin si je voulais que vous en compreniez le contenu.)

22 Sur son âne.

Traduction :

« ***En Plus, de ça, nous avons besoin du damoiseau d'Aubeterre en raison de tout ce qu'il va faire. Je ne veux pas dire… mais les pauvres bougres qui vivent dans la société de notre époque ne sont pas aimés*** ! Pierre II ***est un bon seigneur et avec sa femme sont remplis d'amour. La petite fille est comme une étoile à l'intérieur du château et les petits garçons parleront dix langues, et vaincront les Hypocrites*** ! ***Tous les voisins vous le diront, la vicomtesse est pareille à la reine de Castille*** ! »

Quand j'entends Gailhard s'enflammer, il me rappelle Geslin son père, et ça me fait du bien. Je me sentais comme soutenu par ce fils de mon pays.

Lors des attaques, je ne pensais qu'à ma petite étoile qui brillait auprès d'Assalhide. J'ai tenu. Mais ma tristesse est grande aujourd'hui d'avoir perdu Assalhide. Ma peine est infinie et assombrit tellement la joyeuse effervescence que j'entends de partout dans le château et autour des douves.

Je me souviens de ma bien aimée si vivement, que mon cœur se serre, à en déchirer le drap. Je fixe le tableau de bois où son portrait est peint, accroché au-dessus de sa tablette.

J'ouvre un meuble et en sors un anneau d'or orné d'une pierre de jaspe que je lui avais offerte pour la naissance de notre premier fils, décédé tout petit.

Je caresse sa brosse à laquelle reste accrochée une boucle de ses cheveux, et là je respire avec délice son onguent. Son odeur de rose et de muguet me remplit d'émotion. J'enfile la pierre de jaspe à mon annulaire.

Elle sera toujours sur moi et ainsi j'aurai l'impression que ma bien-aimée participera à toutes ces réjouissances. Elle sera à mon doigt comme dans mon cœur.

Le seigneur Pierre Ier se vêt avec application. Geslin lui avait préparé avec attention sa tenue d'apparat. Demeurant soucieux du bon déroulement des festivités, il va vérifier que ses hommes se restaurent bien avec le jambon, les charcuteries et les viandes froides puis il leur donne ses instructions pour protéger les reliques d'éventuels vols ou débordements de la foule. Il se sent un peu anxieux.

Pierre Ier ordonne :

« Les chevaliers seront les premiers à encadrer les trois reliques qu'ils iront quérir dans ma chambre. Les soldats encadreront les chariots chargés de tissus et de tapis puis les coffres de bijoux, d'or et d'argent. Vous garderez bien serré ce cordon de protection. Ma famille fera suite à ce trésor. Voyez ! La noblesse Périgourdine et Saintongeaise de nos coteaux est déjà nombreuse. Celle de Gironde va arriver. Les hommes de pieds suivront le cortège et l'encadreront de telle manière que la menuaille[23] puisse aller à la grand-messe exceptionnellement. »

Au donjon, dans la chambre de Pierre Ier de Castillon, les attendent dans une cassette, sur un coussin bleu brodé d'or, le clou prélevé à la croix du Christ, un fragment de l'écriteau cloué au-dessus de la tête du Christ lors de la crucifixion. Sur un autre coussin rouge et doré, trône la flasque de verre de Venise contenant la terre du Mont des oliviers à Jérusalem.

Tous les porteurs de reliques mettent religieusement un genou en terre avant de les descendre sur la terrasse de pierre blanche, où sont stationnés les écuyers qui ont habillé les montures de leurs plus beaux apparats, rouge et jaune, comme le tour des pennons ornant les lances.

---

23 Gens de service.

À l'extérieur arrivent pour ce jour exceptionnel, les premiers invités. Ils pénètrent dans le château, richement vêtus. Ce sont des nobles les plus proches.

Un incessant défilé commence : les prélats de Montmoreau, les moines de Palluaud, sont les premiers arrivés et se mettent ostensiblement en prière.

Le seigneur Hélie de Bourdeille avec les bénédictins de Brantôme apportent la *relique de Saint Sicaire*, en procession le long de la Dronne, dans les premiers frimas du matin par ce temps estival. Partis à jeun pour mieux prier et alors qu'ils doivent le rester jusqu'à la sainte communion, les moines ne refusent pas pour autant la soupe bien grasse de Marie, et les brioches encore chaudes du fournil sans se faire voir de leur supérieur (l'abbé et le prieur, feront de même en se cachant discrètement.)

La famille d'Hélie de Chalais, avec Agnès leur fille unique, arrive en côtoyant la seigneurie de Bonnes.

Enfin Olivier mon frère aîné, devenu moine à Saint Florent arrive avec de nombreux nobles de Gironde accompagnés de l'abbé de Saint Florent.

Toute la fratrie de Pierre Ier est présente : Olivier, Gérard, Hélie, Raymond. Ma sœur Isabeau, seul manque Sénebrun, décédé bien trop jeune.

Tous ces fervents croyants jouent des coudes à l'instar des moines, pour également profiter des brioches sans se faire voir de ceux-ci avant la communion… ce serait un péché.

Le seigneur Alon de Montmoreau de son côté, fait le don *d'une chapelle* dans le but intéressé de recevoir les pèlerinages qui passeront bientôt par chez lui.

Mais voici l'évêque de Périgueux, Renaud de Thiviers, qui voyage avec le seigneur du château Barrière de Périgueux, suivi de l'ermite de Chancelade et ses premiers moines défricheurs, toute la famille de Salignac au complet, les Talleyrand, montés sur les plus belles montures. Se présente le seigneur du château de Ribérac, celui de Montendre, de La roche Chalais, de Fronsac, de Barbezieux, de Mussidan…

Le plus étonnant et le plus émouvant c'est l'arrivée de dame de Vitapi, veuve de Guillaume III Taillefer avec lequel Pierre Ier de Castillon a combattu et voyagé et qui malheureusement vient de mourir en arrivant à Angoulême d'une maladie mystérieuse et étrange dès son retour de Jérusalem. C'est la famille de dame vicomtesse Assalhide. Leur fils Wulgrin II Taillefer lui succède, le visage empreint de droiture. Ses hommes portent haut le blason de la Comté d'Angoulême.

Il marque le pas à cheval devant son frère Foulques et ses deux sœurs.

Pierre II s'est mis à la hauteur de son père le seigneur Pierre Ier de Castillon vicomte d'Aubeterre. Les entourent son épouse Agnès et leurs trois enfants, juste à côté les autres petits enfants Guillaume et Pierre nés d'Arnaud mort depuis neuf hivers. Les chevaliers font grand effet encadrant les reliques et le trésor.

Pierre Ier de Castillon d'Aubeterre serre dans ses bras sa cousine par alliance, la veuve De Taillefer pour rendre hommage à son compagnon de croisade qui l'a quitté depuis seulement six jours, après avoir partagé tant de batailles, la soif, la famine, le froid, les chaleurs étouffantes, le sang et les larmes, toujours désireux d'être au service du Christ.

Au début de la procession, se trouvent les hommes en armes qui encadrent les divines reliques, et l'Évêque de Périgueux en tête, Olivier le frère moine de Pierre Ier Gérard chanoine de Salagnac.

Ils sont suivis par les archiprêtres, les prêtres, vicaires et diacres, les moines de Périgueux, les religieux et les religieuses d'Aubeterre qui ferment le cortège.

Aujourd'hui, en ce jour mémorable, tous et toutes les consacré(e)s auront droit de vaquer toute la journée en liberté dans la cité après les cérémonies et les banquets.

Une fièvre religieuse monte, emporte tous ces religieux. Le chant des prières d'actions de grâce pour le retour des croisés apportant de telles reliques couvre tous les bruits. Tous sont habités d'un immense désir et d'une folle énergie pour aller prier devant les reliques du Christ qu'ils n'ont pas encore vues ni vénérées.

Mais ils sont aussi pétris d'impatience et d'enthousiasme à l'idée d'être libres exceptionnellement pour faire la fête avec la populace et dîner à la table des seigneurs et du clergé.

Puis viendront tous les nobles familles de barons du comté de Périgueux, du Limousin, d'Angoulême de Montguyon, Montendre, Saint-Jean-d'Angély, Bore-d'eaux[24], puis les connétables et les plus riches commerçants.

Le long cortège descendra sur la place du village, où œuvrent l'aubergiste, le tisserand, le potier, le charron et le maréchal-ferrant. Tous les paysans sont présents en famille. Tenanciers libres ou serfs, ils longent le sentier barbacane, pour se présenter devant la crypte en traversant tout son pauvre quartier et en remontant le long des murailles du château car ils ne pourront pénétrer dans la chapelle du Château où resteront exposées les saintes reliques et ils devront attendre que tous les hauts personnages soient passés pour aller vénérer à leur tour les reliques.

Après les célébrations et les bénédictions, les reliques resteront exposées aux chalands et aux pèlerins toute la journée jusqu'à la nuit,

24 La ville de Bordeaux.

surveillées de très près par les hommes d'armes et des chevaliers à tour de rôle, comme il en a été convenu la veille.

« Je compte sur vous mes hommes d'armes et mes chevaliers pour remonter les trois reliques à mon château dans ma chambre après le banquet. Vous viendrez m'en informer. Geslin sera avec vous, lui seul aura les clefs. C'est seulement ce soir, et à ce moment-là, que nous ferons exploser les poudres de magie sur les remparts et aux deux tours du château, la fête pourra battre son plein. Que les sergents fassent obéir tous les hommes ! » ordonne Pierre Ier de Castillon vicomte d'Aubeterre.

Un bruit de fond monte, les gens d'en bas se massent, la foule devient de plus en plus compacte car tous les paroissiens qui pouvaient se déplacer ont fait le chemin pour participer à cette manifestation mémorable. On porte même les plus vieux sur des sortes de grabats. L'intensité et la ferveur de l'attente deviennent perceptibles. La houle emporte tous les présents, ils patientent à la sortie du château. Les pauvres gens délaissant si possible leurs habits ordinaires se sont faits beaux autant qu'ils le peuvent.

Enfin, la longue cohorte s'étire, et les moines et religieuses chantent les Alléluias. La foule répond par les Hosannas qui jaillissent comme des jets d'eau. Les fleurs blanches des champs cueillies par les fillettes, embellissent la route du cortège, mélangées à des branches de buis et de lauriers coupées par les garçonnets.

Les odeurs matinales sont agréables, et la cloche du château sonne les onze heures de la tierce, puis carillonne à la volée tout le temps du déplacement jusqu'à la chapelle souterraine.

La foule acclame le clergé, guettant de tous leurs yeux les religieux vêtus de tous leurs plus beaux atours d'officiants qui bénissent les premiers spectateurs massés au plus près du cortège.

Pierre Ier de Castillon vicomte d'Aubeterrre continue la procession en famille, avec ses soldats et ses chevaliers, entouré de nombreux nobles et saluant de tous côtés la foule admirative. Les voyageurs de terre Sainte s'étirent en une longue file et passeront après le cortège devançant la population de la cité.

Les uns après les autres se bousculent pour être bénis devant les reliques et enfin de pouvoir les admirer. Toutes les rumeurs les plus folles circulent, « on a ramené le crâne de jésus… » dit-on. Puis d'une manière tout aussi fantasque « Il paraît que le seigneur rapporte la tunique du centurion… ou encore la couronne d'épine… »

À la queue du cortège, des chariots bombés, fermement défendus par les gens d'arme de Pierre Ier de Castillon vicomte d'Aubeterre, maintiennent à distance respectable les curieux. On ne sait jamais, ils peuvent espérer tous qu'une pièce d'or ou quelques perles fines roulent de ces énormes chargements tant convoités.

La messe est dite en latin dans la crypte souterraine et les chants grégoriens emplissent les cœurs et les esprits de saintes pensées sans aucun doute. Cependant, des regards obliques, çà et là. Les membres du clergé s'observent entre religieux et religieuses, exceptionnellement côte à côte, car aujourd'hui tous sont de la fête n'ayant jamais été aussi proches les uns des autres. Certains baissent au plus bas leur front et ferment les yeux afin de ne pas se laisser distraire ou pour ne pas entrer en tentation afin de mieux se concentrer et de se laisser habiter par leurs pieuses prières.

L'eau bénite mouille les cheveux et les robes, les religieux circulent dans la foule qui leur fraye un passage pour qu'ils puissent bénir avec leur bouquet de buis.

Après l'élévation, avec humilité, les participants finiront par s'agenouiller devant les reliques. Certains, plus chanceux, arriveront à baiser les coussins, caresser le vase de terre sainte. Tous se remplissent les yeux, pleurent, se signent, demandent à Dieu de les bénir par la vie du Christ passée sur terre et dont ils vont posséder désormais un peu de sa vie terrestre qui sera à jamais conservée dans leur cité grâce à leur vicomte.

Ils se sentent comblés d'un d'amour immense ainsi que d'une nouvelle ferveur et d'une nouvelle responsabilité. Ils deviennent à leur tour des *témoins*. Eux aussi désormais ont vu les reliques du Christ. Ils en deviennent les protecteurs pour la transmission de la foi. (Les germains voleront les reliques, l'on retrouve le clou à Vienne en Autriche.)

***

Ça bouge au château, comme dans une ruche. Les femmes et les hommes ont dressé les tables, tendu les draps pour accueillir les plus hauts religieux avec les nobles et les chevaliers. Marie a disposé tout ce que le vicomte lui a porté : assiettes en or et en argent, gobelets aux insertions de pierres précieuses, piques pour manger. Guillemette a fait ramasser des fougères et du romarin qu'elle a disposé autour des torches, et le long des poutres qui sont fixées aux murs. C'est magnifique et ça sent divinement bon.

Les ménestrels sont arrivés et se sont rempli la panse des restes de la veille. Ils s'allongent derrière le chemin de ronde au sud du château pour un temps de repos, car leur heure n'est pas encore venue, et ils digèrent, profitant d'une bonne sieste en attente du retour des invités.

Le long des douves, Geslin aidé de vilains a prévu l'installation d'une immense tablée. Les vilaines déposent tout ce que le château a cuit pour régaler la foule, et des serfs désignés feront l'aller-retour avec les cuisines du château pour que rien ne manque au banquet du peuple.

Se côtoient sur les tables, des pains au lard, des cornues, des œufs, des galettes de froment et de sarrasin, des morceaux de sangliers, des tranches de poisson à l'ail, des choux farcis à la viande de porc, des crèmes de marrons, des coupes de lait caillé, des compotées, et des tonnelets de bière et de vin. Sur des dizaines de mètres les tables construites à l'aide de troncs d'acacias et de branches sont prêtes pour accueillir les agapes au retour des priants. C'est magnifique.

Le soleil en ce jour est bien timide, idéal pour ne pas gâter les victuailles, mais il sera brillant au fond des cœurs.

Marie a fait le tour pour vérifier que tout soit en place et s'en retourne satisfaite au château où l'attend Guillemette pressée de tous bords par les nécessités d'un banquet hors du commun et unique dans une vie. Les serviteurs ont rempli les cruches, sur le nappage des gobelets en bois et des cornes attendent les breuvages locaux, tout est prêt pour le banquet.

Les cloches qui s'étaient tues durant presque trois heures, recommencent à carillonner annonçant l'arrivée prochaine de tous ces ventres affamés. C'est bien le seigneur Pierre Ier qui ouvre la marche avec à ses côtés la veuve Taillefer qui malgré son deuil a accepté de participer aux agapes avec ses enfants et ses suivants.

L'évêque de Périgueux chargé de son lourd manteau au dais d'or se laisse soulager par des moinillons et s'installe d'office à la droite du vicomte. Suivront les familles de Castillon, de Taillefer, de Salignac, les Taleyrand puis les seigneurs des environs, le père abbé des bénédictins de Brantôme, de Palluaud ainsi que l'ermite de Chancelade et la mère abbesse Biétrix.

Dame Agnès de Castillon d'Aubeterre, dans un élégant bliaud en velours ramené de Venise par son beau-père donnait à voir sous un voile beige, ses formes avantageuses et sa gorge blanche gonflée ainsi que ses hanches rondes fort prometteuses de la vie à venir. Elle rayonne, ses cheveux tressés portent un ruban d'Orient entrelacé dans ses boucles brunes agrémentées de perles fines. Pierre II l'admire, réjoui. Ils s'installèrent avant les autres seigneurs à la suite des autres invités auprès de son père Pierre Ier.

Tout joyeux, les chevaliers croisés s'alignent à leur tour les uns après les autres. Ils attendent les lippées apportées par la servantaille du château aidée de quelques vilains pour servir une aussi grande tablée.

Le vicomte a laissé des arbalétriers placés tout le long de la courtine, une attaque des Brabançons de la forêt de La Double restant une crainte possible à ne pas négliger tant la richesse que possède désormais Aubeterre peut créer des tentations. Ils sont nombreux et fort bien informés et doivent déjà connaître la fortune arrivée d'Orient. Il faudra désormais veiller à la sécurité des pèlerins, que les routiers et les voleurs ne puissent s'organiser pour les détrousser. De même il faudra, tenir compte des Brabançons et renforcer rapidement la défense du château.

Le défilé parade de plats somptueux et appétissants.

Marie envoie le signal du défilé des mets. Elle avait sorti du coffre en merisier les plats d'argent pour disposer habilement les cygnes, les paons et les volailles qui arrivent en force sur des plats de terre. Les servants tournent tout autour des tables avant de disposer les plats à portée de main des gens les plus importants ainsi que des coupes d'argent pour les nobles. Ces coupes sont prêtes à recevoir le bon vin de la vigne de Belair du vicomte.

Les invités se régalent à la vue de toute cette nourriture si bien présentée et qui sent si bon. Les civets commencent à être servis. Les convives qui n'ont pas l'honneur d'avoir la vaisselle d'Orient, étendent sur leur tranchoir la bonne nourriture. De larges tranches de pain aillées seront distribuées pour recevoir les morceaux des gibiers que les gens d'honneur auront laissés, destinées à être données aux malades et aux personnes âgées absentes.

L'abondance n'oubliera aucun des convives. Les religieux et les religieuses, peu habitués à une telle abondance, se goinfrent et boivent avec délectation du clairet et du vin rouge. Les religieuses ont préféré la bière pensant qu'il y aurait moins de péché à boire de la bière que du vin. Tout ce petit monde s'en trouve fort gai à l'arrivée des ménestrels et des troubadours. L'assemblée comblée applaudit les artistes. Leurs *cansons*[25] font voyager ceux qui ne sont pas partis pour Jérusalem. Bien qu'il y ait deux veufs à la table ils entonnent quelques paroles de *fine amor* reprises par tous. Puis la ronde des desserts devance le bal.

Certains ont du mal à se tenir sur les bancs trop étroits, ayant abusé du vin…

À la nuit tombée, les religieux s'éparpillèrent discrètement dans les fourrés et enjambèrent les balustrades du domaine accompagnés de quelques dames ou religieuses…

Nombreux furent ceux qui oublièrent la porte de clôture de leur communauté ce soir-là… Ils se congratulèrent, se séduisirent, avant de se consumer dans les flammes de leurs corps échauffés, et communièrent dans les délices du plaisir, découvrant le langage amoureux de leurs corps, sous l'incroyable féerie des feux d'artifice tirés du haut des murailles du château un extraordinaire spectacle.

L'ermite lui-même attira sur sa poitrine la mère abbesse du couvent. Il défit sa ceinture de cuir, et pendant qu'il ôtait la robe noire en laine, posa sur les lèvres de mère Bietrix des baisers d'abord timides et tendres, puis désordonnés. Son souffle sur la bouche la remplissait d'émoi et de panique. Devant l'effarement de la dame, l'ermite Joceran sut réfréner son élan. Délicatement il lui montra de la douceur. Étape par étape, par des caresses de plus en plus audacieuses, ils réveillèrent toutes les parties de leurs corps laissées jusque-là à l'abandon, passant de la tendresse à la pulsion frénétique. La passion les dévora toute la nuit.

---

25 Chansons.

Le lendemain matin à prime[26], le jour se leva sur plusieurs sœurs escambillées[27] lovées dans les bras des bénédictins ou des augustins. Leurs robes jonchaient le long des futaies des prés de la *Drone.*

Étonnamment la sœur tourière se réveilla dans les bras du frère prieur… et la mère abbesse Bietrix dans ceux de Joceran… grandes furent leurs surprises. Les relevailles, nous l'imaginons bien, furent rapidement effectuées au son lointain des cloches des monastères qui virent arriver à la course leurs religieux.

Tout avait été bon et bien fait, ***le Bon Dieu aime l'amour***.

Ils s'en tiraient avec l'esprit embrumé, mais aucun ne pensait à une éventuelle grossesse pour la religieuse qui devrait alors cacher son état pour abandonner l'enfant dans son couvent. Où encore, ces fruits de l'amour devraient être derechef élevés parmi les orphelins ou pire, étouffés et enterrés le long de la chapelle du couvent dès le premier cri du nouveau né.

Le pape Grégoire VII a beau leur demander de pratiquer le célibat réformateur et désormais le pape Victor III, contraints et forcés, ils n'en sont aucunement partisans. Pourquoi se repentir d'aimer ? Demander pardon à qui ? Avoir trahi qui ? Une seule discipline humaine incompréhensible et injuste ? Est-ce que tout cela n'a pas eu lieu sous le sourire de Dieu ? La fête fut totale, belle et remplie de bienfaits.

---

26 Première prière.

27 Corps alangui le long de l'homme.

Chapitre 5
Les grands projets

Pierre Ier a convoqué son fils et sa belle fille, ses frères, Hélie de Castillon, Raymond de Castillon châtelain de Bonnes, Olivier son frère aîné moine ainsi que Gérard son frère chanoine de Salagnac ; l'évêque de Périgueux et les responsables des abbayes ainsi que les chevaliers ; enfin, l'abbesse Bietrix du couvent d'Aubeterre. Après avoir avalé avec eux un bouillon gras dans une écuelle en terre, dévoré encore un chapon aux pois sur du cresson vinaigré, le tout arrosé de vin aromatisé, le vicomte expose ses idées.

« Mes amis… J'ai de grands projets pour Aubeterre, et la crypte va devenir l'église saint Sauveur pour les miracles qui vont s'y dérouler, témoignant ainsi de la mansuétude de notre Dieu dont nous avons les reliques. Il nous faut une basilique souterraine en dessous du château communiquant avec la crypte.

J'ai là les plans conçus par des Turcs, sur la base des églises de Cappadoce ; redessinés par des maîtres Vénitiens et corrigés par leurs savants calculs. Nous allons extraire la roche tendre de tuffeau qui se trouve à proximité de l'église du château. Nous partirons donc de la cour du château puisque c'est de là que les sous terrain sont construits, et ferons creuser dans la roche un édifice de 27 mètres de long sur 11 mètres de large, avec des piliers de 20 mètres de haut pour soutenir voûtes et galeries. Il nous faut atteindre le seuil de la crypte des chanoines d'où sera extraite la pierre.

Tout sera relié : la chapelle du château, la basilique souterraine et la crypte de la Communauté de nos moines.

Un reliquaire rappelant le mausolée de la tombe du Christ sera érigé et détiendra la terre du Mont des oliviers, le clou de la croix de Jésus-Christ, et le morceau de l'écriteau qui était fixé à la croix que j'ai mis dans cette cassette en or.

Les fines colonnades du sanctuaire rappelleront parfaitement la grande beauté de celui de Jérusalem et inspireront la prière et les offrandes.

Au centre de la nef, nous creuserons une vaste croix en forme de celle des croisés. À la droite et à la gauche vous disposerez mon corps et celui de dame Assalhide. En face seront les deux corps de nos deux premiers enfants. C'est là que je veux reposer quand le Très-Haut m'appellera. Plus bas une croix rappellera le don de notre baptême.

Il faudra compter 300 hommes pour effectuer ces travaux durant plus d'une dizaine d'années. Les premiers à y travailler seront les gens qui nous ont suivis sur la route des croisades, mais il faudra beaucoup d'autres bras, et surtout des moines constructeurs car ils s'y connaissent en calcul et maîtrisent les nouvelles techniques d'arithmétiques que les Arabes et les Vénitiens nous ont apportées. Si des compagnons passent embauchez-les ! Eux seuls connaissent le nombre d'or.

Des croquants seront bienheureux de trouver là un vrai emploi. La ville va prendre de l'importance et rayonner. Les habitations devront devenir solides.

Il va falloir abattre de nombreux arbres pour construire merlons, échelles, charpentes, mais aussi les fortifications du château. Les espaces ainsi libérés par les arbres abattus serviront aux pâturages et aux terres agricoles pour que de nouvelles familles puissent s'installer et y prospérer. Plusieurs manses se créeront au fur et à mesure du défrichage. Des villages vont voir le jour.

Avec la roche nous construirons des remparts en pierre tout le long du domaine du château, puis les gueux pourront se servir dans la pierraille pour construire leurs maisons tout autour du château. La pierre et le bois seront gratuits pour tout travailleur.

« L'Église ne sera pas oubliée Monseigneur ! » Se tournant vers l'évêque de Périgueux, « Notre Grâce, nous ferons bâtir une commanderie générale d'Aubeterre de l'ordre de Saint-Antoine qui servira la maison de l'aumône sur la paroisse de Mirand (1100-1838) pour combattre le feu Saint-Antoine (présence mortelle de l'ergot dans le pain). Le château pourvoira à la nourriture nécessaire qui sera retenue sur les redevances. Avec les pierres, nous construirons d'autres bâtiments selon les besoins des religieux ».

(Il ne se doutait pas que l'Église prendrait ombrage du succès des pèlerinages et ferait construire plus tard une collégiale en 1171, Saint-Jacques, plus lumineuse, plus saine, et sur la route venant de Montmoreau où passaient les nombreux pèlerins venant de la Saintonge et de Bordeaux, sur ordre du Pape lui-même avec une énorme dotation de sa part.)

« Avec toute cette pierre enlevée nous édifierons des murs et des façades en pierre de roche. Raimond mon frère ! De Bonnes, tu nous aideras à en faire une vraie cité fortifiée, car tu pourrais avoir besoin un jour de sa protection et de t'y réfugier, car notre famille Hélie de Chalais est trop éloignée pour pouvoir te protéger en cas de guerre ou de menace d'attaque.

Mes pères abbés, vous nous aiderez en nous donnant une dizaine de religieux régulièrement pour encadrer les équipes. Qu'ils sachent lire des plans et compter. Ils assureront les offices, ainsi que les premiers soins en cas de blessures si besoin est.

Les religieuses soigneront les blessés aidés par les frères Antonins et les sections de membres par Gailhard. Nous prévoyons de construire un couvent pour que leurs communautés puissent s'agrandir et prospérer. Notre abbaye sera celle de Chancelade en construction. »

À ces propos, le prieur de Brantôme remue et tousse pour marquer sa désapprobation.

Brantôme n'oubliera pas cet affront et se liguera avec les Mareuil et la famille de Saint-André, pour se venger le temps venu.

« Bientôt de nombreuses flèches élancées inciteront à lever le regard vers le ciel, signaleront les couvents et monastères. Les cloches sonneront de partout, invitant à la prière, dans le coteau face au château.

Aubeterre sera bien la troisième ville fortifiée de notre contrée. Nous encouragerons Palluaud à parachever son monastère. Pillac avec sa fontaine réputée pour guérir de la teigne, va développer sa viguerie et construire une église qui s'appellera Saint-Aignan. Saint-Antoine sera desservi avec l'aide de nombreux passeurs qui aideront à traverser la *Drone* en barque pour faciliter l'accès des pèlerins venant du Limousin et du Périgord. Les péages seront partagés avec les religieux afin qu'ils puissent continuer leurs ouvrages et accueillir au mieux les pèlerins. »

Le vicomte avait ainsi donné là ses directives et son testament à son retour.

Pierre Ier fixa avec insistance les abbés requérant leurs avis. Joceran l'ermite de Chancelade donna son accord en souhaitant enregistrer l'acte le plus rapidement possible. Il savait qu'il avait devant lui l'opportunité d'enrichir considérablement une communauté avec la promesse de ces futurs revenus importants.

Et… comme la mère Bietrix des Augustines ne le laissait pas indifférent du tout… il s'engagea à venir régulièrement visiter les travaux et à embaucher les meilleurs artisans. Il avait compris que les recettes qui lui reviendraient régulièrement seraient sûres et importantes. En quoi il ne se trompait pas car l'histoire des livres de comptes de l'abbaye de Chancelade démontre avec exactitude l'importance des sommes conséquentes perçues par Aubeterre dont une partie était reversée au seigneur et l'autre à l'abbaye.

Le prieur de l'abbaye de Brantôme s'engagea à encadrer les ouvriers, moyennant une somme importante de florins payée d'avance. Les Chartes furent rédigées à la plume et au roseau, en latin, signées par les parties concernées et de nombreux témoins. Pour finir en beauté, Pierre Ier de Castillon invita ses compagnons et partenaires à apprendre à jouer aux échecs. Jeu ramené d'Orient qui le passionnait.

Ils furent tant occupés par leur nouveau jeu de roi et de reine, qu'ils furent tout étonnés d'entendre Geslin houspillé par Marie, sonner le rappel pour le festin du soir.

Pierre Ier de Castillon vicomte d'Aubeterre invita ses gens à laisser là leur apprentissage au jeu et à passer à table. Les femmes toutes parées de soie arrivèrent vibrionnant et rayonnantes. On alluma les bougies et les torches. L'ambiance guerrière provoquée par le son des éperons en or des chevaliers sur les dalles du sol de la grande salle du château ne contrariait en rien cet instant de plaisir et d'allégresse. Plusieurs fois les gobelets furent levés à la santé de tous et surtout du seigneur Pierre Ier de Castillon vicomte d'Aubeterre.

Les simples manants, au cours de cette soirée, se contentaient d'un hanap bien servi dans les petites auberges. La place bruissait encore des derniers rires de femmes émoustillées, succombant aux compliments d'hommes heureux. Ils savaient qu'ils allaient avoir du travail suffisamment pendant de longues années, assurant couvert et nourriture pour leurs familles.

Marie et Salim s'étaient surpassés, régalant tout ce monde de tourtes d'anguilles, de pâtés savoureux aux sauces crémeuses, de rôtis de chevreaux, de dragées, de crèmes et de beignets. Des fruits confits faisaient exploser en feu d'artifice les palais déjà ravis de goûts exquis terminant en beauté cette soirée mémorable entre toutes.

Après le souper, les chevaliers jouèrent tard dans la nuit pour tenter de finir les parties d'échecs interrompues. Parties qui furent arrosées d'un vin parfumé aux épices venues d'Orient.

« Mes amis, dit en se levant Pierre Ier, toutes ces festivités m'ont profondément ému. Je vous donne bien le bonsoir et vous confie pour les temps à venir de grandes œuvres à réaliser. Les pèlerinages seront des sources de commerces importants pour la cité et notre population dont Dieu nous a confié la protection. Vous m'en voyez heureux.

Je vous salue mes frères religieux le Chanoine Gérard et Olivier d'être venu de la Gironde pour cette grande fête, bénissez-moi, avant que j'aille me reposer sur ma couche.

Geslin mon cher intendant, accompagne-moi avec une torche ».

Tous deux grimpèrent jusqu'au haut de la tour où se trouvait la chambre du vicomte :

« Aide-moi mon ami, ce soir fut un moment d'un immense bonheur… Regarde, voilà pour toi, ce que je te confie : tous les grains et les pépins que nous avons ramenés d'Orient sont sous ta responsabilité. Tu feras préparer la terre et feras naître ce jardin avec ton fils Martin. Tu le protégeras des nuisibles et veilleras à sa fécondité. Tu le disposeras à l'ouest tourné vers l'océan. Et maintenant tire ma porte et va rejoindre Marie qui a si bien travaillé pour la réception. N'hésitez pas à solliciter les conseils et les sciences de Salim. Vous en aurez besoin. La présence de Salim avec son savoir et son expérience vous sera certainement nécessaire. Il faudra lui faire confiance et son aide d'une fidélité totale vous impressionnera. Sa fidélité à mon égard n'a jamais été démentie, il te respectera comme il me respecte, même si pour lui, selon sa foi, nous sommes *des infidèles*. Sois en sûr, jamais il ne te trahira. Avec lui nous avons affronté de nombreux périls et traversé de belles contrées.

J'ai vu Marash, Antioche, Tripoli, Jérusalem, et même Venise, toutes des cités magnifiques. Il sait que pour moi Aubeterre sera toujours à mon cœur la cité la plus merveilleuse. Vraiment tu peux t'en faire un ami et mettre en lui ta confiance encore plus que si c'était ton frère.

Tu peux disposer mon ami, mon frère, maintenant tout est prêt. Va en bas, ton devoir t'appelle, je suis apaisé ce soir. »

Le fidèle Geslin quitta son seigneur, le laissant se coucher en position semi-allongé dans son lit carré de noyer noirci au brou de noix, dans des draps de toile de Champagne, rareté dont avait hérité son épouse et qui sentaient bon le soleil du Périgord. Les vastes coffres remplis des trésors, de vêtements et d'armures étaient tous rangés le long des murs de la tour. Rassuré, ayant Pierre II et sa famille pour lui succéder, Pierre Ier s'endormit paisiblement dans un sentiment de quiétude, avec la satisfaction du devoir accompli, il tira les lourds rideaux.

***

La brume matinale donnait de tendres couleurs aux aulnes et à la forêt de chênes et de hêtres quand Geslin frappa à la chambre de son seigneur. Il allait pleuvoir ce matin et c'était une bonne chose car la terre avait soif.

Les orages de septembre sont particulièrement fréquents. Malheureusement, pour construire les tentes, les chevaliers n'auraient pas beau temps !

« Seigneur ? Vous êtes attendus par vos chevaliers qui vous mettent au défi de dresser un faucon, car ils verraient bien une fauconnerie dans votre seigneurie !

Seigneur vicomte ? Réveillez-vous ! Il est bon de retrouver sa couche après autant de chemin, mais vous la retrouverez ce soir, elle ne changera pas de place. »

Geslin s'approche des lourdes tentures, écarte le tissu et aperçoit Pierre Ier, les mains croisées sur sa poitrine, endormi pour l'éternité, son visage paisible.

Ce grand seigneur, nommé **le chef des 500 preux**, celui qui avait été choisi pour ouvrir la marche de l'avancée Toulousaine reposait chez lui et son âme était auprès de son Dieu l'Éternel.

Chapitre 6 :
La puissance de la vie

Dès l'annonce du décès, ses fidèles chevaliers, affligés, comme orphelins, vinrent avec une virile tendresse le préparer pour que son corps soit exposé sur une table de la salle d'armes, dans sa grande tenue, entre ses mains croisées sa fidèle épée et sur son torse son blason. Ils croisèrent en silence leurs épées au-dessus de son corps, tous ayant revêtu leurs armures de chevaliers pour lui rendre l'hommage dû à son rang. L'émotion palpable rendait le moment encore plus solennel, impressionnant.

Après avoir guerroyé victorieusement sur autant de champs de bataille, se séparer de lui aussi brutalement à son arrivée les bouleversait. Cela ressemblait de beaucoup à la mort mystérieuse qui avait touché le seigneur d'Engoulesme, y avait-il un lien entre ces deux décès ? Était-ce un message venant du Ciel ?

Comment le savoir. Le seigneur Pierre Ier semblait heureux, le visage reposé, les lèvres à peine soulevées comme pour dire aux siens :

« Je suis enfin arrivé chez notre père céleste, j'y ai retrouvé mon épouse. »

Et à ses chevaliers :

« C'est à vous maintenant d'accomplir votre devoir. »

La question de l'empoisonnement ne se posait pas, c'était évident. Sa mort était naturelle, son visage trahissant le bonheur, après avoir accompli son devoir, son bonheur d'avoir retrouvé sa bien-aimée.

Sobrement, dans une ambiance empreinte de respect pour ce grand homme, la population très rapidement avertie par le bouche à oreille, vint en masse lui rendre le dernier hommage. Un cortège de chevaliers en habits, juchés sur leurs chevaux se forma. Ses barons se regroupèrent au départ du pont-levis. Pierre Ier vicomte de Castillon vicomte d'Aubeterre était étendu sur un chariot surmonté d'un riche dais brodé à ses armoiries.

Après les rires et la joie de la veille, toute la populace réunie n'était que douleur et désolation. On voit se former non pas un, mais plusieurs cortèges d'hommes et de femmes en pleurs, portant des torches. Les chevaliers à cheval dans leurs tenues les plus belles, chaperon rabattu sur le visage, tant ils étaient émus, pour essayer de retenir leurs larmes. Tous ses petits enfants s'étaient vêtus de blanc. Ils pleuraient celui qu'ils considéraient non seulement comme leur protecteur, mais comme leur grand-père déjà parti trop tôt. Pierre II de Castillon vicomte d'Aubeterre se tenait raide, pour ne pas se laisser submerger par l'émotion.

Devant la chapelle en bois du château, on déposa Pierre Ier sur un brancard posé sur deux tréteaux recouverts d'un drap mortuaire, entouré d'une barrière. Ses frères célébrèrent l'office des morts, chanté par les prélats et de nombreux religieux encore présents. Puis chaque fidèle défila devant son seigneur en l'aspergeant d'eau bénite et lui lançant l'aumône. Sa dépouille fut encensée avec les graines brûlées par les charbons que Salim avait allumés. Le ciel s'était assombri terriblement, et la pluie lourde et dense vint pleurer elle aussi sur ce grand homme d'honneur et de bonté.

Après la cérémonie, accompagné de dizaines de religieux, on le descendit dans la crypte de la chapelle auprès de son épouse, comme il l'avait souhaité, en attendant que la future église saint Jean où ils seraient déposés l'un près de l'autre, soit construite, avec le signe des croisés.

Guillemette et son jeune époux, les yeux rouges, s'affairent à recevoir ce jour les invités d'hier lors de la grande fête. Mais aujourd'hui c'est jour de deuil. Personne ne s'attendait au décès de Pierre Ier de Castillon vicomte d'Aubeterre.

Son fils, Pierre II de Castillon vicomte d'Aubeterre, ordonne de mettre en pratique dans son entier tout le testament de son père. C'est ainsi que chacun des chevaliers va monter sa tente afin de rester sur place et de se partager la gestion des travaux à entreprendre dès que les funérailles seront passées sans attendre la fin du deuil. Ils font décharger des toiles épaisses, repérer les arbres à couper, et organiser l'implantation d'un camp qui va devoir durer plusieurs années. Ils récupèrent les troncs d'acacias fendus d'hier qui ont été taillés pour les bancs et les tables de la fête. Le chantier pour scier des planches s'installe au pied du château, assez loin pour pouvoir manœuvrer les chariots à roue fixe.

Tous les hommes valides, femmes et enfants, sous les ordres des chevaliers, agissent en coordination. Les cordes tressées plus serrées et solides que du fer ou du métal, retiennent leurs montages des tentes. Les chevaliers se souviennent d'avoir vu les mâts recouverts d'or, des soieries et de tentures incrustées de pierres précieuses aux abords des tentes de leurs ennemis en Orient.

Tout a été pillé. Désormais leurs toiles sont faites avec des poils de chameaux dont la rusticité des peaux de chameaux aux épreuves du temps a fait ses preuves.

Les chevaliers hissèrent les premiers leurs tentes aidés par leurs suivants, en fin de journée le campement tout autour du château a été érigé. La tente la plus importante était celle d'Enguerrant, major, avec le grainetier qui veillerait à l'avoine des chevaux et celle du gonfalonier qui s'occupait de toutes les nourritures pour les chevaliers mais aussi pour leurs bêtes.

En deux jours, les tentes des hommes sont installées, puis celles pour les femmes sont dressées avec autant de célérité et de précision.

Tous les nouveaux habitants seront logés sous le contrôle des chevaliers, le temps que chacun construise sa maison avec la pierre qui sera extraite de l'église souterraine selon la vitesse de l'avancée des travaux.

La population regarde s'affairer des hommes et des chevaliers au montage des tentes. Les enfants tournent autour du chantier ne voulant rien perdre des techniques employées par les ouvriers. Les femmes portent régulièrement des cruchons d'eau (le vin leur est interdit durant la manœuvre). Le vin leur est interdit durant la manœuvre, ainsi que des boules de pain au lard et aux oignons. Le temps est orageux, les mouches piquent, les gens commencent à s'énerver. Il faudrait que l'orage qui menace éclate un bon coup pour laver la douleur du deuil autant que cette torpeur pénible.

Mais leurs souvenirs de la première croisade demeurent vivaces et habitent leur sommeil. Ils se souviennent des hurlements des hommes ou des femmes dont les gencives débordaient de chair morte, à qui les barbiers devaient ôter ces peaux débordantes afin de permettre aux malades de pouvoir s'alimenter. Quelles souffrances. Les cris résonnent encore dans leur esprit.

Les nuisances des trois années passées sous tente avec Pierre Ier hantent toujours leurs nuits.

Installée au bord du château, chaque tente est pourvue d'une batterie classique, avec chaudrons, râpes, couteaux, écuelles, flacons, tout le nécessaire pour bien vivre le quotidien.

Afin de mettre à l'abri la centaine de marcheurs et leurs familles, des équipes désignées vont monter deux grandes tentes rectangulaires. Celles-ci seront appelées à disparaître petit à petit une fois achevées les constructions en tuffeau faites pour eux, avec le calcaire extrait de la future galerie du château qui mènera à l'église Saint-Sauveur. Ce quartier sera construit en priorité dans les deux années à venir.

Tous les chevaliers sont touchés par la mort de Pierre Ier. Certains d'entre eux, par fidélité au souvenir de leur seigneur et ancien maître, assurent qu'ils seront de la prochaine croisade puisque le roi demande qu'une seconde croisade se prépare.

Quand il faudra repartir pour cette seconde croisade, les chevaliers Taillebourg, Estève et Alard, se sentent du voyage sans hésiter.

Mais Aigulin, Aignan, Thibaut, Raynaud, Enguerrant, Peyre ou encore Fulcrant, souhaitent trouver une nouvelle façon de vivre un réel engagement spirituel. L'exemple de Pierre Ier, homme pieux juste et droit, les encourageait à vivre une vie de *parfaits* comme à Albi. Ce qu'ils feront une fois le travail accompli dans dix ans, respectant la parole donnée à leur seigneur du temps de son vivant.

Tous les chevaliers ont découvert avec stupéfaction la concupiscence et l'intérêt vénal de certains religieux et de seigneurs sans aucun scrupule. Cet appât du gain ne correspond pas à la quête de leur amour de Dieu. Pour eux, l'essentiel est que chaque homme soit respecté à égalité dans sa dignité. Ils ne se sont pas battus dans une vision mercantile des choses. Ils rejettent ce désir de dominer et d'obtenir un pouvoir sur les biens et sur les consciences, comme celui des religieux. Leur quête est spirituelle, pure, mue par un désir absolu de justice et d'amour, en suivant l'enseignement du Christ.

Au retour de leur expédition, ils ont rencontré des moines qui prêchent la révolte contre l'Église catholique incapable de se réformer. Mais ils découvrent aussi, écœurés, une Église aux comportements inacceptables, avec des mœurs dissolues. Des évêques abusant de leur pouvoir, des prêtres s'enrichissant en imposant les sacrements, la pratique de la simonie[28]. Tout était bon

28 Vente du paradis contre de l'argent.

afin de pressurer les pauvres crédules pour construire leurs palais. Ne pouvant étudier les textes des évangiles, une part importante de la population riche et cultivée demeure soumise au clergé.

L'Église des « purs » se met en mouvement, se forme et se propage, rejetant le baptême d'eau bénite, l'eucharistie, le mariage, la simonie ; ces rites et pratiques révélant la cupidité de nombreux membres de l'Église.

Ces nouveaux messagers tiennent des propos qui leur seyaient et touche le cœur droit des chevaliers. Ils rejoignent ainsi feu Pierre Ier, seigneur aimant sa population, favorisant la liberté de ses sujets, en leur vendant pour un cens honnête leurs manses, n'exigeant qu'une taille raisonnable et le champart sur les productions, réglé en nature, pour la consommation du château.

Aubeterre n'était pas écrasé par les impôts. La vie au quotidien était agréable et cette justice protectrice freinait la mortalité et diminuait les délits.

Pierre II de Castillon vicomte d'Aubeterre et son épouse dame Agnès s'attellent à une rude tâche pour prendre la suite, pour coordonner l'édification de la future église souterraine, et continuer de gérer l'immense domaine de la vicomté. L'hiver arrivera vite et les premières inondations lécheront le chantier. La nourriture reste le sujet majeur pour subvenir aux équipes qui se relaient au creusage. Les accidents se multiplient. Les chevaliers font transporter les blessés chez les religieuses en les y accompagnant. Sœur Bietrix les accueille toujours avec un doux sourire, espérant une prochaine visite de Joceran de Chancelade. Gailhard opère et coupe des jambes, des mains et des bras, science apprise sur les terres de combat, avec dextérité, un don venu du ciel.

Plusieurs fois, Salim a prodigué des soins avec des herbes et des onguents inconnus jusqu'alors. L'opium soulageait la douleur de ceux qui avaient les jambes cassées ou les pieds arrachés, les doigts écrasés. Il savait aussi faire faire aux religieuses des pansements enduits d'onguents pour éviter les infections et abreuver les malades de tisanes de cerfeuil et de miel pour leur rendre de l'énergie.

Guillemette a pris à cœur la volonté de Pierre Ier d'instruire ceux et celles qui lui demandent de l'aide pour apprendre à lire, écrire et compter.

Son premier élève, son époux Martin, s'applique et se désespère de temps à autre devant la complexité du savoir. Mais les tendres mains de Guillemette, son sourire et ses encouragements lui font découvrir les lettres mais surtout l'arithmétique qui le passionne. Mais il a d'autres instructeurs pour parfaire son instruction : des chevaliers l'initient aux astres et à la chimie. De leur côté, des moines lui font découvrir les secrets de l'architecture et lui enseignent le latin. Il avale gloutonnement les nouveautés et dévore tout ce savoir. Martin n'oublie pas Gailhard qui se dévoue totalement au service des blessés et des malades chez les Antonins. Tous les jours, il apporte des pommes, des noisettes, du raisin, à ceux qui sont alités sur des grabats. Il apprend les échecs à ceux qui savent compter et apprécient la subtilité du jeu.

Marie en prend ombrage et bougonne facilement, car Martin n'a plus le temps d'être auprès d'elle et de lui donner un coup de main. Geslin l'enlace et lui murmure à l'oreille :

« Il est marié, ce n'est plus ton petit Martin, mais moi, je veux bien recevoir sa part de caresse…

— Profiteur d'une pauvre et triste femme » lui dit-elle en riant, tout en faisant semblant de le repousser au dehors de sa cuisine.

Le fidèle Salim a pris les choses en main et soutient fermement sa coéquipière Marie, car le travail est harassant. Il faut beaucoup d'ouvrage quotidiennement pour continuer à recevoir en plus de la maisonnée, les chevaliers et les clercs qui sont responsables des constructions et doivent se réunir tous les jours pour veiller sur l'avancement du chantier.

Les premières maisons voient le jour, accolées au rocher dès la première année. Une large rue surplombe le talus donnant sur la vallée de la Dronne.

De nombreuses familles se sont créées et à la grande joie de tous, les naissances se multiplient. Des ouvriers venant d'autres régions viennent accroître la population. Des compagnons passent par là, mais ne s'y arrêtent guère longtemps, car les religieux imposent leurs seuls et uniques points de vue, n'écoutant pas les élèves de Salomon, ni du père Soubise. Quelle perte de compétence faute d'un peu d'intelligence, de curiosité et de subtilité ! Néanmoins, aucun serment n'était plus solennel que celui que l'on prêtait, bourdon à la main (bâton) sur les reliques, et les apprentis compagnons présents sur le chantier juraient de toujours observer la règle de leur Union Compagnonnique.

La ville s'organise et un large espace s'ouvre devant le château, de nombreux travaux font surgir des échoppes tout autour d'une place qui pourra accueillir les marchés et soutenir un commerce florissant. Beaucoup de familles ont besoin de s'achalander et des artisans désormais s'installent, le commerce est en plein essor. Les pèlerins viennent en nombre et de plus en plus nombreux pour se recueillir devant les trois reliques du Christ. Beaucoup d'argent circule et ne tombe pas dans l'escarcelle de l'Église Catholique qui voit cela d'un très mauvais œil et va trouver un moyen pour détourner à son avantage les revenus des passages de très nombreux voyageurs.

La bourgeoisie naît, quelques familles sortent du lot. Des métiers nouveaux s'installent, avec des artisans ou commerçants ayant rejoint les troupes du pèlerinage, comme :

– Alsava et Eudes ; couteliers-ciseleurs venant du Morvan,

– Estevania et Richard ; drapiers venant de Troyes,

– Algive et Huguenin ; sabotiers venant de Provence,
– Edelinde et Gaspard ; pelletiers faisant commerce de peaux, arrivés du Poitou,
– Sanceline et Simon ; s'installent, ayant quitté leur bonne ville de Limoges pour faire souffler une nouvelle belle forge de maréchal-ferrant,
– Stéphania et Hérard ; ouvrent une échoppe de tissus qui font rêver les femmes,
– Sybile et Raoul ; agrandissent leur auberge,
– Margue et Gaucelm vendent cruchons, chaudrons et autres ustensiles…

Les trésors importés d'Orient, et acquis au cours des pèlerinages donnent confiance à cette nouvelle population désireuse de s'installer dans cette cité prospère et agréable à vivre. La fièvre commerciale prend de l'importance et bientôt un comptoir de Faivre sieur Benoist s'installe à Aubeterre pour faire circuler l'argent. L'argent passe de mains en mains, le commerce et les premiers bourgeois sont en place, un avenir prospère est prometteur. La cité devient une ville.

Mais que se passe-t-il dans l'aile du château ?

« Guillemette ? Que t'arrive-t-il Guillemette ? questionne Martin, Tu boudes ?

— Regarde, je suis plus grosse qu'une barrique, je ne vois plus mes pieds, et je me traîne plutôt que je ne marche. J'ai les jambes gonflées, je ne peux plus m'accroupir ni me relever. » Martin la regarde, effectivement, son ventre est énorme, et elle en est fort gênée. « Aïe, Aïe, Aïe », elle met une main sous son ventre et de l'autre se tient l'échine.

— Ouille, Ouille… J'ai mal ! Martin, va prévenir ta mère, mère Bietrix et dame Agnès l'épouse de Pierre II, ça doit être… Oh, regarde toute l'eau chaude qui s'échappe entre mes jambes… »

Martin tourne les talons en plantant là Guillemette au milieu de ses eaux.

Martin a rameuté les femmes. C'est leur premier enfant !

Il a peur tout en étant heureux ! Il est chargé de tenir à disposition des femmes toute l'eau chaude et les linges prévus, tous propres, pour l'arrivée du gros garçon de Guillemette.

« Lavez-vous largement les mains jusqu'au coude avec de la cendre, ôtez vos sabots et mettez des devanteaux propres ordonne Bietrix qui était rapidement arrivée. Oui madame la vicomtesse, même vous », lui dit-elle en souriant.

C'est long… les heures passent… et Guillemette souffre.

Enfin, les douleurs se rapprochent, puis vient la délivrance. Elle accouche. Elle pousse et pousse, encadrée de Marie qui lui tient une main et de dame Agnès qui lui donne l'autre main. Une *ventrière*[29] et mère Bietrix font tourner l'épaule du bébé qui apparaît.

« Le voici ! Il vient ! Pousse Guillemette ! Pousse ! Il est là, un joli gars bien solide qui se met à hurler…

— Comment allez-vous le nommer cet enfant ? demande mère Bietrix.

— Son père a choisi Hugues se rengorge Marie, la nouvelle grand-mère. Donnez-moi mon petit-fils que j'aille le montrer à son père, supplie Marie, impatiente et heureuse. Elle sort de la chambre et trouve Martin qui fait les cent pas dans le corridor, inquiet de la durée des douleurs. Il sourit ému en voyant sa mère fière de porter l'enfançon.

— C'est ton fils Hugues ! Te voilà père d'un bien bel enfant !

— Hugues… Hugues-Geslin clame à haute voix Martin qui n'ose le toucher dans sa boule de linge. C'est si petit un bébé ! Mon garçon ! J'ai un fils chante-t-il ayant pris l'enfant dans les bras, et le montrant à tous ceux qu'il rencontre.

---

29 Accoucheuse.

— Marie ! Marie ! Revenez, il y en a un deuxième ! crie Mère Bietrix du fond du couloir.

— Allons, bon ! Marie reprend le poupon, et rentre comme une flèche dans la chambre.

— Que dites-vous ma mère demanda dame Agnès ?

— Marie se prépare à accoucher à nouveau. Dame Agnès soulevez-la, elle commence à s'essouffler, remouillez-lui le visage, elle se pâme. »

Dame Agnès et Marie se regardent, elles ont compris. Les choses ne se passent pas comme elles devraient se passer. Il y a un problème.

« Ne pousse que lorsque je te le dirai Guillemette, » dit sœur Bietrix. Il faut t'économiser Guillemette, un autre enfant arrive. Repose-toi un peu, tu as le temps, cela peut prendre une heure ou deux encore. »

La ventrière dit tout de go :

« Il faut faire venir un prêtre, elle va passer.

— Taisez-vous malheureuse, Guillemette mettra son enfant au monde, la sainte Vierge est avec nous. Allez donc prier à la cuisine en vous restaurant, vous y serez plus utile que d'appeler un prêtre. »

La ventrière sort de la chambre en bougonnant et va directement à la cuisine demander une forte collation bien arrosée de vin clairet, et surtout avec du vin en abondance. Elle lève bien le coude comme elle en a l'habitude, puis s'endort sur le coin de table.

Guillemette pleure de fatigue et de tension, elle ne se sent plus la force de poursuivre. Guillemette fixe Bietrix, comme les mourants qui s'attachent au regard du dernier vivant qui les accompagne, les yeux à demi fermés.

« Dame Agnès, allez quérir le barbier de ma part et qu'il vienne ici sans demander d'explication ! intime la religieuse sans hésitation.

— Le barbier ? reprend dame Agnès qui devient livide, interloquée.

— Oui, il n'y a pas de temps à perdre ! C'est vital, lui rétorque fermement la mère abbesse.

— Guillemette, ma petite fille, prie la Vierge. Elle ne nous abandonnera pas. »

Elle l'embrasse, voulant lui donner de sa force, elle qui n'a jamais eu le droit d'avouer sa maternité à son enfant. Mais à ce moment décisif, elle s'octroie d'entourer sa fille de tout son amour au cas où elle mourrait… Cela ne suffira pas, elle le sait. Le sang remplit les linges, l'accouchée perd de sa couleur.

Bietrix s'impatiente, c'est la première fois qu'elle prend le risque d'appeler le barbier. L'Église dénonce le fait d'appeler un barbier pour une naissance. Pour elle c'est un interdit, un acte de péché grave. Mais là… c'est de sa fille dont il s'agit. Peu importent les interdits, les règles et les lois de l'Église. Elle n'avait pas eu le droit de lui donner la vie, le Bon Dieu ne va tout de même pas la faire mourir entre ses mains !

Dame Agnès remonte, suivie du barbier Dagobert muni de sa sacoche contenant ses lames aiguisées.

« En passant, j'ai fait porter de l'eau chaude et des linges propres, annonce dame Agnès.

— Il va en falloir beaucoup, soupire Bietrix. »

Bietrix soulève le drap pour que le barbier prenne la mesure du problème. Il y a bien un fessier qui s'annonce, mais pour le reste il va falloir couper, afin d'extraire l'enfant mal placé, se présentant à l'envers :

« Il faudrait pouvoir l'endormir bougonne le barbier, je ne vais pas la tailler à vif, elle perd déjà beaucoup trop de sang, elle ne survivra pas !

— Je vais demander à Salim ce qu'il peut nous donner parmi ses poudres », intervient Marie, qui sort comme un boulet de canon de la chambre pour se rendre aux cuisines. Elle redonne le bébé à son jeune père en passant.

Martin, blanc comme neige, l'enfantelet dans les bras, ne comprend pas. Il sait que l'accouchement se passe mal, il tremble pour la vie de Guillemette. Il s'enfuit aux communs pour ne plus rien entendre, en serrant son fils contre lui.

Salim apparaît avec un sac de soie, bien rempli, et une sorte de long tuyau qui sort d'un flacon…

« Dagobert, c'est de l'opium. Je vais le lui administrer car je connais son utilisation et le doserai à mesure, selon votre demande. Je vous ai également apporté des plantes antiseptiques en poudre ainsi que des filtres de calmants pour Guillemette, et des crèmes antiseptiques que je confectionne. N'ayez crainte, elle va s'endormir très rapidement. »

— Guillemette s'évanouit ! crie dame Agnès.

— Non pas dame Agnès, elle est anesthésiée, elle dort… lui répond Salim.

— Très bien, nous allons pouvoir commencer à la couper. Avec tout le sang qu'elle perd, il ne faut pas traîner. Mère Bietrix, tenez vous prête à tirer, car elle ne poussera plus. »

Salim a disposé un linge sur le nez et la bouche de Guillemette afin de maintenir la fumée d'opium.

Pendant ce temps-là, Dagobert, le barbier, nettoie ses lames avec les produits amenés par Salim et pratique une large incision, libérant largement l'enfant coincé dans le passage. Les mains expertes de Bietrix tentent de saisir les pieds et de tourner le petit être.

« Dagobert ! Coupe plus encore je ne peux pas passer mes doigts, dit-elle, il me glisse entre les mains, je n'ai pas de prise, il remonte ! »

Marie très inquiète éponge l'afflux de sang. Salim maintient ses inhalations en surveillant les charbons et l'ébullition qui apporte l'opium à Guillemette.

« Je l'ai, crie Bietrix ! », et un boulet bleui sort du pauvre ventre de Guillemette. Bietrix éponge et masse le petit corps, le secoue et un cri aigu déchire la lourde atmosphère.

Tous exultent et pleurent de joie, c'est une fille…

« Le choix du roi ! Garçon et fille, dit Marie heureuse et soulagée comme si elle venait de monter la côte barbacane en courant.

— Je vais la recoudre après la délivrance, informe Dagobert. Salim ! Continue de la maintenir endormie. Nous allons ainsi pouvoir nous reposer un peu. Les femmes, préparez-vous à changer tous les linges et revenez avec de l'eau chaude en quantité pour que nous puissions la laver complètement et à grande eau afin que j'applique les onguents de Salim pour éviter l'infection et que l'hémorragie cesse. Souhaitons qu'elle ne souffre pas trop de ses coutures au réveil. Comment s'appliquent tes poudres Salim ? Continua de demander Dagobert le barbier.

— En pommade avec cette huile de gingembre. Quand la peau sera séchée, graissez toutes les parties coupées, c'est à la fois un cicatrisant et un aseptisant. Allez-y sœur Bietrix, enduisez tout son corps mais surtout la plaie en premier »

Les deux hommes s'affairent autour de Guillemette. Scène exceptionnelle et rarissime, car les hommes ne sont jamais admis aux accouchements. Mère Bietrix les assiste et prépare le réveil de la jeune accouchée. Guillemette souffre de nausées, des contractions reprennent, des nausées plus fortes la secouent. Guillemette très blanche ouvre enfin les yeux. Elle doit être recouverte de draps apportés par la ventrière s'affalant dans le corridor, ivre elle demande qu'on la relève sans entrer dans la chambre.

« C'est pour l'expulsion de la membrane dit la ventrière complètement saoule qui venait juste de remonter les marches. Ce sont les tranchées »… Visiblement la ventrière n'a pas bu qu'un verre, car elle empeste le vin comme si elle avait bu tout un baricaut.

Dame Agnès sort de la chambre et lui intime l'ordre de quitter immédiatement le château.

« Pas avant d'être payée deux fois ! Madame la Viiiiiiiiiiicomtesse »… Elle part la tête droite, en titubant pour retrouver la porte de la sortie dans un brouillard éthylique, contente des pièces qu'elle fait tinter dans sa poche. Elle n'a rien vu de l'intérieur de la chambre, et surtout pas les deux hommes.

Salim fait boire à Guillemette son filtre contre les douleurs, elle retombe inconsciente.

Grâce à la présence d'esprit de mère Bietrix, ces transgressions à la loi de l'Église furent tenues secrètes, car tous étaient passibles de pendaison si cela s'ébruitait, bien que trois vies aient été sauvées.

Dame Agnès n'a pas hésité malgré sa foi à déroger à la loi de l'Église en faisant quérir le barbier Dagobert.

De même, la rapidité de réaction de Marie n'hésitant pas à aller chercher en sauveur, Salim et ses connaissances, comme le lui avait conseillé son seigneur Pierre Ier, fut salutaire. Elle pria tellement Dieu que sa tête allait éclater.

Dagobert, épuisé mais fier, annonce à Guillemette qui émerge des brumes de la drogue : « Surprise, chère enfant, vous avez une fille ! » Elle sourit.

Voilà que déboule Gailhard, venu « soutenir » son frère qui n'en pouvait plus d'attendre de l'autre côté de la porte. Il soulève l'enfant au-dessus de la couche de Guillemette et tous rient de bonheur devant l'inattendue damoiselle.

Guillemette revient doucement à elle et sourit petitement :

« C'est moi qui vais lui donner ses prénoms : "Nicolette, Bietrix, Marie". »

Elle se rendort dans les nuages de l'opium un doux sourire aux lèvres, s'abandonnant avec confiance aux mains des personnes aimantes qui entourent son chevet. Elle se sait en sécurité, comblée d'amour et entourée d'affection.

Trois femmes ont les yeux rougis, non de tristesse, mais d'émotion débordante.

Les deux grands-mères de ces petits êtres et dame Agnès qui attend elle-même un heureux événement pour bientôt.

La mère supérieure se détourne, touchée au plus profond de son cœur en entendant que la fillette[30] porterait son prénom.

Quelle atroce torture de ne pouvoir se délivrer de son si lourd secret auprès de la principale intéressée en ce grand jour. Pas aujourd'hui en tous cas, mais elle se promet qu'aux derniers jours de sa vie, elle racontera à Guillemette comment elle est née et qui est sa mère :

Quand elle était novice, elle fut abusée par son confesseur, chapelain du château. Heureusement, la dame vicomtesse Assalhide la trouvant prostrée devant la chapelle toute dépenaillée, mise au courant de ce drame, dans sa bienveillance, voulut la protéger ainsi que la grossesse de son enfant, et œuvra pour que mère et fille ne soient pas séparées et qu'elles puissent vivre ensemble tous les jours au couvent. Ses larmes coulent sans qu'elle ne veuille les arrêter, elle a déjà tant de fois pleuré. Mais aujourd'hui elle pleure de joie, de l'immense joie de voir sa descendance.

Elle est mère, et deux fois grand-mère. Alléluia !

Elle baise son crucifix et remercie la Vierge Marie, mère de toutes les mères.

« Martin, approche ! lui dit le Barbier Dagobert, il n'y aura pas d'autres enfants pour toi et Guillemette. Ma méconnaissance du corps fait que j'ai endommagé ta femme et qu'elle ne pourra plus jamais enfanter.

— Martin, le seigneur nous a entendus soyez heureux tous les quatre, rajoute mère Bietrix. Ce qui s'est passé ici doit rester dans le secret le plus absolu, sinon c'est la pendaison pour vous et le bûcher pour Salim, Dagobert et moi. Il est bien entendu que nul ne doit entendre parler de Dagobert. L'Église nous condamnera tous à la mort. Heureusement, la ventrière s'étant absentée à temps pour vider plusieurs cruchons en cuisine dans la partie des communs,

30 Sa petite fille.

elle n'a rien vu rien entendu et ne sait rien. Elle n'est donc pas au courant de ce qui s'est passé, et heureusement, car les ventrières sont des langues de vipères colportant de maison en maison ce qui se passe là où elles ont servi.

Avant d'aller fêter ces naissances, les hommes vous allez avoir à faire, pendant que nous préparerons Guillemette à son réveil. Les deux enfants vont avoir faim et Guillemette avec les drogues ne peut donner de son lait. De plus elle est trop faible et sa montée de lait n'a pas eu lieu.

Avant de fêter ta double paternité, Martin, il faut aller chercher deux nourrices immédiatement.

Va voir de ma part Bertrade, la femme du jeune jardinier Ranulphe qui vient d'avoir aussi un garçon Jean, puis tu iras chercher Richarde l'épouse du sergent Méru qui a eu sa fille Clémence la semaine passée. Ramène tout ce beau monde en vitesse. Nous allons mettre aux seins tes enfants qui ne vont pas tarder à s'égosiller et à nous casser les oreilles. Puis Martin et Gailhard vous ferez brûler du romarin pour purifier toutes les pièces sans économiser l'herbe. » Mère Bietrix retourne dans la chambrée.

Martin et Gailhard volent plutôt qu'ils ne courent vers ces porteuses de lait, ils savent combien la mission est urgente pour les deux petits. »

Bertrade affairée à activer son feu, à l'annonce de la demande, se saisit de son fils Jean et part pour le château, fière d'avoir été choisie.

Richarde lave des écuelles après le repas familial. Elle se réjouit de cette double naissance et comprend de même la nécessité de venir soutenir Guillemette qu'elle apprécie particulièrement car elle lui a appris à lire. Elle prend Clémence et suit Gailhard.

Bietrix les voyant arriver, vérifie leur propreté et leur dépose sur le sein, Hugues qui va devenir le frère de lait du petit Jean de Bertrade et met le même soin à installer les deux fillettes Nicolette et Clémence pour partager l'abondante poitrine de Richarde au bon lait bien gras. Les nouveau-nés tètent avec avidité avant de s'endormir repus.

Le soir même, les deux baptêmes sont célébrés par le chapelain et Joceran devenu « l'abbé » de Chancelade dont mère Bietrix n'est pas peu fière de lui raconter le déroulement de l'événement, sachant qu'il garderait le secret, l'incroyable mise au monde de Hugues et de Nicolette, ses deux petits enfants. Surtout le cadeau que lui a fait Guillemette en donnant son prénom à la petite fille, alors qu'elle ne connaît toujours pas la vérité. Trop faible, cette dernière n'assiste pas au baptême bien sûr, même si la chapelle du château est toute proche, elle entend les cloches et les Alléluias. Mais Martin lui raconte tout par le menu, sans rien omettre. Il est fou de joie. Et en parlant de menu, la jeune grand-mère Marie et Salim ont concocté un repas royal, agrémenté de nombreuses dragées pour redonner la force à la maman et surtout pour partager entre tous un bon et joyeux repas dans la cuisine des communs, même dame Agnès et Pierre II lèvent leur verre avec eux tous.

Les travaux avancent dans la ville basse. Les maisons sortent comme des champignons depuis deux ans. Les chevaliers n'ont pas trahi leurs serments et restent à demeure afin de diriger les travaux de construction de l'édifice et pour désamorcer les querelles entre ouvriers et manœuvriers en rendant souvent la justice sur les vols, les tricheries, les bagarres, les infidélités, la rouerie.

Le brassage des populations, ouvriers et pèlerins, ainsi qu'un commerce de plus en plus florissant, multiplie les échanges et les risques de maladies pour les habitants. Les frères Antonins et Gailhard accueillent dans la maison de l'aumône les blessés. Mais ceux-ci devenant de plus en plus nombreux, les frères doivent ouvrir un hôpital dans la haute ville grâce à la forte donation de Pierre II et d'Hélie son oncle moine de Saint Florent.

De grands feux sont allumés tous les soirs dans les salles avec du thym et du romarin pour éviter les maladies jusqu'à ce que Guillemette soit guérie. Ils ont compris la nécessité de se laver les mains jusqu'au coude, avec les cendres et de l'eau de source. Ils interdisent de cracher à terre, seulement dans des pots à crachats, de même pour se récurer le nez. Ils font obéir strictement à ces règles, sinon les malotrus doivent s'éloigner dehors.

La propagation de la peste qui sévit en Aquitaine arrive par le port de Bordeaux mais ne touchera pas Aubeterre, au moins cette fois-ci…

C'est le roi **Louis VI le Gros** qui règne sur la société féodale. La population ne se sent pas concernée par ce roi qui vit si loin. Seuls les seigneurs connaissent le tempérament du roi, soumis, ou capable d'être influencé par le Pape qui désire relancer une seconde croisade. Ils sentent la menace et craignent d'être rappelés. Effectivement le roi va rappeler les seigneurs et les chevaliers leur demandant de partir pour une seconde croisade.

Pierre II refuse, à l'instar de nombreux comtes et ducs, et ses chevaliers en font de même puisqu'ils sont en train de construire une basilique. Le pape n'est pas content, mais il tolère ces décisions puisque le refus est motivé par l'édification d'une basilique. Cependant, pour éviter que les de Castillon lui refassent la même entourloupe et gagnent trop en puissance, le pape programme et finance un édifice concurrent : l'église Saint-Jacques sur la hauteur face au château.

La population reste pauvre, sans pouvoir espérer de changer d'état et de se libérer du servage. La seule solution est d'accepter de partir pour la guerre. Pour les jeunes hommes, c'est la voie choisie. Seuls restent à la manse le fils aîné avec femme et enfants ainsi que les vieux parents. Quant aux filles, il faut les marier rapidement afin qu'elles habitent chez leurs beaux-parents et ne soient plus des bouches à nourrir. L'espérance de vie est courte, à la trentaine les corps sont usés, si les maladies ne les ont pas emportés *ad patrem* avant.

Les petits enfants du vicomte ne courent plus dans le dédale du château, petit Pierre un matin ne pouvait plus tenir debout. Il cessa de s'alimenter et rapidement devint diaphane comme un ange. Cloué à son lit, il regardait son frère Guillaume gambader autour de lui puis il mourut le premier. Ensuite ce fut au tour de Guillaume d'être foudroyé par cette même maladie qui avait terrassé tous les Arnaud de Castillon d'Aubeterre. Guillaume fut inhumé dans le cimetière familial en attendant d'être descendu dans la basilique comme ses grands-parents, oncles, parents et frères.

Chapitre 7
L'époque de Castillon

C'est le roi Louis VII le jeune qui régna 43 ans de 1137 à 1180. Le peuple ne le connaît toujours pas et il ne veut d'ordres à recevoir que ceux de son seigneur dont dépendent sa vie et sa sécurité. Le roi a de l'ambition pour son pays et tentera de rassembler les territoires. Bâtisseur, il fera poser les pavés dans Paris pour le rendre plus propre. Mais il va se heurter à la puissance des seigneurs comme celui d'Aubeterre qui est bien plus riche que le roi.

Vexé, celui-ci entame des réformes pour dépouiller ces riches seigneurs avec l'aide des évêques qui comptent bien se servir et se placer au passage dans les diocèses les plus prospères.

Cette association est gagnante. De nombreuses batailles seront remportées par le roi qui, soutenu par le clergé, fera raser de nombreux châteaux.

Le roi, marié à Aliénor d'Aquitaine âgée de 16 ans, encourage le défrichement, fait son possible pour *affranchir* les serfs et donner des privilèges. Le Pape rentre dans une rage telle qu'il excommunie Louis VII, pour ses idées liberticides et novatrices, ses infidélités dangereuses.

En 1146 pour s'amender et se protéger de la colère du Pape, le roi de France part en croisade avec son épouse durant cinq ans. Aliénor d'Aquitaine rentrera de son côté pour préparer son divorce et chercher un autre roi, malgré ses deux filles Marie et Alix de France.

Aliénor ou Éléonore d'Aquitaine reine de France puis d'Angleterre 1137-1204.

Dès le retour de croisade de son époux, elle divorce et se remarie avec Henri II Plantagenêt roi d'Angleterre, rapportant au trône d'Angleterre, l'Anjou, la Normandie et l'Aquitaine, Poitiers en 1154.

Aliénor d'Aquitaine devient reine d'Angleterre. Vont naître huit enfants dont Richard (cœur de lion), qui sera le préféré de sa mère et Jean (sans terre). Richard ne reste guère en Angleterre, il aime venir guerroyer en France. Richard cœur de Lion est imbu de sa personne, grand personnage d'1 mètre 93. Dès qu'un conflit est gagné il part pour un autre, entraînant à sa suite le seigneur vicomte de Castillon d'Aubeterre dont il se dit l'ami.

Funestes conséquences pour l'Aquitaine qui est sous la coupe anglaise, puisqu'Aliénor devient reine d'Angleterre avec le roi Henri II Plantagenêt, comte d'Anjou et duc de Normandie. Ils détiennent ainsi la majorité des régions et territoires du pays. Il reste un royaume de France ridiculement petit. Ces territoires sont donc anglais en 1154 avec l'avènement de sa royauté, Henri de Plantagenêt, Roi Henri II d'Angleterre se trouve en difficulté en Angleterre avec ses gens qui ne l'aiment pas.

Aliénor se sentant en danger, n'hésite pas à demander à son ancien mari Louis VII de lui venir en aide. Celui-ci la secourt pour la maintenir en son royaume d'Angleterre.

Il prend la mer et attaque Londres avec ses hommes. Il est lâché par ses armées qui désertent par la voie des eaux. Devant la débâcle, il sauve sa vie et doit demander l'autorisation au roi anglais qui lui a pris son épouse de revenir en France. Aliénor d'Aquitaine lui fait passer secrètement une bourse conséquente afin qu'il puisse prendre un bateau pour rentrer en France. Il promet en échange de redonner à l'Angleterre ce qu'il leur avait été pris (Normandie…) Ce qu'il ne fit évidemment pas. Toujours proches de la cour, les de Castillon d'Aubeterre sont des hommes militaires chargés de protéger les têtes couronnées, ils font partie des escortes du roi Richard Cœur de lion.

Richard cœur de Lion 1157-1199, en croisé le fils aimé d'Aliénor d'Aquitaine toujours prêt à faire la guerre car pour lui il est le roi de France.

Richard cœur de lion entraîne malgré lui Pierre III vicomte d'Aubeterre de Castillon. Ce dernier va même devoir ramener la reine de Castille en Espagne.

De retour au château d'Aubeterre, son épouse lui raconte les mauvais traitements vécus, en raison de l'occupation de l'Aquitaine par les anglais qui s'installent.

Philippe II Auguste en 1165, jeune roi de France durant 43 ans de 1180 à 1223 sera un bon roi, il construit le palais du Louvre.

Le roi Philippe II Auguste soutient les élections des évêques, ce qui fâche le pape Innocent II qui excommunie le roi. Grosse fâcherie ! Ce qui ne va pas empêcher le roi de se marier trois fois…

– Isabelle de Hainaut qui lui apporte l'Artois, mais pas d'héritier,
– Ingeburge de Danemark dont il aura son fils héritier Louis VIII,
– Agnès de Méranie.

Dès son retour en France le roi refuse de recevoir les ambassadeurs anglais et s'investit dans une bataille contre l'hérétique comte de Toulouse. En 1208 l'assassinat du prélat du pape sera le prétexte du début de la guerre contre les Albigeois, et la France va se déchirer.

De retour chez lui, Richard cœur de Lion, après avoir été libéré contre une énorme rançon, fait la guerre au roi de France Philippe II Auguste en 1194.

Pierre II de Castillon d'Aubeterre, bénéficiant des alliances avec sa première épouse Bonnefille décédée, puis de son épouse Agnès mère de ses enfants dont son fils héritier en 1155 Pierre III, gère la cité habilement et avec sagesse. La paix règne au sein de la population assez aisée sur la région, grâce aux salaires versés à la centaine de personnes employée pour la construction de la basilique, qui se sont reconverties en multiples métiers artisanaux.

Pierre III de Castillon d'Aubeterre bénéficie des nombreux biens dans toute la région Bordelaise et du Périgord ainsi qu'une partie de la Saintonge. Les impôts rentrent abondamment, grâce aux péages perçus aux passages des ponts et aux entrées dans les cités et toutes les redevances foncières et immobilières. Pour circuler en effet, il faut s'acquitter d'un droit de passage, que ce soit pour les ânes ou les gens, les charrettes chargées venant du Périgord ou d'ailleurs. Mais il y a aussi des taxes pour le sel de la Saintonge, ainsi que pour le blé et autres grains à destination des moulins, la taxe sur les fours, les produits de la pêche dans les étangs, le transport des animaux vivants ou morts. Il fallait aussi compter sur les redevances versées par les abbayes, les commanderies et tous les loyaux sujets de la châtellenerie…

Pierre III doit partir en croisade « Seigneur, ce sont trop d'horreurs semées sur des champs de bataille lui dit Gailhard, devenu un vieil homme aveugle. Les musulmans n'ont même pas compris les raisons pour lesquelles nous les avons attaqués. Ils avaient l'habitude de nous voir venir en pèlerins. L'Église a fait verser inutilement et sans compter tout le sang précieux de ses grands seigneurs et de ses preux chevaliers. Ceux qui sont saufs se déchirent entre eux pour s'accaparer les villes et s'enrichir, mais qu'en est-il du bon vouloir de Dieu ? »

Le choix de Pierre III de Castillon d'Aubeterre hésite. Ce ne sera pas du goût du pape qui trouve que cette famille en prend beaucoup à son aise. C'est donc forcé politiquement qu'il participe à la troisième croisade. Tous les chevaliers encore en vie, respectant la parole donnée à feu Pierre Ier avant sa mort, resteront à Aubeterre, car l'église souterraine n'est pas achevée. Celle de Saint-Émilion promise ralentit la construction nécessitant une nombreuse main-d'œuvre privant Aubeterre de progresser, les dix ans sont largement dépassés.

La cité d'Aubeterre prospère et s'agrandit. Les habitants ont tous du travail et peuvent nourrir correctement leurs familles. Bien que les étayages de la nouvelle basilique soient dangereux il y a assez peu de morts. Quelques blessés sont accueillis dans les couloirs du couvent, où les religieuses Augustines sont devenues des soignantes expertes grâce aux soins qu'elles prodiguent avec les herbes que Salim avait apportées et les conseils médicaux que feu Gailhard leur a inculqués. Salim avait donné les graines aux religieuses, et celles-ci les cultivent jalousement et soigneusement dans leur cloître et leur jardin de simples avoisinant l'herboristerie médicinale, véritable sanctuaire pour les soins au sein du couvent.

Salim, regretté de tous, a rejoint ses pères dans la félicité, mais avant de quitter cette terre, il avait pris soin d'initier les religieuses mais aussi quelques paysans capables de cultiver graines et plants venus de son pays avec tous les remèdes s'y rattachant, la taille, les greffages. Dans les premiers temps il avait enseigné ses connaissances à Geslin et Martin pour qu'ils deviennent les maîtres des plantations et pour les aider à mettre en place la serre exotique, qui fit merveille.

Le nouveau jeune vicomte Pierre III de Castillon d'Aubeterre accepte de partir pour la énième croisade afin de s'accorder les faveurs du pape. Il part bien secondé – sa première épouse Génosia (décédée) laissa la place à Thalèse de Lesparre, instruite, et bien dotée en terres de Gironde et Médoc. Celle-ci révèle un caractère bien trempé, se montrant de plus, fine politique. Avec ces atouts, elle va devenir dame vicomtesse d'Aubeterre et régira toutes les possessions de Pierre III durant la croisade d'une main de fer tout en s'occupant de l'éducation de leur fils Pierre IV.

La cruauté de Richard cœur de lion se déchaîne à Albi et à Toulouse. Pierre III de Castillon d'Aubeterre a refusé de participer à ces expéditions meurtrières, et rentre à Aubeterre. Il interdira à son fils Pierre IV de participer aux tueries sévissant à Toulouse, en ayant entendu parler par ses chevaliers que la cause est injuste.

Pierre III de Castillon vicomte d'Aubeterre se ligue en 1173 (sous Louis VII le Jeune) avec Raimond II vicomte de Turenne, Hélie comte de Périgord, Taillefer comte d'Angoulême, Aimar vicomte de Limoges, Geoffroy sire de Lezignan et plusieurs autres seigneurs locaux pour faire la guerre à Richard cœur de Lion duc de Guyenne, et donc contre les anglais. Ils sont puissants et freineront l'avancée des anglais. Leurs terres sont protégées pour le moment…

Pierre III de Castillon vicomte d'Aubeterre prend une part très active contre la royauté en 1182 avec la révolte des barons. Ces derniers refusent la nouvelle réforme que Philippe II Auguste veut mettre en place, les privant de leur autorité et de leur liberté à gérer leurs domaines, de rendre la justice, droit de vie ou de mort sur leurs gens et de fixer les impôts.

Splendide, Thalèse de Lesparre porte sur elle un bliaud de velours rouge, orné d'or, que son époux Pierre III de Castillon d'Aubeterre lui a offert, ainsi qu'une magnifique pierre venue d'Orient, montée sur un ras-du-cou fait d'or et de perles fines, coiffée d'une couronne de vicomtesse le jour de son mariage. Elle épile ses cheveux comme c'est la mode à l'époque pour porter sa coiffe et son voile sur un front dégagé vide de cheveux.

Enrichi de perles, un voile fin noir brodé aux fils d'or parfait sa tenue, elle s'avance vers son jeune époux. Ils sont beaux et fort amoureux.

Grande fête à la basilique Saint-Sauveur, car il y a eu des miracles et déjà plusieurs guérisons reconnues et proclamées.

Enfin, tout l'édifice est terminé.

La petite ville haute descend participer aux festins des noces au bas du château.

Toute la fratrie de Pierre III de Castillon vicomte d'Aubeterre est présente, et se prépare à nouveau après le mariage de leur frère à fêter celui de leur dernier frère Olivier de Castillon seigneur de Chalais, avec la belle Guiberge de Montausier. Les fêtes s'enchaînent... Les femmes se font belles ! Le peuple danse, chante, boit, mange c'est la fête, et l'hiver, les militaires désœuvrés par manque de batailles chassent le gibier et font des enfants.

Ces dames arborent leurs richesses avec leurs bijoux, leurs robes et leurs coiffures, entourées d'une myriade de suivantes et damoiselles de compagnie. Elles peuvent choisir leur temps libre, souvent la tapisserie ; les visites de charité, quelquefois l'écriture et la comptabilité pour tenir leurs châteaux lorsque leurs maris sont à la guerre. La plupart des femmes aristocrates portent une aumônière au poignet détenant un poison, ou dans une bague, et une dague au creux de leur poitrine ou le long de leur jambe pour se défendre au cas où, toujours entourées de leur cour mais prêtes néanmoins à se défendre, pour ne jamais être prises en otage.

Les hommes, de leur côté, se doivent d'être d'excellents bretteurs capables de sortir l'épée, ou une lame, toujours prêts à protéger une dame et leurs suivantes. Les de Castillon d'Aubeterre sont initiés au maniement des armes dès leurs premiers pas et sont éduqués pour la guerre et la protection royale ou pour servir l'Église.

Le roi d'Angleterre Richard cœur de Lion, né en 1157 est mort blessé à Chalus. Roi d'Angleterre, duc de Normandie, duc d'Aquitaine, comte de Poitiers, comte du Maine et de l'Anjou. C'est dire tout le pouvoir qu'il détenait. Son dernier frère « Jean » va le relayer sans aucune comparaison.

La hiérarchie ecclésiale prend fort mal la richesse tirée de la basilique souterraine et de l'exposition des reliques d'Aubeterre et de ses miracles. Les membres du clergé ne pardonnent pas au vicomte d'Aubeterre sa réussite. Malgré ses dons en constructions de couvents, de monastères, de chapelles, mais aussi des remises de redevances à l'abbaye de Chancelade.

Les membres du haut clergé non contents, veulent leur revanche. Juste avant le départ en croisade de Pierre III, alors qu'il confirme et termine les dons de moulins, de lods, de pêcherie et finalise les legs d'abbayes, droits de passages et de pacage à toutes ses abbayes. Il accorde à tous les hommes dépendants des abbayes, l'exemption de donner cinq années de leur vie pour les terres qu'Agnès sa mère avait souhaité offrir aux religieux avant de reposer pour l'éternité à l'abbaye de Faize (gironde). La même année il fit concession de tous ses biens au monastère de Sainte-Livrade (lot et Garonne) avant que son père Pierre II décède à Aubeterre en 1137, où il fut enterré…

Le vicomte Pierre III de Castillon d'Aubeterre craint pour ses biens, et vit la plupart de son temps auprès des rois ou des personnes influentes du royaume afin de se protéger des envieux qui pourraient s'en accaparer. « Celui qui tire les marrons du feu se tient près des braises » dit-on.

Qui fut le meurtrier du roi de France Louis VIII parti pour la Provence en croisade, empoisonné dans un château du massif central, terres de Castillon ? Personne ne le sut.

Au retour, Pierre III de Castillon accompagnera la reine Blanche de Castille veuve et régente (1188-1252), fille d'Aliénor d'Aquitaine.

Ils étaient amis avec son fils en croisade, et allèrent à Bayonne, à La Réole, à Dax. De retour à Aubeterre le vicomte d'Aubeterre, mal récompensé par la régente qui lui est devenue carrément hostile le rendant responsable de la mort du roi son époux.

La reine en veut à Pierre III de Castillon de n'avoir pas évité le drame de l'empoisonnement de son jeune époux en 1226.

Blanche de Castille va assurer avec autorité sa première régence pour le roi Louis VIII, puis la seconde de 1248 à 1252 pour son autre fils le roi Louis IX.

Pierre III de Castillon vicomte d'Aubeterre, reprend du service et prend un peu de bon temps à chasser le gros gibier. Il commet une erreur en faisant une incursion lors d'une partie de chasse dans les terres anglaises car il n'y avait pas de bornes à cette époque, lorsqu'un gibier traqué fuit il ne suit pas les limites des propriétés.

L'incident est de suite rapporté au Pape qui sanctionne Pierre III et le prive de son château d'Aubeterre. Ce dernier n'en a cure et fait comme si de rien n'était.

Seconde erreur, il signe un traité d'allégeance avec le comte d'Angoulesme, en payant celui-ci pour le défendre s'il en avait besoin. Son épouse Thalèze de Lesparre le lui avait fortement déconseillé et les conséquences néfastes de ce traité vont fortement impacter la vicomté par la suite.

« Je suis rompu mamie, avait dit Pierre III, grâce à vous j'ai fait donation de l'abbaye de Faize en 1201, et celle de Chancelade avec ses lods, ses étangs et ses terres. Je suis las, et je souhaite que vous me fassiez enterrer auprès de ma mère Agnès de Génosia à Faize ; et surtout s'il vous plaît, que le roi n'en sache rien et n'ait rien... » sourit-il. « Rappelez-vous mamie de l'abbé Rammulf de Mauriac à Saint Cybard comme il fut émouvant lors de nos épousailles ! Quelle belle vie nous avons eue ensemble chère dame Thalèze. »

Nicolette, fille de Guillemette et Martin, épouse le bailli Tibert. Ce dernier a repris la suite de Geslin et il passe la plupart de son temps à Aubeterre pour faire prospérer leur pêcherie, à la grande joie de leurs deux filles, Philippa et Mahaut. Ils auront en suivant trois garçons, Itier, Gabriel **et** Florimond.

Hugues, frère de Nicolette épouse le même jour Clémence, ils auront quatre enfants : Abel, Jacquet, Huberte et Idelette.

Toujours avec le respect dû à la famille de Castillon d'Aubeterre. Ces deux familles sont inséparables et vivent au château qui se trouve bien assez vaste pour accueillir cette jeunesse qui fait revivre murs et jardins.

Un mariage au château d'Engoulesme confère au roi Jean d'Angleterre, en voisin d'Aquitaine grâce à sa mère la reine Aliénor, d'être l'un des grands invités du mariage. Les de Castillon vicomte d'Aubeterre y sont aussi puisqu'ils sont par dame Assalhide de la famille d'Engoulesme.

Le jeune roi anglais Jean fait une cour assidue et pressante à la jeune Isabelle d'Engoulesme qu'il enlève, alors qu'il est déjà marié en Angleterre, ce qui déclenchera une citation devant la cour de ses pairs.

Il est immédiatement déchu de ses fiefs français (Maine, Normandie, Aquitaine, Anjou, Comte de Poitiers…). Il perd toutes ses terres de France d'où son surnom, Jean sans terre frère cadet du défunt Roi Richard Cœur de Lion.

Et comble de déchéance, il doit inféoder son royaume d'Angleterre au Pape, la polygamie n'étant pas admise. Malgré l'aide d'Otton IV le germanique, il fut défait lors de plusieurs batailles, et ce sont les barons et la bourgeoisie anglaise qui lui firent signer une charte de démission pour qu'il soit déchu de sa royauté et le démirent de son pouvoir.

Jean sans terre ramène sa mère la reine Aliénor malheureuse en Angleterre pour Poitiers afin qu'elle puisse finir ses jours dans un couvent confortable, et prier afin de racheter ses fautes. Elle monnaie des indulgences dans les abbayes. Vous pouvez en voir les dessins et les fresques sur les murs et derrière les parois du cœur à l'abbaye de Chancelade.

Pierre IV de Castillon vicomte d'Aubeterre épouse Marguerite de Benauge de Gironde sous le roi Louis IX (saint Louis). Leur enfant, Pierre V de Castillon vicomte d'Aubeterre, vient au monde rapidement. Ce qui remplit de joie toute la contrée et l'heureuse maman dame la vicomtesse Marguerite de Castillon vicomtesse d'Aubeterre.

Pierre IV doit lutter pour garder le château occupé par la famille. Il accepte finalement de partir en croisade pour récupérer son château confisqué pour avoir chassé sur les terres anglaises, après s'y être opposé à deux reprises. Et c'est Marguerite de Benauge qui régente le domaine, forte de ses nombreux vignobles dans le Bordelais et le Saint Émilion.

Pierre IV de Castillon vicomte d'Aubeterre assiste à la montée en puissance de la collégiale Saint-Jacques en haut de la colline face au château, pressentant des ennuis à venir. L'évêque veille car c'est le Pape qui finance les travaux. Cela a tout l'air d'une guerre ouverte ! Vaste, lumineuse et surtout bien placée géographiquement, avant l'église Saint-Sauveur pour délester les voyageurs de La Roche Chalais, de Bordeaux, de Libourne, de toute la Saintonge, de telle manière que les pèlerins n'aient plus de sous pour la basilique ! Ce nouveau sanctuaire permet en effet de « soulager » les pèlerins de leurs piécettes, certaines étant en métal précieux d'or et d'argent, avant qu'ils fassent leurs dévotions devant les reliques saintes exposées à l'église Saint-Sauveur en bas du château, reconnues pour leurs qualités miraculeuses.

Heureusement une part du commerce est préservée et de nombreuses auberges se sont ouvertes autour des douves.

L'église Saint-Jacques déborde d'architectures fines et sculptures riches et chères. Le Pape avait souhaité et ordonné que ce nouveau sanctuaire soit plus important et l'avait financé abondamment, le dotant d'une somme conséquente, ne supportant pas que les dons affluent vers le château et la basilique souterraine Saint-Sauveur propriété du seigneur de Castillon d'Aubeterre.

Bien financée, bénie par la plus haute autorité de l'Église, l'église Saint-Jacques s'élève rapidement. Plusieurs maîtres bâtisseurs ont été embauchés et forment des équipes très encadrées ayant déjà de nombreuses expériences dans la construction d'églises et de cathédrales. Les sculptures des tailleurs de pierre embellissent les chapiteaux, des peintures de scènes bibliques viennent habiller l'intérieur, permettant de catéchiser les pratiquants, la majorité du peuple étant illettré. Sur ces peintures murales, on y aperçoit l'évêque auprès du pape ainsi que des batailles de croisades. Fresques qui disparaîtront plus tard lors d'un premier incendie avec les huguenots. Le porche est très particulièrement ouvragé, avec un magnifique tympan qui se veut unique (il l'est).

Pour l'église Saint-Jacques : rien n'était suffisamment luxueux pour cet édifice qui devait surpasser Saint-Sauveur connu et réputé pour ses guérisons.

Le pape ne tolérait pas qu'un édifice religieux échappe avec ses bénéfices à la Sainte Église Romaine.

La nef fut détruite et reconstruite comme vous la voyez aujourd'hui, mais non à l'identique, car elle était beaucoup plus imposante, sa nef prenant toute la surface actuelle du monument et du parking.

Brûlée plus tard pendant la guerre des religions, seul le porche résistera aux flammes, puis toutes les statues furent cassées à la révolution, ou pour le moins étêtées. Avant la révolution, les protestants avaient attaché une corde autour des jambes et des bras du crucifix pour le faire tomber à terre et casser totalement le corps du Christ, cassant systématiquement toute représentation biblique doloriste. Christ pour les réformés est ressuscité et n'a rien à faire souffrant *vitam aeternam* sur une croix.

En réalité Aubeterre est coupée en deux :

– D'un côté le château jusqu'à la *Drone,*

– De l'autre côté, sur la colline en face, de nombreux ordres religieux y sont installés, groupés autour de l'église Saint-Jacques. Puritains et sectaires ils ne veulent que des riches paroissiens.

Les habitants de la colline prennent des risques en descendant vers le château. En effet tout est sous surveillance, épié par les clercs et les religieux persuadés de leur supériorité spirituelle et temporelle, et il faut aux gens de passage donner de bonnes raisons pour avoir l'autorisation de descendre vers le château. Les habitants autour du château ne les aiment pas. Ils les appellent les *calotins*. La liberté est bien plus grande aux abords du château.

Désormais Marie, Geslin et Salim ne sont plus là.

Seules témoins de cette heureuse période, les prunes d'ente qui sèchent au soleil et que l'on déguste tout l'hiver au vin rouge, en tarte, avec le chasselas doré suspendu aux poutres, en fruits secs ou gonflés dans le vin pour les hommes, et pour les malades, mélangés aux céréales.

Les délices d'Orient, la finesse des tentures murales dans les pièces de réception et les chambres des seigneurs du château, les magnifiques pièces d'orfèvreries et les bijoux à l'abri des regards ou des envieux, ne sont exposés que les jours de fête et sont sous la surveillance d'une soldatesque et de quelques gens de grande confiance. La cité se maintient consolidée, maîtrisée, bien organisée, cherchant à toujours s'améliorer.

Des guetteurs sont situés à la croix qui mène vers Saint-Romain, d'autres placés sur une butte pour surveiller troupes ou pèlerins venant par Bonnes.

Les trois ponts sont gardés par des hommes d'armes des deux côtés, surtout celui de la Bertrade, le plus large, qu'un convoi de guerre pourrait emprunter. La route de la Saintonge a sa vigie en haut de la Tour du château, et surveille également ce qui pourrait arriver par « las pradasses » (les prés en occitan qui ont donné le nom au village de Laprade). La ville est cadenassée, et la population se sent en sécurité contre les bandes de routiers qui pillent les villages et brûlent les manses.

Aubeterre est une ville forte.

Les fausses douves du château ont été recreusées, des pieux d'acacia ont été enfoncés, dont l'extrémité pointue trempée dans du fer en fusion empêche toute tentative d'escalade. Une fois le pont franchi, une première herse s'abaisse contraignant le visiteur à montrer patte blanche par un fenestron au-dessus de sa tête, avant que les gardiens ne relèvent la seconde herse. Ces deux précautions sont faites avant que le dernier petit pont ne s'abaisse et que la grille ne se lève en faisant grincer les lourdes chaînes impossibles à couper.

Là aussi, pas de possibilité de mettre le feu aux portes. Tout le rempart est aveugle, des espaces vides entre les planches du pont sont doublés par un solide quadrillage en fer forgé, permettant de tirer des flèches sur ceux qui auraient l'idée de s'y cacher. Du haut des coursives ne cessent de circuler des hommes de gué sur le chemin de ronde légèrement incurvé et couvert pour se protéger d'une éventuelle attaque de flèches enflammées ou de pierres.

Une grande cour, au sein du château, peut recevoir toute la population et s'il le fallait, hommes et bêtes. Deux puits assurent l'approvisionnement en eau. Les écoulements pour les eaux sales sont grillagés pour empêcher qu'un enfant ne s'y glisse et puisse donner accès à la place forte. L'aile des communs conduit vers le plus haut point du château. La serre et le jardin sont toujours en pleine production. Le jardinier Arnulphe, originaire de Hollande, ne cesse de produire des légumineuses à manger toute l'année, prévoyant leur conservation en terre ou par séchage, il initie Fausinde pour prendre sa suite.

De l'autre côté, les écuries, une première salle d'armes, puis un dédale de pièces possédant cheminées pour se préserver du froid et tenir un siège à l'abri en cas d'attaque. Plus loin, de grandes quantités en réserve : fourrage, céréales, fruits, vin, paille, huile, dans de vastes silos, mais aussi un élevage de nombreux animaux. Tout ce qui peut se conserver donne sur le long souterrain qui descend à la basilique souterraine. D'autres souterrains débouchent dans les champs à la hauteur de Belair, ou vers les grottes du côté de las pradasses. Ceci représente beaucoup d'argent mais le vicomte Pierre IV de Castillon d'Aubeterre n'en manque pas et il sait gérer ses manses avec intelligence. Les redevances sont à jour, l'Église est payée rubis sur l'ongle ; il ne peut être attaqué comme mauvais payeur, ni par le roi, ni par le pape.

Enfin, dominant de plusieurs dizaines de mètres, la haute tour avec créneaux sur la motte et les appartements du seigneur et de sa dame d'où l'on aperçoit tous les forts à la ronde.

Tout cela se sait dans le Périgord et alentours, les envieux sont légion mais n'ont pas les capacités d'attaquer pour s'emparer du riche butin qui reste au château ramené de la croisade par Pierre Ier de Castillon vicomte d'Aubeterre, enrichi par les mariages de Pierre II de Castillon et de Pierre III à la suite, avec les dots de leurs épouses très conséquentes qui ont continué à faire prospérer tous les domaines, avec les redevances des lods, abbayes, manses, ponts, moulins, vignes, pêcheries, élevage de bêtes, marchés prospères, vente de bois et de gibiers…

Jean sans Terre, le nouveau roi anglais qui « oublie » ou délaisse les terres entre mer et Périgord donne du répit à ce territoire.

Bonne affaire pour les de Castillon. Tout ce qui est à Hélie 1er de Castillon de Chalais reviendra à Pierre II de Castillon vicomte d'Aubeterre puis à Pierre III de Castillon, puis Pierre IV et enfin Pierre V. Ce qui en fait une vicomté qui couvre une partie du Périgord, longe le Saintongeais, une grande partie du Bordelais, le Limousin et s'arrête à Montmoreau.

Le **roi Philippe II Auguste** en 1193 épouse en secondes noces Ingeburge du Danemark. La nuit de noces se passe très mal selon des témoins. Il y eut des violentes disputes faites de cris et d'objets cassés. Relation tumultueuse entre les deux jeunes époux, aujourd'hui un viol conjugal pourrait s'y apparenter.

Le lendemain de la noce, le roi répudie sa jeune épouse et la fait enfermer dans un monastère. Neuf mois plus tard elle accouche d'un fils, le futur roi Louis VIII.

Le roi Philippe II Auguste épouse en 1196, sans l'accord du pape et en troisièmes noces Agnès de Miranie.

Le Pape Innocent III l'oblige à reprendre Ingeburge sa première épouse en 1213. Elle sera restée enfermée sept ans avec l'enfant Louis VIII.

Agnès de Miranie est déchue et reprend avec elle la dote qu'elle avait apportée au roi. Elle la récupère avec beaucoup de mal le menaçant des armées de son père. Car le roi avait bien grignoté à belles dents les économies de la malchanceuse Agnès de Miranie.

Malgré ses autres descendants, c'est bien Louis VIII le roi Lion qui règne trois ans de 1223 à 1226. Blanche de Castille l'épouse en 1200.

Il défend le Poitou, et lance une nouvelle croisade contre les Albigeois qui sont haïs par les plus hauts dignitaires à cause de cette nouvelle religion tant elle est exigeante au sujet de la pureté. Cependant elle prend de l'ampleur et se trouve redoutée par le pape. Ce roi récupère un royaume organisé en baillis et en prévôtés. Un pays réformé qui assure des rentrées financières régulières pour le roi, lui laissant la liberté d'augmenter les impôts à sa guise. IL s'arroge aussi le droit de rendre la justice. Il est précis et organisé, ce qui lui permet de mettre à distance l'emprise de l'Église, alors toute puissante.

Le roi Louis VIII avait demandé au comté du Périgord et de Guyenne de rejoindre son armée depuis la Garonne, en partance pour la Provence pour la croisade. Pierre de Castillon vicomte d'Aubeterre lui est très précieux puisque puissant et riche en possession d'une belle surface de terres et de nombreuses villes, bon payeur fournissant une belle armée. De ce fait, il est donc membre des proches du roi.

Profitant du départ de Louis VIII, les anglais débarquent à La Rochelle et y tiennent le siège.

Ils pénètrent par le Poitou, gagnent Niort, Saint jean d'Angély, et font le siège de la Rochelle.

Le roi Louis IX (Saint-Louis), son fils préféré et premier de ses quatre fils est mort à Tunis au retour de la huitième croisade. La reine mère et veuve continue les réformes de son époux. Régente extrêmement ferme elle enlève aux seigneurs le droit de Justice, et transfère la châtellenie d'Aubeterre à l'archidiacre de Pillac. Les seigneurs sont vent debout, mais la justice sera ainsi organisée jusqu'à Louis XVI.

***

À Aubeterre et sur toutes les terres des de Castillon d'Aubeterre, la population est heureuse, mange à sa faim et bénéficie de 100 jours de fêtes religieuses chômées dans son année. Beaucoup de naissances viennent accroître la population de la cité d'Aubeterre, bien enregistrées par les prêtres catholiques. Aux alentours, de nombreux clochers fleurissent.

La première et la plus importante église est celle de Pillac en 1200-1212, ancienne viguerie carolingienne (circonscription de basse justice). Son archiprêtré est fort de vingt-trois paroisses, et dépassera par la suite les trente. L'archiprêtré deviendra encore le plus influent chef de la juridiction à laquelle le seigneur d'Aubeterre doit désormais mander son accord pour rendre la justice en obéissance à la régente.

Pour Angoulême il n'existe que dix archiprêtrés en Saintonge. Grâce à la source de Saint-Aignan réputée efficace pour guérir de la teigne, de nombreux pèlerins offrent leurs pièces, enrichissant ainsi ce lieu de culte… Les terres qui ont été défrichées sont désormais cultivées, et une nouvelle population de gens libres apparaît dans les manses *de Pilhaco*.

Le hameau de la Poterie pour l'argile, celui des Allées pour le sable, celui de Thomas pour les carreaux de pierre prennent de l'extension, ainsi que le travail du sciage du bois grâce aux hommes « scieurs de longs ». Il y a aussi le hameau de la Ferrière où l'on récupère de la terre ferrugineuse pour la travailler et la forger afin d'obtenir du métal. Tous ces hameaux prennent de l'ampleur et attirent le commerce. Les scieurs de long sont très recherchés car il faut être fort et bien nourri. Les Pillacois mangent bien, le nombre d'enfants croît de façon régulière. Les épouses font un jardin, élèvent poules et cochons ; et tissent avec la laine des moutons pour se vêtir mais surtout pour vendre leurs ouvrages à la foire d'Aubeterre, échanger ainsi pour obtenir d'autres accessoires dont elles ont besoin, le troc est le moyen d'échange le plus utilisé, bien peu possèdent des écus.

Les nombreux moulins sont fréquemment dévalisés, les meuniers détroussés, et on retrouve leurs cadavres souvent égorgés tournant dans la roue à aube. Si la meunière n'a pas eu le temps de s'enfuir, elle périt violée dans d'atroces souffrances, les bébés sont enfourchés au bout des épées et rougissent l'eau du ruisseau de leur sang, les jeunes enfants sont enlevés pour devenir les esclaves des bandes de pillards qui se dissimulent dans les bois et les forêts alentour, ou alors sont vendus au plus offrant. Le butin de farine est prestement enlevé sur les dos des chevaux, ils ne prennent pas de charrette cela les ralentirait dans leur fuite.

Ailleurs, les jeunes paysans s'enrôlent dans la guerre croyant sauver leur famille pour quelque argent promis, payable à la fin de la guerre.

L'intendant du château tente d'enrayer ces départs en distribuant des tâches de journaliers afin d'entretenir les voies d'accès et d'eau, ainsi que les bassins des moulins ; et incite à cultiver les terres avec de petites redevances ; mais le pays gronde, les impôts, les taxes, les péages assomment la population.

L'Église exige de plus en plus de dons sinon *l'enfer* attend le mauvais payeur. La méconnaissance des Saintes Écritures et du dogme chrétien pour l'immense majorité de la population permet au clergé d'abuser de son pouvoir. Cela aura pour conséquence de soumettre le peuple qui va amalgamer sans contestation la religion officielle avec un ensemble de croyances fait de terreur et de magie.

À la campagne on se signe pour tout : en protégeant son bétail contre le mauvais œil en cas d'orage, car on pensait ainsi écarter les mauvais esprits et le diable, en bénissant les animaux avec du buis béni dans une main et un crucifix dans l'autre. En entendant les cloches on récite ses prières, en particulier l'angélus rythme les journées. Désormais chaque village possède son église, et le prêtre est au courant de tout ce qui se passe. Rien ne peut lui échapper. Les membres du clergé sont les meilleurs *policiers* du pays, un véritable maillage extraordinaire d'espionnage par la confession. La pratique des sacrements était perçue comme un cercle de protections magiques et provoquait plus de peur que de foi en l'amour du Créateur. Une hostie dérobée réduite en poudre était censée détruire les chenilles…

Les prêtres bénissent les bâtiments, les chevaux, les vaches, les chiens et les moutons. On pourrait considérer ces pratiques comme pagano-chrétienne. L'Église toute puissante tient son peuple, soumet les âmes et celui qui ne vient pas à la messe risque l'inquisition pour relaps.

Le seigneur d'Aubeterre fait appel aux Auvergnats, aux Saintongeais, aux Vendéens pour repeupler la cité, mais le mal est trop important ; la cité ne repartira jamais dans l'opulence que l'on a connue auparavant lors de la construction de la basilique.

Tous les villages portant le nom de porcherat ou porchère, étaient réservés à l'élevage des porcs, mâtinés de sanglier, qui servaient comme moyen d'existence à l'hôpital des frères Antonins. Ces villages attiraient la convoitise et étaient régulièrement pillés par les brigands. Même si les porcs causaient des dégâts dans les rues d'Aubeterre lorsqu'ils étaient lâchés, les habitants en connaissaient leur utilité et les respectaient. Jamais au château un porc n'aurait été cuisiné au bénéfice des habitants du château, c'était un péché que de les manger. Ils étaient réservés aux pauvres des religieuses et religieux.

Seuls ceux possédés par le paysan étaient comestibles ou vendables.

Chapitre 8
La chasse aux hérétiques

Le roi Louis IX (saint Louis) règne de 1226 à 1260, homme très pieux sous emprise de sa mère régente, Blanche de Castille ultra-catholique et pratiquante rigide, ne peut se résoudre à laisser le tombeau du Christ à des « incroyants » considérés comme des « blasphémateurs ». Le roi va mener ainsi plusieurs guerres, et croyant avoir gagné le tombeau du Christ, il veut que l'Afrique du Nord devienne aussi chrétienne.

Les huit croisades se terminent sur un échec, au grand désespoir du Pape. Mais ce dernier n'arrête pas là son combat. Il va se focaliser sur ces nouvelles églises ou communautés qui croissent hors de son pouvoir et sur tous ces croyants qui échappent à son autorité. Il met toute son énergie à les pourchasser. Il concentre sa colère sur Toulouse, Agen, Pamiers où il fait arrêter l'évêque.

« Impurs » et hérétiques se multiplient.

Plus au Sud, c'est une véritable Église cathare, de « parfaits » adeptes de la pauvreté et de l'application stricte de la parole biblique, qui s'épanouit et prend beaucoup d'importance. Le Pape n'accepte pas ce qui est pour lui une dérive et échappe à son autorité en Ariège.

La basilique d'Albi construite après la guerre, imposante en manifestation de puissance et pour se protéger d'assauts éventuels, est totalement fermée de l'extérieur. Elle contient des sculptures et bijoux architecturaux bien cachés à l'intérieur. Tout est fait pour donner un sentiment de puissance, et manifester par sa taille la force de l'Église.

La croisade contre Albi fait se lever les « justes » qui résistent aux chrétiens dans la population, et la lutte sera sans merci, sans aucun répit. Il faut sans hésiter tuer tous ces croyants hérétiques. L'ordre est donné de tous les éliminer. « Qu'il n'en reste plus un ! » Alors les « justes » fuient et gagnent la montagne de nuit pour se sauver. Ils vivent dans des grottes et ne se montrent qu'à leurs pairs. Parle peu, et se soutiennent dans des hameaux de fortune, où ils tentent de vivre leur foi au quotidien.

Lors des batailles d'Albi et de Toulouse, les « justes » se sont battus vaillamment et ont tenté de résister, mais la supériorité en nombre de ceux qui sont restés fidèles ou soumis à l'Église au sein de la population est venue à bout de leur courage.

Lisez ces passages qui en disent long sur la force déployée par les catholiques pour exterminer les Parfaits et les Vaudois. Il ne faut rien économiser pour éliminer le Vaudois ou le Cathare. L'Église possède l'autorité, le pouvoir, et l'argent. Les clercs dépensent sans compter pour asseoir leur puissance.

Tout est démesuré pour vaincre le Vaudois, l'hérétique. Armés de pied en cap, disposant de milliers d'hommes, avec l'appui de seigneurs obéissants à l'Église, les troupes du Pape pourchassent les pauvres ères qui ont choisi de déserter l'Église romaine en rejoignant les Cathares, et doivent se terrer.

Ces derniers vivent aux confins des terres, dans des grottes alimentées en eau de source, errant la nuit et longeant les ravines pour tuer un peu de gibier, glaner çà et là des fruits et légumes afin de pouvoir se nourrir et survivre. Femmes et enfants restent à l'intérieur de leurs cachettes, priant le Seigneur de pouvoir continuer leur périple jusqu'en Ariège. À Pamiers, même l'évêque est arrêté.

Feu Louis IX sera proclamé Saint Louis après sa mort, mais il fut d'abord un soldat qui tua lui aussi au nom de Dieu, comme tous les membres de son armée. Celle-ci défaite, étrillée, rentre penaude en France. Les huit croisades se terminent sur un échec, au grand désespoir du Pape. Plus tard, sous le roi Louis XIV, des dragonnades seront organisées avec évidemment les encouragements du Pape, et Louis XIV récupérera les biens de cette population laborieuse et économe, souvent lettrée. Déjà la torture et la question sont de mise pour faire parler à tout prix, même si l'on n'a rien à avouer, la cruauté fait dire tout.

Chapitre 9
La vie de château

Durant ce temps, au château, Nicolette et Hugues, les deux enfants blonds et facétieux qui s'amusaient avec leur frère et sœur de lait, Jean et Clémence, dans les potagers du château et l'orangerie qui y ont été aménagés, sont devenus de beaux adultes parents de deux belles familles. Ils prennent exemple sur les dix chevaliers : honnêteté, droiture et service. Ces derniers ont veillé sur eux avec constance et bienveillance puisqu'ils étaient disponibles et sans enfants n'étant pas encore mariés pendant les douze années de la construction de l'église Saint-Sauveur désormais terminée.

Hugues les aperçoit encore dans ses souvenirs, dans les allées de plantations orientales, surveillé du coin de l'œil par Arnulphe le jardinier, rapide comme l'éclair, se faufilant dans le dédale de cultures, entre les rangées, pour faire enrager sa sœur Nicolette. Désormais ce sont Philippa, Mahaut, Itier, Gabriel, Florimond, Abel, Jacquet, Huberte et Idelette qui s'y cachent. Grand-mère Guillemette les attend en bas, avec des confitures ou des bugnes[31], qu'ils dévorent avec délice. Geslin les quitta en paix en ayant dépassé les 80 ans. Mais avant de s'effacer, il avait pris soin de former le nouveau bailli Tibert époux de Nicolette. Vieilli, diminué, vite essoufflé, il s'endormait sur place lorsqu'il s'asseyait à l'ombre, et un jour il ne se réveilla pas. Quant à son épouse Marie, elle continuait, assise en cuisine à diriger les *drôles* et les *drôlesses*, en tapant le sol d'un gros

31 Beignets.

bâton lorsque cela ne lui plaisait pas. Un dimanche, une douleur dans la poitrine l'emporta au ciel.

Guillemette reste l'écrivaine publique du village. Elle doit lutter contre le clergé d'en face qui veut bloquer l'essor économique d'Aubeterre, afin de diminuer le nombre de ses élèves, qu'ils soient commerçants ou aristocrates, souhaitant apprendre à lire et écrire, surtout dans le premier cercle de la bourgeoisie marchande, celle qui rapporte le plus au denier de l'église, qui reçoit à leur table abondante les clercs, et soutient leurs œuvres.

Pierre IV de Castillon d'Aubeterre en 1201, s'approprie Itier comme écuyer. On découvre ce jeune garçon toujours à la suite du seigneur. Il nettoie les armes, astique les selles et range avec précaution toutes les cottes de mailles, gambissons, casques et visières, couteaux et épées astiquées.

L'Église durcit son attitude de plus en plus, devient autoritaire et intolérante.

On contraint les religieuses et les moniales à installer une clôture, un portail aveugle, des grilles entre elles et le public. Plus question de sortir de leur monastère tout au long de leur vie conventuelle. Elles resteront cloîtrées à jamais même si elles y reçoivent une éducation. Prison déguisée pour toutes les jeunes femmes riches qui désobéissent aux ordres de mariage des parents, ou qui font passer « Pâques avant les rameaux » (enceintes) et en ressortent « vierges » bonnes à marier.

Même si Hélie de Castillon est évêque à Agen, les chevaliers qui ont servi fidèlement jusque-là le roi, ulcérés par l'attitude de l'Église et de son armée, se sont décidés à rejoindre les Cathares et les purs en passant par Toulouse.

Cependant, c'est une période de troubles. La suspicion est grande et chacun craint son voisin. Les dénonciations pour infidélité à la foi catholique sont nombreuses, très souvent infondées, mais aux conséquences terribles. L'accusé doit avouer sous la question (torture). Il est mis à nu, attaché sur un poteau, on lui coupe sa verge pour la jeter aux chiens si c'est un homme, si c'est une femme le bourreau lui coupe les seins, et les pauvres suppliciés finiront cahotés dans toute la cité, vidés de leur sang derrière un cheval fou. L'exemplarité des sévices fait peur et la population qui se soumet de plus en plus et demande prières et bénédictions en payant très cher. Une absence à la messe entraîne une amende. La crainte d'avoir été envoûté par les sorcières est omniprésente dans tous les foyers.

Les femmes perdent le peu d'autonomie qu'elles avaient gagné avec Guillemette. Quand le seigneur réfute des accusations, protégeant ses sujets, c'est l'autorité de l'Église de Pillac qui se tourne vers l'évêque afin d'obtenir condamnation. Malgré la distance, tout se sait, que ce soit vrai ou faux.

Pierre IV de Castillon d'Aubeterre est en désaccord avec ces pratiques barbares. Il s'en ouvre à l'autorité de l'Église qui lui rétorque qu'il ne doit s'occuper que de ses affaires, à savoir, de sa châtellenie. Il ne saura pas encore jusqu'où la traîtrise d'un seigneur et parent, va bousculer son héritage et en faire les frais alors que le peuple reconnaît la bonté de son seigneur qui leur a permis une vie meilleure avec le travail et de la nourriture en suffisance.

Martin et Guillemette vieillissants se souviennent avec nostalgie de leur premier baiser échangé lors du retour du seigneur Pierre Ier de Castillon vicomte d'Aubeterre, qui les a mariés. Leurs deux enfants et neuf petits enfants participent à la grande fête de cet anniversaire en se réunissant.

Ils avaient tellement de jeux en commun tant de complicité de rires et de secrets, tant de souvenirs impérissables qu'ils ne pouvaient ni vivre ni mourir l'un sans l'autre.

Quand mère Bietrix sentit venir sa fin, elle fit venir Guillemette et Martin devant l'abbé de Chancelade, comme témoin et confesseur, pour lui avouer les circonstances de la naissance de Guillemette, l'encourageant à raconter cette venue au monde accidentelle. L'abbé expliqua combien dame vicomtesse et le seigneur Pierre Ier de Castillon vicomte d'Aubeterre avaient pris à cœur d'atténuer la souffrance de sœur Bietrix dans son malheur, pour que Guillemette grandisse en sécurité et dans l'affection, sans être trop loin d'elle.

Elle lui raconta son viol par le chapelain du château, qui fut rejeté immédiatement du château par Pierre Ier, qui se retint de lui ôter la vie car c'était un homme d'Église.

Une montée de flots d'amour et d'admiration gonfla le cœur de Guillemette pour cette femme qui lui fit connaître enfin ses racines, mais cela ne la réconcilia pas pour autant avec la religion. Avec une tendresse infinie elle la tint dans ses bras et recueillit avec amour et reconnaissance, le dernier baiser de sa mère.

Mère Bietrix, dégagée d'un secret bien lourd, mourut heureuse et apaisée, contre la poitrine de sa fille unique. Comblée et heureuse d'être la grand-mère d'Hugues et de Nicolette et de neuf arrière-petits-enfants, sous les yeux embués de l'abbé de Chancelade dont le cœur saignait à l'idée de perdre son amie, sa confidente, son autre moitié, un exemple par le témoignage de sa foi active, remplie d'intelligence et de sagesse, une vie donnée, généreuse, joyeuse. Comme il l'avait aimée… Mais ils avaient hésité de s'épouser après qu'ils se soient rencontrés à la fête du retour de la croisade de Pierre Ier de Castillon, unique souvenir de leurs corps enlacés.

Guillemette enterre sa mère dans le petit cimetière de la communauté comme il est d'usage, enveloppée de son drap de toile au milieu de ses sœurs. Elle plante un rosier de Damas prit dans la serre du château à la tête de la tombe.

L'abbé Jocelin de Chancelade ne lui survit que de quelques jours et sera enterré de même autour de l'abbaye de Chancelade, vous pouvez y voir les pierres tombales autour de l'édifice.

Les jardins sont magnifiques, en ces jours de Juin tout est à son apogée, les fleurs, les pousses, les roses, le magnifique potager. Pierre II de Castillon a bien poursuivi les projets de son père, exécutés ensuite par Geslin et Martin. Ces miracles de la nature sont entretenus par Arnulphe puis continués par son aide Fausinde, encouragés par les seigneurs qui les félicitent, puis par la dame du château qui tenait les rênes de la châtellenie, où elle se promène le plus souvent dans ce coin de paradis à ciel ouvert.

Lorsque les gens du château descendent par les couloirs souterrains et les escaliers taillés dans le roc à plus de 30 mètres de hauteur pour assister aux offices, la vue de cette merveille leur tire les larmes aux yeux. Tout a changé depuis que l'église Saint-Sauveur est construite.

La société de la cité est rajeunie, beaucoup de nouveaux couples et d'enfants occupent les maisons qui jouxtent le château, toutes construites dans la même pierre de récupération. Quel confort pour ceux qui en profitent. Aussi, dès que les ouvriers mettent à disposition un amas de calcaire, il est vite emporté par une famille pour achever la construction de leur demeure. C'est ce que Pierre Ier de Castillon d'Aubeterre avait imaginé et c'est ce qui se réalisa en un peu plus d'années qu'il ne l'avait prévu puisque certaines équipes aidèrent à la construction de la basilique souterraine de Saint-Émilion.

Le faubourg grandit à vue d'œil, les foyers s'installent les uns après les autres. Les tentes des croisés chevaliers, toujours plantées attendent des jours de marché, ou des fêtes lorsque la pluie s'installe. Les enfants y ont élu leur palais de jeu tant qu'ils ne sont pas réquisitionnés par des travaux lourds pour aider leurs parents.

Les douze années écoulées pour la construction de la basilique souterraine ont amené de l'extérieur une population à Aubeterre qui s'est installée depuis, soit dans l'artisanat, soit dans les manses, un peuple jeune, travailleur et résistant ; enrichissant la communauté villageoise de nouvelles traditions.

Les Auvergnats travaillent le fromage en le faisant vieillir en cave, recouvert d'un mélange de sel et de salpêtre, tout comme leurs délicieuses charcuteries. L'hiver, ils savent sculpter le bois dont ils gardent le secret de leur art. Ils sont férus dans le travail des couleurs dont ils ornent les panneaux des chambres du château qu'on leur a commandées, ainsi que le plafond en caisson de la grande salle de réception, mais aussi le bas-relief de la chapelle du château.

Les Poitevins sont essentiellement des paysans n'hésitant pas à assécher les terres marécageuses pour en faire des paradis de maraîchage le long de la rivière. Excellents pêcheurs, par tous les temps ils partent sur la *Drone* à la pêche. La brioche au beurre qu'ils partagent pour les Pâques est un régal dont le château passe commande à chaque fois qu'il reçoit des invités de marque.

Les Germains restent de farouches travailleurs, organisés et obéissants, ils sont devenus les scieurs de long, les maîtres charpentiers, des maîtres maçons d'une précision remarquable, des travailleurs acharnés.

Les Italiens fabriquent les tissus en laine dont ils font des habits chauds et durables, façonnent le cuir pour toute sorte d'utilisation comme des chausses, des vêtements ou des bourses. Mais ils font aussi des tapis, et encore de la céramique avec un don artistique qui fait l'admiration de toute la clientèle. Leurs femmes aux encolures généreuses, chantent et rient sans cesse. Elles partagent leurs talents et embellissent les vêtements avec de petits riens, des dentelles ou des broderies aux motifs décoratifs qui rendent ces pièces uniques et créent la mode, en renouvelant sans cesse leurs inventions.

Le commerce tourne bien, les échoppes sont visitées par les pèlerins mais aussi par les plus riches compatriotes. L'argent rentre régulièrement au château qui bénéficie de nombreuses rentes et redevances. La gabelle est modique et acceptée de bonne grâce.

Aubeterre fait partie du Périgord riche. Le pays de France est peuplé de 13 millions d'habitants, les Aubeterriens sont plus de trois cents feux.

Cependant, la crainte d'être envahi par les anglais 5 millions d'habitants menace, et Aubeterre se fortifie en conséquence. Ce sera peine perdue pour le Périgord car depuis 1154 les anglais sont maîtres pratiquement partout, même à Aubeterre qui les repousse.

Les autochtones se sentant abandonnés par le roi de France contre l'envahisseur, décident de se défendre par eux-mêmes.

C'est à cette époque que les tours des de Castillon d'Aubeterre s'inscrivent sur le blason de la seigneurie d'Aubeterre. Des gueules-de-loup ornent le blason de la cité rappelant les sanglantes batailles et leurs deux succès militaires.

Avant de partir, Pierre IV de Castillon vicomte d'Aubeterre et de Chalais en 1187 n'a pas d'autre choix que de confirmer les legs que son père avait faits auparavant par le fameux traité d'Engoulesme qui les vassalise.

L'église crie au scandale, elle n'avait rien dit pour Guillemette mais voilà sa fille Nicolette, une femme, qui veut continuer l'enseignement !

C'est donc en cachette que les écoliers très courageux se faufilent au château pour apprendre à lire ou écrire, passant la grille du pont-levis. Le prêtre les menace de l'enfer s'ils n'obéissent pas à la loi de Dieu ! Le catimini est alors de règle, la crainte des religieux va dissuader les plus courageux.

Sa fille Mahaut, est un vrai garçon manqué. Elle n'aime qu'à être près de son parrain, le sergent Méru, auprès des chevaux, à la chasse, aux exercices d'entraînement, et avec lui, elle apprend l'art de la guerre. Elle part à la chasse, cachée sous une houppelande et un capuchon, monte son cheval comme l'un des meilleurs chasseurs. Mahaut sait faire obéir les piqueurs et n'a pas de pareil pour suivre des meutes. Elle donne l'Ali près de la bête, fière d'elle lorsqu'elle achève les loups, les sangliers, le cerf ou même l'ours. Mahaut tire à l'arc avec précision et ramène faisans, canards, chevreuils, renards et loups, lièvres et lapins en abondance aux cuisines pour les amusies.

Sa sœur cadette Philippa *est son portrait opposé. Elle aime broder sur des tissus précieux,* elle coiffe ses longs cheveux et orne son opulente chevelure de multiples rubans et de quelques perles offertes par la dame vicomtesse d'Aubeterre au service de laquelle, elle se dévoue sans compter avec plaisir.

Il n'y a pas sa pareille pour donner faste et splendeur aux fêtes exceptionnelles, en créant des bouquets, en faisant installer des tapisseries et en veillant au bon déroulement des cuisines lorsque le château reçoit.

Elle est l'aide précieuse et discrète de la cour de la vicomtesse qui en a fait sa demoiselle de confiance. Elles sortent toutes les deux, vont ensemble aux célébrations à l'église Saint-Sauveur. Lors des jours de foire, dame vicomtesse aime à prendre son avis pour ses achats, et Philippa se charge de faire porter tous les trésors achetés au château.

Toutes deux découvrent avec ravissement pierres précieuses, et comme des jeunes filles espiègles, rient en se drapant dans les pièces de tissus rares, jouent avec les rubans, miment les révérences pratiquées à la cour royale en intimité. Compagnes de jeu, elles sont devenues inséparables, jusqu'au jour où lors d'une promenade à l'extérieur du château, sur un routin… un drame survient.

Elles tombèrent nez à nez avec une bande de malfrats. Voyant l'aubaine et la magnifique prise qu'ils allaient faire, les quatre larrons se mirent à rire et à les faire courir en tous sens, les poursuivant à cheval dans le creux du chemin. Du bout d'une lance l'un des brigands décoiffa Philippa qui tentait de protéger sa maîtresse. Un horrible cri rauque de victoire sortit du gosier de l'homme hirsute, aux dents manquantes. La lourde chevelure blonde tomba sur les épaules de la jeune femme révélant la beauté diaphane de Philippa. Les trois autres compères trouvèrent le jeu amusant et commencèrent à encercler Philippa, laissant un instant dame vicomtesse d'Aubeterre sans surveillance. Précieuses secondes qui permirent à cette noble dame de prendre ses jambes à son cou pour remonter au château afin de quérir de l'aide.

Le manège des quatre brigands devenait de plus en plus dangereux pour Philippa seule dans un piège effroyable. Du bout d'une épée un second cavalier coupa le lacet de sa cape en lui égratignant le menton qui se mit à saigner, et dévoila sa robe bleu ciel. Philippa tenta de forcer le passage entre deux chevaux mais n'y parvint pas. Pour l'en empêcher, elle reçut un coup de gant au visage qui lui éclata l'arcade sourcilière et les lèvres et fit couler le sang sur sa collerette.

Les rires graveleux des quatre hommes l'étourdissaient et résonnaient dans sa tête. Elle ne pouvait penser à rien d'autre que de tenter d'échapper à ces gredins. Suffoquant, elle eut cependant assez de force pour s'adresser à eux :

« Que me voulez-vous messires ? Je n'ai pas d'argent, mes parents ne peuvent vous donner une rançon !

— Qui parle de rançon, tu es assez belle pour la payer toi-même ricana le plus trapu au cou de sanglier.

— Et ce sera en quatre paiements renchérit son compère, en se tenant les côtes de son ventre bedonnant. »

À force de courir de tous côtés, Philippa trébucha et se trouva à terre. Là elle se sentit perdue, s'en fut fini d'une quelconque illusion de fuite. Alors qu'elle sentait la pointe de deux lances s'appuyer sur son ventre, les deux autres cavaliers mirent pied à terre. Philippa avait beau se débattre rien n'y fit, ils lui tinrent l'un les poignets, l'autre les chevilles.

« Alors que proposes-tu maintenant damoiselle ? » lui susurra à l'oreille, le chien puant.

Philippa, salie, roulée à terre, mouillée par ses larmes, les cheveux défaits collés par son sang qui coulait le long de son visage et sur son cou d'une blancheur opaline, était à la merci du malandrin qui s'en empara à pleines dents. Elle se sentit comme dévorée. Le second s'assit sur ses jambes et retroussa son jupon de laine, dévoilant à tous les autres le trésor de la jeune fille, caché par un tulle. Philippa se sentit perdue. Le dernier lui arracha les tissus qui couvraient sa poitrine, et saisit à pleine main ses petits seins fermes.

Elle hurla, mais une nouvelle frappe d'un coup de pied dans les côtes lui arracha un cri de douleur. Philippa s'immobilisa écrasée par la masse insupportable qui se vautre sur elle. À sa grande surprise, le corps devient inerte tout à coup. Philippa reste au sol incapable de se soustraire au poids de l'homme qui vient d'être percé d'une flèche dans le dos.

Dame vicomtesse n'avait pas perdu de temps et c'est tout essoufflée devant le gué qu'elle explique ce qui se passe dans l'allée près de la Dronne qui mène à Laprade. Elle suffoque mais réussit à raconter au parrain de Philippa, le sergent Méru – le vicomte étant absent – l'urgence de ce qui va se passer si les hommes d'armes du château n'interviennent pas. Mahaut qui astiquait les selles des chevaux se rapproche des soldats et d'un regard suppliant implore de partir avec eux. Dame vicomtesse accepte immédiatement et grimpe sur la même croupe derrière la selle de Philippa.

La troupe se forme aussi vite qu'il leur est possible, part au grand galop, et passe sur le pont-levis à grand bruit, s'élance le long de l'église Saint-Sauveur en faisant s'éparpiller la volaille, tous désireux de sauver Philippa. Arrivés sur le lieu du drame qui se joue, Mahaut légère et adroite réussit à se hisser en première position de la troupe, au plus près du sergent Méru. D'un coup d'œil elle comprend que l'irréparable ne s'est pas encore produit. Elle se lève de sa selle, se met en position de bander son arc, et décoche une flèche qui se plante dans le dos du violeur à la hauteur du cœur. Surpris, les trois autres rapineurs lèvent les yeux sur les six cavaliers. De son épée, le sergent Méru tranche la tête de l'homme à terre qui tenait encore Philippa par les chevilles, celui-ci bascule sur le côté dans un jet de sang. Philippa est délivrée.

Une bagarre entre les deux marauds et les cavaliers du château s'engagea, inégale cette fois-ci pour les malfaisants. Les deux brigands encore vaillants avaient beau ferrailler, ils furent assaillis par-devant, mis à bas de leur monture et tués sur place en plein cœur. De rage, les soldats leur ouvrirent le ventre destinant leurs viscères aux chiens errants. Les corps meurtris furent ramassés et exposés sur la place du château devant la population choquée que l'on s'en soit pris aussi près du château à leur vicomtesse et à Philippa, sa damoiselle de compagnie.

Mahaut fut ovationnée pour son sang-froid et son tir de carreau qui tua le premier brigand. Philippa recouverte de sang, entourée par la vicomtesse qu'elle avait sauvée des mauvais traitements, retrouva consolation, calme et affection auprès des siens. Pierre IV de Castillon d'Aubeterre à son retour, fort ému par l'histoire, offrit à chacune d'elles un chien dont elles ne devront jamais se séparer, où qu'elles aillent, même à la chapelle, à l'oratoire, pour faire leurs dévotions.

Malgré cet événement, la vie est douce au Château d'Aubeterre à cette époque-là. Les fortifications sont de belle mesure et les gens s'y sentent à l'abri. Cela ne va malheureusement pas durer…

Pour les anglais cette terre leur appartient depuis le mariage de la reine Aliénor d'Aquitaine et du roi Henri II de Plantagenêt, mais les populations d'Aquitaine et de Guyenne qui souffrent des pillages et des brutalités des soldats anglais, repoussent cette occupation supportée par la reine de France, sans armée pour les repousser.

Au cours de ses premiers retours en France, le roi Louis IX avant de mourir à Tunis, réorganise ses états. Il fortifie le pouvoir royal, réforme la justice en débutant par le parlement. Il fait construire la Sorbonne, la Sainte Chapelle, mais aussi les Quinze-vingt, hôpital destiné aux aveugles déshérités et au nombre important de croisés qui perdirent la vue à cause des tempêtes de sable et de la chaleur de l'Orient pendant les croisades. Nombreux également furent les croisés revenus brûlés par le soleil ou meurtris par d'insupportables tortures.

Le roi Louis IX accède à toutes les volontés des croisés, il veut imposer le baptême à tout l'Orient et à toute l'Afrique. Il est en plein accord avec le Pape à l'égard de tous ceux qui n'obéissent pas en totalité à la religion, où qui refusent de partir en croisade, le roi « Saint-Louis » ne connaîtra pas la miséricorde et ne pardonnera rien.

Poussé par les anglais, après avoir battu le comte de La Marque (famille de Castillon d'Aubeterre), Louis IX ramène enfin la paix au siège des Albigeois.

En 1259, le roi Louis IX fait le vœu de libérer la Palestine des incroyants. Le roi Louis IX y met le prix fort, car il bataille quatre ans avant d'être fait prisonnier. Sa mère Blanche de Castille, régente de France, paye une forte rançon. Elle fait ramener la couronne d'épines du Christ par son fils et la déposera à Notre-Dame-de-Paris.

Avec la sanction royale et papale, Engoulesme est ravi de s'approprier une telle immensité de terres et de biens pour l'instant richesse hypothétique, mais qui peut devenir réelle, le destin souvent est capricieux.

Personne n'imagine ce que ce traité va entraîner par la suite. Mais l'acte est signé contre l'avis... de sa femme Talèse de Lesparre qui voulait l'en dissuader jusqu'au dernier jour ! Mais il n'a pas écouté son épouse. Les conséquences seront lourdes pour sa descendance.

Les alliances entre le roi de France et les anglais mettent à mal le sentiment de nation. Le royaume de France est minuscule (Île de France), pauvre et sans vrai chef à sa tête. La régence n'est pas favorable à un développement économique. Les amitiés anglaises et françaises jouent au yo-yo, les espagnols sont omniprésents et la population ne sait plus à quel saint se vouer, ne sait plus quoi est à qui.

Pour les populations, seul le seigneur exerce la basse et la moyenne justice et les chevaliers féodaux restent la référence de la loi et de la justice ainsi en est-il de l'archiprêtré de Pillac dont ils dépendent pour la haute justice.

Cette juridiction aux grands pouvoirs octroyés par la régente est très redoutée. Aussi quand au château les rencontres entre les chevaliers aux éperons d'or et les autres grands seigneurs de la région se préparent, la servantaille court en tous sens pour satisfaire au mieux et aider aux préparatifs des batailles secrètes qui se jouent pour préserver leur liberté et repousser les anglais.

Ce sont désormais vingt soldats et leurs serviteurs qui vivent de façon constante au château devenu une forteresse avec ses murs d'enceinte de trois mètres d'épaisseur par endroits.

La tour de garde posée sur la motte vers l'ouest domine totalement le paysage charentais et périgourdin.

La population mange à sa faim et se suffit des plaisirs simples de la cité, mais la valeur du denier diminuant, il est nécessaire de lancer une vaste campagne de défrichage pour augmenter la surface à travailler de diverses cultures afin d'assurer des revenus suffisants et variés pour la continuité des exploitations.

Tous, hommes femmes vieillards et enfants retournent la terre et coupent les arbres, dessouchent, creusent les fossés. Ils quittent la chaleur du foyer avant le lever du soleil et sont au travail dès l'aurore, après la Saint-Martin, pour que les hommes abattent les troncs. Les femmes portent les branches et les enfants empilent dans les chariots les bois coupés liés en fagots. Ils suivent les abords des ruisseaux pour agrandir la surface des champs à ensemencer au printemps, c'est le seigneur qui les nourrit et les indemnisera en surface de terre défrichée.

Personne ne s'est aperçu que le chantier est sous observation depuis plusieurs jours. Les bois et taillis sont nombreux, servant jusque-là de cache aux voleurs. Ils se sentent délestés de ce qui était alors leur domaine, par les défrichages et abattages de leur forêt. Les chevaux sont attachés assez profondément dans le bois de Saint-Romain pour ne pas éveiller les soupçons. La bande de brigands grimée, et équipée de cordes et de toiles, attend le moment propice pour attaquer. Ils attendent la fin du jour que le maximum d'enfant se soit éloigné des adultes pour fondre sur eux, leur enfonçant dans la bouche un solide bâillon. Puis les couvrant d'une toile, ils les chargent comme des ballots sur les dos des chevaux. Sans perdre de temps ils quittent l'endroit en ayant réalisé leur rapt. Les voici avec une nouvelle troupe de jeunes qui sera éduquée pour le brigandage. Ces enfants seront formés aux vols et pillages dans la région. Certains seront vendus à l'occasion à d'autres bandes. Quant aux filles, elles finiront esclaves, en ribaudes d'auberge, corvéables jusqu'à leur mort, servant aussi bien aux plaisirs des hommes qu'à tirer les bateaux comme bête de somme, quand les chevaux viendraient à manquer.

À quelques lieues de la cité, le groupe de défricheurs n'a pas encore réalisé l'absence de tous les enfants. Les femmes hèlent les hommes, le chantier cesse. Chacun appelle sa progéniture et c'est un silence angoissant qui leur répond. Au bout de quelques heures, l'obscurité se faisant, il faut rentrer à Aubeterre et prévenir les gardes du seigneur que des enfants de plusieurs manses et foyers ont été enlevés et arrachés à leurs parents dans l'incapacité à réagir, car il est trop tard. La nuit est tombée. Les soldats et les battues ne pourront repartir que le lendemain. Le lieu en porte encore le nom : « Le Rapt ».

Le vicomte accorde à sa population d'envoyer ses gens d'armes faire des recherches. Ils trouvèrent l'endroit où étaient attachés les chevaux, qui avaient piétiné le sol et laissé d'abondants crottins car depuis déjà plusieurs jours le groupe de défricheurs était épié. Les voleurs d'enfants avaient bien étudié leur parcours de fuite et la poursuite s'avéra impossible car les traces s'évanouirent dans la nature de cette forêt faite de fourrés d'ajoncs et de bruyère.

Les loups hurlent de manière lugubre, se sentant dérangés dans leur domaine. Les soldats arrivent à en tuer quelques-uns et rapporteront les peaux aux Pelletiers, histoire de ne pas être bredouille, mais ils ne retrouveront pas les enfants. Les mères pleurent impuissantes.

La forêt est dense et sombre. Les malandrins, dans l'exercice bien huilé de leur commerce, ont eu largement le temps de remonter dans la forêt plus lointaine que la Double, où ils vont marchander leur odieuse récolte vers le port de Bergerac avant de s'évanouir dans la nature. Plus d'enfants, Aubeterre est sous le choc. Les journaliers refusent d'aller plus loin pour défricher. Même protégés par les soldats, ils n'entreront plus dans la forêt de Saint-Romain. Les chantiers s'arrêteront là où le rapt a eu lieu.

L'activité artisanale se déplace vers Pillac où viennent travailler de nombreux hommes qui se fixent avec leurs épouses qui exploitent un potager et ensemencent une terre autour de leur manse. Elles cardent la laine de leurs moutons et porteront le fruit de leur travail à la foire d'Aubeterre, elles sont souvent seules aux champs avec leur progéniture en bas âge.

Certains anglais, brutaux et indécents, agressent les femmes et n'hésitent pas à fondre sur elles dès qu'elles sont seules pour les embrasser ou les violer. Afin de les repousser elles inventent la quichenotte (*Kiss me not*[32]).

C'est un long tuyau à baleines de bois enfilées dans du tissu cousu à un bonnet et solidement attaché sous le menton. Je vous encourage à en faire l'essai, vous ne pouvez pas embrasser la personne ainsi coiffée de cette cage en tissus.

Mais que peuvent des femmes seules contre une compagnie d'hommes en armes ?

Des sangs mêlés il y en aura, et les enfants roux aux taches de rousseurs seront témoins de ces actes de violences. Ils seront moqués, rejetés du fait de leurs gènes anglais car souvent roux. Mais ils seront si nombreux qu'ils feront de la main-d'œuvre supplémentaire, des bras supplémentaires bienvenus somme toute pour tout le travail à accomplir.

---

32 Pas de baiser.

Pillac enrichie, forte de sa nouvelle population, construit son église après 1 200. Durant douze ans, le dimanche, hommes femmes et enfants donneront le tribut de leur travail toute la journée pour l'Église. Ils partent à l'aurore avec des seaux, des pioches, des pelles pour creuser les fondations *(qui s'avéreront insuffisamment solides entraînant de grosses fissures en 2000 dans l'église. Une association pour la restaurer est créée cherchant aujourd'hui toutes formes de dons. Merci d'aider en € pour ce patrimoine)*. Le maître bâtisseur dirige les ouvriers en dessinant au sol les plans sur le sable. Toute la population se rend là pour contribuer à l'ouvrage. Les ouvriers accomplis font des encoches sur les pierres de soutènement afin d'être payé. Les murs montent avec de la pierre taillée dans les carrières et portées sur les chariots tirés par une vache ou un cheval, mais le plus souvent, par des hommes. L'église est vaste et lumineuse. Même le sol est luxueusement carrelé avec les carreaux provenant des lieux dits la Poterie et Thomas. En même temps un riche presbytère sort de terre, car Pillac aura son archidiacre avec un second prêtre pour l'aider ainsi que du personnel pour toutes les tâches à accomplir ; jardinier, écuyer, cuisinière, bonne, et bedeau.

La viguerie de Pillac est la juridiction qui assure la justice pour le château d'Aubeterre et toute la région, d'elle dépend la mort.

Elle représente le pouvoir juridique absolu. Ce n'est plus le seigneur qui détient le droit de vie ou mort mais l'archiprêtre de Pillac. Il peut même juger le seigneur, et le mettre à mort. L'archiprêtré possède de grands pouvoirs, pouvant réquisitionner les biens lors d'un jugement. La population est totalement soumise à l'Église qui détient l'autorité de haute justice et tout pouvoir sur les âmes.

La paroisse est grande et bien peuplée, des manses s'ouvrent çà et là dès qu'une source est trouvée. Un puits est alors construit et deux foyers s'installent avec l'autorisation du seigneur et du vicaire.

Le seigneur voit d'un bon œil cette terre grasse donner une abondante culture d'avoine, de blé, d'orge, de l'herbe grasse pour son élevage de moutons de chèvres et bientôt la première vache va pâturer dans le pré du presbytère, ce sera un vrai spectacle que cette vache et son veau qui attirent les enfants.

C'est par des codes de fanaux, au croisement de chez Mery que l'on avertit la tour d'Aubeterre de la venue des convois, des cavaliers, des soldats, ou des voleurs. Tous ceux qui passent doivent payer la dîme à la croisée du chemin.

Les redevances augmentent, le seigneur va pouvoir réunir une armée et la payer. Il redoutait de devoir faire appel à des mercenaires, mais de jeunes hommes souhaitent défendre leurs terres et leurs familles sous le blason d'Aubeterre. Aussi instaure-t-il un entraînement au maniement des armes. Ce nouveau savoir guerrier leur servira plus pour éloigner les voleurs que pour la guerre, espèrent-ils…

Le tissage confectionné dans les maisons par les femmes apporte une réelle richesse sonnante et trébuchante aux foyers, et les foires d'Aubeterre abondent de beaux tissus. Les riches achètent les fils italiens ou anglais et les beaux morceaux d'étoffe, certains draps viennent de Champagne, de Flandres, et les velours de Venise ou du pays de Savoie et même de Lyon. Par la route de la soie parviennent des voiles enchanteurs qui ne sont qu'admirés de loin par les gens ordinaires ; mais les bourgeoises et surtout les châtelaines, utilisent ces pièces rares avec des beautés raffinées de passementerie venant d'Italie, de Suisse, d'Angleterre pour les agrémenter de superbes broderies.

La laine des troupeaux de moutons, lavée et emballée dans des gros ballots de jute, servira de base à l'excellente qualité des tissus. Les teintures brunes, rouges, bleues, ou vertes sont naturelles avec les herbes connues des habitants et rincées dans les ruisseaux qui mènent à la Dronne et à l'Auzonne. Cardés, tirés, filés, roulés, tissés, les tissus sont foulés pour devenir plus serrés et plus solides. Certains sont chauffés pour devenir plus résistants, d'autres non. Les moins résistants sont destinés à la population ordinaire.

Des joutes se déroulent sur le champ de foire lors de fêtes, mais la plupart du temps, les chevaliers sont en selle pour des patrouilles sous prétexte d'exécuter de longues parties de chasse dans le but de repérer les positions de l'armée anglaise. Le sanglier est légion dans les fourrés. Ils représentent une véritable nuisance, retournant avec leur groin les parcelles ensemencées. Les meutes de chiens les débusquent et les seigneurs et leurs invités les chassent à cheval avec un pieu dont l'extrémité est en pointe de fer, avec une plaque au poignet pour éviter que le sanglier ne se retourne vers le cavalier et sa monture; car ces animaux sont très dangereux. Un sanglier blessé tue avant de mourir, les chiens comme les hommes, tout ce qu'il peut atteindre. C'est la curée. Le sang chaud rend les chiens fous et les hommes en arrivent à perdre toute raison, lutte primaire bêtes contre bêtes.

Au château, les neufs *gouyats de* Nicolette *et* Hugues tirent les queues des chiens et câlinent les chats. Lorsque la petite troupe file au-dehors c'est pour courir derrière les poules et les canards, et pour dénicher les œufs. Elle ne s'approche pas des oies car les jars pincent et leurs petits mollets s'en souviennent encore. Une bonne odeur flotte dans la cour. C'est du four banal que s'échappe la cuisson des gros pains et des tourtes qui suivront. Les fillettes se précipitent avec les garçons du seigneur vers les magiciens de la cuisson. C'est Malvin qui a remplacé Salim, et Simon le frère tourier de Saint sauveur. La communauté n'a pas de four, aussi travaillent-ils ensemble et ils sont rouges comme des pommes, ayant préparé des petites baguettes de pain toutes chaudes pour gâter les enfants. Tous rient de bon cœur, et les enfants continuent leur folle journée. Des parties de cache-cache dans le pailler, des tournois assidus de jeux d'osselets. Tous les prétextes seront bons pour que les filles puissent taquiner les garçons qui ne seront pas en reste quand il y aura une course effrénée lorsque cloche et trompette annonceront la venue d'un visiteur.

Lors du mariage de Nicolette et de Tibert le nouveau baillis, le couple avait reçu en donation l'élevage de poisson dans la basse-fosse de la *Drone*, et le moulin à farine où habite le meunier.

Tibert est souvent appelé à se déplacer pour faire régner l'ordre et doit souvent se rendre à l'archiprêtré quand il s'agit de rendre la justice. Nicolette doit veiller sur leurs cinq enfants :

– Mahaut s'épanouit comme un soldat chasseur, cachant qu'elle est une femme,

– Phillippa ne se lasse pas d'accompagner dame vicomtesse,

– Itier ne sait que ferrailler et attend les vrais combats près du seigneur,

– Gabriel est un intellectuel et mystique qui deviendra religieux,

– Florimond est un véritable coureur de jupons. Il fait tourner la tête de sa mère qui l'a placé au service du chapelain, ce qui néanmoins ne le calme point au désespoir de Nicolette.

Hugues et Clémence mariés le même jour que Nicolette et Tibert ont eu en donation la moitié de l'octroi payé sur le pont de la Bertrade.

Ils ont deux filles resplendissantes :

Idelette et Huberte, qui se ressemblent tellement qu'elles s'amusent à se faire passer l'une pour l'autre auprès des nouveaux venus au château. Elles ont élu domicile dans la cuisine de leur arrière-grand-mère Marie. N'aimant ni la lecture, ni la broderie, leur passion est de régaler les tablées, partageant avec gourmandise leur goût de la bonne nourriture. Elles souhaitent se marier et fonder une famille nombreuse comme la leur.

Abel, leur frère, pour sa part aspire à être marin. Il veut naviguer et rêve d'aventures. Il a aimé écouter Gailhard qui radotait un peu vu son grand âge, mais a su l'enthousiasmer en lui narrant ses propres aventures en évoquant ce que l'on peut découvrir au-delà des mers. Abel passe son temps à vérifier les ponts de la *Drone*. À Chalais, la Tude n'est pas assez grosse, sauf en hiver. Il embarque sur les gabarres pour naviguer soit sur la Charente soit sur l'Isle, la Vézère ou la Dordogne.

Il ne manque jamais une occasion pour descendre à Bordeaux, son rêve. Son ambition est d'être embarqué sur les goélettes pour découvrir de lointains pays. Abel convainc même sa mère et obtient d'elle l'autorisation de monter à bord d'une embarcation pour descendre des bois du massif central sur la Dordogne pour les livrer à Bordeaux. Excellent nageur il se sauvera de plusieurs chavirages, évitant d'être englouti par ces billes de bois descendues du massif central. Ce ne fut pas le cas de deux de ses compagnons qui coulèrent à pic dans des fosses tourbillonnantes de la dangereuse rivière en crue.

Jacquet, l'autre frère, travaille avec sérieux à l'entrée du pont de la Bertrade, il veille à l'entretien du pont et gère l'octroi avec une minutie dans les comptes du baillis. Aimant aussi le travail de la serre et des vignes, il n'économise pas sa peine et remplit ses journées à aider ses parents lorsque les ponts sont fermés.

Les deux ponts en aval restent au bénéfice du château. Scrupuleusement le jeune couple assure la comptabilité de l'argent ramassé quotidiennement et en donne soigneusement la moitié pour le château. C'est là un revenu fort confortable. Le pont utilisé surtout par les voyageurs, mais aussi les pèlerins, est très encombré les jours de marché. L'affaire se montre donc prospère avec l'augmentation du commerce. Mais ce pont est également stratégique car suffisamment large pour laisser le passage à une armée avec ses chariots. D'où l'extrême vigilance avec deux soldats en renfort à chaque extrémité prêts à tirer un carreau.

La vicomtesse de Castillon d'Aubeterre Talèse de Lesparre suit des yeux avec tendresse son petit monde, donne des ordres précis quand besoin est, et rayonne de beauté lorsqu'elle se vêt en habit de fête. Elle dansait comme une fée mais depuis son veuvage, elle ne goûte plus aux fêtes malgré sa relative jeunesse et préfère se retirer dans sa chambre.

Mère de Pierre IV et d'Agnès de Castillon, elle vient à se languir et perd peu à peu la santé. Les travaux d'aiguilles ne lui plaisent plus. Elle les délaisse et tient en priorité à assister aux réunions qui traitent des batailles et s'applique à recevoir la noblesse titrée du Périgord, de Saintonge, du Limousin, de Gironde ainsi que de la Guyenne, pour quelque temps encore, elle seconde son fils.

Lettrée, érudite, femme de conviction, elle a été avertie de l'appétence de ce nouveau roi Philippe II Auguste 1180-1223 et s'en méfie.

Elle craint l'accord de suzeraineté signé avec le comte d'Engoulesme. Elle prend part aux décisions, et grâce à ses multiples attaches en Gironde, en famille avec les gens de Guyenne elle participe à l'élaboration du plan édifié pour sauver l'Aquitaine des anglais.

Elle ne se remet pas du décès de son époux Pierre III à 38 ans qui était de retour pour récupérer leurs châteaux confisqués par le pape à cause d'une intrusion au cours d'une chasse sur la terre de Richard cœur de Lion. La régente a peut-être aidé à la crise cardiaque de Pierre III, homme qui prenait trop de liberté à son goût.

À la grande surprise et au chagrin de ses deux enfants, la vicomtesse Talèse de Lesparre décède soudainement. On suppose que sa fièvre a été ramenée par ceux qui sillonnent les pays d'Orient venus en pèlerinage à Saint-Sauveur où elle se rendait aux offices régulièrement. Comme pour Taillefer, ainsi que pour Pierre Ier, la croisade laisse malheureusement la mort en héritage.

Y aurait-il un signe du destin, ou un sort jeté par une malveillante sorcière ?

À Aubeterre, en 1252 Pierre IV de Castillon d'Aubeterre, épouse Marguerite de Gironde. Lui, seigneur de la Marque (actuellement famille de France), de St Mambert, de Puynormand, de Montendre et Sénéchal de Saintonge, il s'illustrera de bonne heure par de hauts faits d'armes mais sera dépouillé par les anglais en 1278.

Son épouse, fille d'Arnaud de Gironde et Géraude de Bergerac, les parents de Marguerite de Gironde, dotent en 1289 de 2000 livres bordelaises son frère, avec en sus une rente de 150 livres et 25 livres de rentes de dame de Bergerac sa grand-mère. Arnaud d'Albret, son frère qui devrait normalement hériter de tout, chevalier seigneur de Cubzac, perd son héritage au bénéfice de Pierre IV vicomte de Castillon d'Aubeterre, époux de Marguerite sa petite fille. Dame de Bergerac se plaignait d'un mauvais petit-fils qui l'ignorait et ne venait jamais la visiter, et réclamait à sa sœur 4 000 livres bordelaises supplémentaires, sur l'héritage correspondant à la part de leur sœur décédée. Sa grand-mère ne le lui pardonnera pas, et donne tout son héritage aux Castillon d'Aubeterre.

Le jeune couple, malgré les nombreux déplacements en batailles de Pierre IV de Castillon d'Aubeterre eut quatre enfants vivants à Aubeterre.

– Pierre V l'héritier
– Folquet
– Jeanne dotée de 4 000 florins et
– Marguerite dotée de 3 000 florins en 1328.

Pierre IV de Castillon d'Aubeterre est fougueux, lorsqu'il n'est pas sur les champs de bataille près du roi, il chasse beaucoup et invite largement les seigneurs de la vallée. Il demande à son épouse d'organiser des réceptions et de les recevoir comme les grands de la cour, même mieux car la cuisine est meilleure au château d'Aubeterre qu'au Louvre !

Dans certaines régions, l'armée du roi, mal payée ou pas payée du tout, rafle tout sur son passage, écrasant les récoltes, chassant les bêtes, bousculant et tuant sans état d'âme une population sans défense, en véritable soudard.

Cet état de fait provoque la jacquerie des pastoureaux que ni les seigneurs ni l'Église ni le roi ne peuvent arrêter. Ils vont parcourir la moitié de la France partant du massif central vers l'Île de France avant que le mouvement ne s'essouffle. Sur leur passage, ils incendient les châteaux, saccagent les églises et brisent les statues. Tout ce qui représente la richesse et l'autorité qu'ils considèrent comme injustes est pour eux une provocation. Car de fait, on ne leur laisse pas plus de deux hectares pour nourrir femmes, vieillards et enfants.

À Aubeterre les manses avaient au minimum 3 hectares pour le début à cinq hectares maximum, en plus des terres communales pour tous. Assez pour bien vivre de son travail.

Un droit à ramasser le bois mort, et à cueillir tout ce qui pousse à l'état sauvage, fraises des bois, mûres airelles, et un droit de chasse un mois dans l'année et de pêche certains jours de fête.

Pour la Jacquerie, la misère et le besoin de manger les galvanisent, ils n'ont rien à perdre que leur vie, et pour eux la vie n'a pas de valeur. Leur seul moyen de se faire craindre est la révolte sanglante.

En réaction au développement des faubourgs du château, dans la ville haute d'Aubeterre, les religieux construisent plusieurs logis autour de la collégiale Saint-Jacques, et durcissent le climat social en imposant de plus en plus des règles de vie quasiment monacales pour la population. Leurs fidèles ne savent plus ni lire ni écrire et leur sont entièrement soumis. Un vrai bastion religieux est édifié face au château dans la ville haute devenue un regroupement de communautés religieuses fidèles à Rome.

Seuls les hospitaliers de Saint-Antonin refusent de plier sous les ordres des prêtres et gardent leur indépendance. Depuis bien longtemps la mère abbesse est morte. Il n'est plus question de sortir d'un couvent pour se mêler à la population devenue dévote et soupçonneuse, si frileuse tant l'Église les maintient dans la peur de DIEU et du DIABLE.

De nos jours il serait inconcevable de comprendre le pouvoir omniprésent du Pape. Il savait tout, était informé sur tout. Il habitait et voyageait beaucoup en France et manigançait dans tous les milieux ayant autorité et pouvoir sur toutes juridictions. Il représentait Dieu sur terre et tout le monde le craignait, y compris les rois élus de Dieu aussi, mais avec cependant moins de pouvoirs. Le maillage des prêtres qui entendaient tout en confession lui procurait un réseau d'espions de premier choix.

Aussi sa chasse aux impies s'explique alors facilement, puisqu'il ne pouvait tolérer que son autorité spirituelle soit battue en brèche par les Vaudois, les Cathares et certains croisés, car pour ces derniers, seuls les écrits de la Bible faisaient autorité.

Le pape les craignait d'autant plus que ceux-ci devenaient de plus en plus nombreux, avaient de l'instruction et des biens. Pour le Pape ils étaient dangereux, mettant son autorité en péril, et il n'avait qu'un seul objectif: les éradiquer. Les hérétiques sont recherchés de toute part, les chevaliers Templiers qui avaient servi sont devenus des parias, on brûle les Cathares, on assassine les infidèles, on les écorche vifs pour effrayer toute la populace. Malheurs à tous ceux qui ne sont pas fidèles à l'Église de Rome. Aubeterre, Bonnes, Ribérac, Nabinaud, Belon, Les Essards des fiefs qui résistent à la pression catholique.

Un hiver d'une rigueur jamais vue sévit en 1343 et gèle les bords de l'océan et la Dronne. Les porcs des frères Antonin meurent de froid à Porcheyrat où ils étaient cantonnés.

Le roi Philippe le Bel favorise le maintien des anglais en Périgord, cela lui économise des bataillons de gens d'armes qu'il n'a pas, et qu'il ne pourrait pas payer en maintenant sur place une ferme pression armée, même si elle est anglaise.

Aubeterre situé à la limite de l'Aquitaine de la Saintonge et de la Guyenne tente de se protéger de ceux qu'ils considèrent – si peu – comme des envahisseurs, malheureusement sans grand succès.

La coqueluche tue la majorité de la population. Le pape Urbain V commande une chapelle à côté de l'hôpital, la faisant financer par les commanderies. Six religieux réguliers franciscains appelés CORDELIERS (parce qu'ils portent une corde de chanvre à 3 nœuds : pauvreté, chasteté, obéissance) vont s'installer et récupérer de nombreuses propriétés des décédés de la maladie. Ils vont devenir très riches et très influents sur Aubeterre.

Pierre V de Castillon vicomte d'Aubeterre fut fait chevalier rapidement et progressa dans la carrière des armes. Lors de sa jeunesse, près de son père, il fut aguerri en suivant les hommes dans les combats. Sa mère lui fit don de 4 000 livres bordelaises pour qu'il puisse couvrir aisément les frais dus à son rang.

Rappel : Le roi ne peut assassiner Pierre IV de Castillon d'Aubeterre mais il va lui confisquer tous ses biens, lui garantissant uniquement ses ressources en impôts taxes et redevances sur ses terres et biens. Il est toujours riche mais Aubeterre ne lui appartient plus. Le drapeau anglais flotte sur les tours du château.

Pierre V de Castillon vicomte d'Aubeterre hérite de cette situation qu'il ne peut accepter. Il va se révolter. Les successions au trône de France sont un sujet de risée pour le peuple. La brièveté des règnes est comme une réponse aux colères des barons qui sont certainement à la source des empoisonnements ; et à celle des pastoureaux qui se réjouissent de la mort du roi.

On peut se rappeler ce que fit Pierre III de Castillon d'Aubeterre qui obtint de la cour royale des privilèges, en 1226 sous les garants d'Alon de Montmoreau et d'Itier de Barbezieux ayant promis et juré fidélité, et fait hommage à Hugues Le Brun le comte-d'Angoulême. Il s'est inféodé. Devenu vassal il a mis en jeu dans la balance tous ses biens, contre l'avis de son épouse plus prudente qui a su mettre à l'abri les siens propres !

Le pape Innocent IV bondit sur le prétexte de la chasse en terre anglaise, excommunie Pierre IV de Castillon vicomte d'Aubeterre et l'annexe au comté d'Angoulême lui confisquant en 1255 la cité qui passe aux mains du roi d'Angleterre.

Très à l'aise à cheval, Pierre V de Castillon d'Aubeterre traverse la France et le Limousin, le Périgord, surtout la Gironde, terres et fiefs de son épouse, et de sa mère. S'il a un peu de temps entre deux batailles, il chasse. Excellent écuyer du roi, chevaucher toute une journée et traverser une trentaine de paroisses ne l'effraie pas. Les gens le connaissent et lui font signe lorsqu'ils le voient galoper, car pour dédommager du passage de sa meute il offre toujours du gibier frais aux travailleurs des champs sur lesquels il a chassé. Il est aimé par la population et par ses gens.

Nous nous rappelons qu'en 1270 : C'est la mort à Carthage (Tunis) de Louis IX, « Saint-Louis », embourbé dans les croisades en Égypte, obnubilé par sa fidélité à l'Église catholique et à son éducation maternelle. Il encourageait tous les abus de pouvoir, toutes les violences tous les actes aussi cruels soient-ils pour asseoir dans son pays l'autorité de la seule unique et « vraie » religion.

Il donne carte blanche aux inquisiteurs qui possèdent un recueil de formules, de consignes, de codes, d'interdits, pour mener les procès contre les Vaudois pourtant lettrés et qui faisaient confiance en la protection et le traité du roi. Les dominicains seront des inquisiteurs redoutables, c'est à ceux qui arrêteront et feront brûler le plus d'hérétiques. Aucune horreur ne les freine.

La famille de Castillon d'Aubeterre occupera en résistance le château avec ses fidèles serviteurs, ses militaires ne laissant aucune possibilité aux armées anglaises qui campent devant le château, leur interdisant d'y pénétrer, l'inquisition ne viendra pas non plus.

Chapitre 10
La puissance de l'Église

La population ne comprend pas tous ces changements et l'occupation anglaise. Elle ne se révolte pas, elle n'en a pas les moyens, mais l'harmonie de la cité s'est fissurée à cause de l'occupation anglaise.

Plusieurs familles préfèrent abandonner ce qu'elles possèdent pour préserver leur liberté et font le choix de rejoindre le comte de Toulouse qui tient tête à la royauté française et anglaise, au Pape et chez qui la liberté de culte existe. Les familles les plus aisées et les plus cultivées, comme toujours, sont celles qui peuvent partir.

Les dominicains se montrent très zélés dans les tribunaux ecclésiastiques. Les inquisiteurs ont tout pouvoir… Ils iront jusqu'à faire rôtir un seigneur pour le faire manger à son épouse. Rien ni personne ne les arrête, ils se disent protégés par Dieu, par le Pape, et la reine. Ils se targuent d'agir au nom de la Sainte Église pour le salut des âmes et la paix dans le pays.

Le roi Philippe III le Hardi devient héritier du trône 1270-1285.

C'est un personnage de quinze ans, majeur, introverti, timoré, doutant de tout. Son surnom vient de son attitude dans les batailles lors des guerres. En effet, quoique timoré, il fonçât à l'attaque en fermant les yeux, droit devant sur l'ennemi. Ses troupes le suivaient avec ardeur et admiration, croyant à de la bravoure.

Il s'entoure d'un personnage redoutable et sanguinaire, Simon de Monfort, croisé, littéralement animé par une cruauté fébrile contre les hérétiques, ayant pour obsession d'anéantir les Cathares. 1258-1265.

Contrairement à son nom, comme nous l'avons dit plus haut, le nouveau roi Philippe III le hardi est très timide, et peu sûr de lui, il ne devait pas être l'héritier, mais son frère aîné meurt. Il se retrouve roi par accident, sa mère Marguerite de Provence voulait conserver sa tutelle mais elle lui est refusée, son fils ayant 15 ans donc majeur.

Son père lui avait enseigné la justice en toutes circonstances. Il prenait soin de réfléchir avant toute chose importante et consultait ses conseillers et une pléiade de mages avant de prendre une décision au grand désespoir de l'Église. Comme Louis IX son père, c'est un sage qui conserve les mêmes conseillers.

Il règne de 1270 à 1285 soit quinze années qui auront déplu à l'Église car elle a perdu avec ce roi de la puissance qu'elle avait acquise avec la régente. Très pieux, il se montre également excellent cavalier. Il réussit à réunir à la couronne de France le comté de Toulouse en 1271. Homme ouvert et d'une vive intelligence, de grande culture, il tient compte de ce qui se passe dans le royaume avec attention.

Toujours pour le pape, Philippe III le hardi déclare la guerre à l'Aragon puisqu'il avait été excommunié. Il confie ce royaume à Charles de Valois, son troisième fils, mais pas le plus doué.

En soutenant son fils, il perd le royaume d'Aragon lors d'une « dernière croisade » en 1285.

Son règne est comme une charnière, mettant fin aux croisades religieuses qui se transformèrent en conflits territoriaux, en contestations d'héritages, avec des guerres de vassalité entre hobereaux. Les seigneurs reprennent leurs guerres à l'intérieur des provinces.

Le roi Philippe III le hardi a gagné des terres mais doit laisser l'Agenais aux anglais, ce qui dérange beaucoup la famille de

Castillon d'Aubeterre, désormais complètement cernée par les anglais.

Pierre V de Castillon épouse Jeanne de Périgord.

Engoulesme réclame ses biens… Nous y voilà !

La seigneurie de Bonnes est rendue à Pierre V trois jours après Noël, aussi pense-t-il que le château d'Aubeterre va suivre et lui être rapidement redonné. Mais c'est NON !

En rage et sûr de son bon droit (il se trompe), Pierre V de Castillon n'écoute pas son entourage ni sa jeune épouse Jeanne de Périgord et Marie sa fille, et part en chariot, escorté de quelques hommes, rencontrer le roi d'Angleterre pour reprendre possession de la totalité de ses biens.

Pierre V de Castillon est débouté et tourné en dérision par le roi d'Angleterre qui ne daigne le recevoir ni lui ni sa cour, alors qu'il était persuadé qu'après une explication sonnante et trébuchante pour dédommagement, l'affaire s'arrangerait que depuis 1278 la destitution des biens immobiliers du seigneur Pierre IV de Castillon d'Aubeterre n'a pas été réglée.

Pierre V va en Angleterre pour retrouver son château et reconquérir ses biens supprimés aussi par le Pape Nicolas IV, qui l'a excommunié avec un grand plaisir puisque son prédécesseur Clément V (nom du vin de Saint-Émilion cuvée du Pape Clément) est officieusement le père de Jeanne de Périgord son épouse et donc son beau-père. Le nouveau pape Nicolas IV se réjouit de cette petite vengeance.

Pierre V n'est donc pas reçu par le roi d'Angleterre Édouard 1er.

Il est négligé par le roi d'Angleterre avec la complicité de Simon de Monfort qui veut se venger de lui car il l'avait combattu et s'était opposé à ses manières de faire la guerre sans honneur ni grandeur.

Le roi de France récupère l'Anjou, le Maine, et le Poitou après avoir chassé les anglais.

Pierre V admire son épouse Jeanne de Périgord, qu'il considère comme sa meilleure conseillère et la mère de ses trois enfants. Seule Marie restera en vie et sera l'héritière. Descendance, que Pierre V laisse, sûr de sa puissance, croyant que les choses se feraient simplement… Mais l'histoire comporte des nœuds. Jeanne de Périgord est la fille de Brunnissendre de Foix, maîtresse en titre du Pape Bertrand de Goth appelé Clément V élu grâce aux intrigues du roi de France. Clément V n'a guère vécu en Avignon, et pour cause, né en Gascogne, il était à Périgueux et dans de nombreuses villes, le plus souvent ailleurs dans le royaume mais pas au palais des Papes. Français, il nomme un maximum de cardinaux français et vaque dans toute l'Aquitaine et la Guyenne. Bel homme, au charisme certain, il eut douze enfants dont il se montra très fier.

Jeanne de Périgord ne porte donc pas le nom de Talleyrand qui est l'époux de sa mère, car elle est la fille du Pape.

Pour la famille Talleyrand, Pierre V de Castillon vicomte d'Aubeterre est un beau parti, une aubaine ayant beaucoup de biens et d'avoirs dont Chalais, et cette alliance place Jeanne dans le décor familial et politique Périgourdin très bien en vue. De plus elle a le mérite d'effacer son origine d'importance encombrante, issue des Talleyrand, qui sont heureux de se débarrasser d'elle ; et surtout d'entrer dans la famille de Castilllon d'Aubeterre, pour prendre le château des de Chalais.

Pourvue de la meilleure éducation, elle parle plusieurs langues, calcule comme un financier, connaît les arcanes des familles comme le fond de sa poche, a appris tout des biens et territoires de son époux. Elle en connaît les richesses, les faiblesses et peut répondre ainsi à toutes sortes de situations. Elle est très belle, d'une intelligence rarissime, sachant anticiper et réfléchir sur des événements politiques. Elle s'avère être un fin stratège et ne s'abaisse pas devant l'ennemi, mais le combat avec intelligence, en appliquant une justice inspirée de sa bible humaine.

Élevée en couvent, elle ne se laisse pas non plus intimider par la religion qui n'ose pas la contrer au vu de sa naissance, lui doit le salut.

L'enfant Marie, seule héritière sur les trois enfants qu'ils eurent avec Jeanne de Périgord le retient, mais il veut qu'elle retrouve les biens qui lui reviennent en totalité. C'est la raison pour laquelle Pierre V de Castillon vicomte d'Aubeterre bon père de famille, va partir pour Londres, et suivra pendant cinq ans sur un chariot le roi anglais Édouard 1er.

Malade Pierre V de Castillon d'Aubeterre décède au château de Caemarfon, Gwynedd, Cymru en Pays de Galles, le 21 août, 1284 épuisé mais le devoir accompli d'avoir récupéré tous les biens appartenant à sa famille.

Le roi d'Angleterre lui a rendu en effet tous ses biens, s'inclinant devant tant d'opiniâtreté, et saluant là une très noble famille à sa juste valeur. Le roi anglais lui reconnaît sa vaillance et sa ténacité, celle d'un grand guerrier, et lui redonne tous ses biens à titre posthume. Il en est bien temps !

« Les de Castillon vicomte d'Aubeterre sont familles de grands et nobles guerriers. » résume le roi Édouard 1er.

Dès la promesse obtenue que son château sera rendu à sa famille, Pierre V de Castillon aura la force, avant de mourir, de faire prévenir rapidement son épouse à qui il envoyait quotidiennement un rapport, honorant celle qui n'a pas fui devant l'occupation, car elle cachait la plupart du temps sa fille à Bonnes afin de la protéger pour pouvoir rester dans le château d'Aubeterre et en assurer l'occupation.

Enfin la vicomtesse Jeanne de Périgord et Marie redeviennent propriétaires. Il faut cependant une succession puisque la branche des de Castillon d'Aubeterre s'arrête à Marie.

Seule Marie pourra préserver Aubeterre.

Le nouveau Roi Philippe IV le Bel né en 1268 sera roi de 1285 à 1314 (29 ans).

Il est surnommé « Le Roi de fer », rigide et sévère. Il arrivera à ses fins en faisant en sorte que le pouvoir souverain du Roi passe avant celui du Pape. Il va rétablir l'ordre monétaire en or, entraînant une sévère inflation. Il met en place un embryon d'états généraux avec le clergé la noblesse et la bourgeoisie, mais cette instance n'a eu aucun pouvoir, faute de réunion d'ouverture qui n'aura jamais lieu.

La justice royale prévaut, il crée un impôt sur tout le royaume de France et centralise la collecte des droits fiscaux (Il rachète le Quercy). Il est le roi le plus impopulaire, il régnera pourtant 29 ans en centralisant les territoires tout autour de la couronne.

C'est ainsi que l'organisation féodale va devenir un État, une administration moderne, mécontentant fermement les seigneurs qui se sentent dépossédés de leurs pouvoirs. Il va réussir à ce que toute la population se dresse contre lui. Les paysans se révoltent, écrasés par les nouveaux impôts.

Il a pu reléguer le Pape à un second rôle, et peut ainsi tout diriger, il veut être reconnu comme le seul souverain après Dieu. Il essuie de bonnes défaites militaires, mais il confirme sa suzeraineté sur le duché de Guyenne.

Sans flotte il hésite à envahir l'Angleterre alors il gagne la Flandre. Un énième conflit surgit entre les deux royaumes. Celui-ci lancé à Bordeaux, annonce ***la guerre de Cent Ans -1337 à 1453***.

1324 sous le règne de Charles IV Le Bel, il faut toujours rechercher les hérétiques, mais il faut surtout trouver de l'or afin de pouvoir réformer la monnaie du pays. Il crée *l'agnel en or* au grand désespoir des usuriers et des commerçants.

Pour trouver de l'argent, il fait arrêter tous les juifs, il leur confisque leurs capitaux, leurs biens immobiliers, leur argent, jusqu'à leurs vêtements et tous leurs bijoux.

Son coup de maître est un coup fourré et on va bien se moquer de lui car les livres de comptes sont écrits… en hébreu !

Il doit donc faire revenir quelques juifs contraints et forcés de traduire et de former à la comptabilité quelques membres de sa cour. Cela lui permet de pouvoir acheter de nouvelles terres et de frapper monnaie. L'Église, mécontente du changement de monnaie le nomme : « Le faux-monnayeur ». Ce qu'il fut certes, mais c'était le roi… il échappait à la mort pour fausse monnaie.

Le roi a toujours besoin d'argent et les caisses du royaume sont régulièrement vides, ce qui le met hors de lui. Philippe IV le Bel ne supporte pas la frustration d'avoir dans son pays des personnes détentrices de fortunes alors que lui se trouve démuni. Il fait encore et toujours frapper l'agnel sa nouvelle monnaie, certains disent qu'il gruge sur l'or et qu'il y aurait du cuivre en petite quantité à l'intérieur de chaque agnel frappé.

Il lorgne donc sur ces fortunes dont il aurait impérieusement besoin. Mais l'argent se révèle capricieux et file plus vite qu'il ne rentre. C'est désormais une autre obsession qui envahit son cerveau. C'est la rumeur du « Trésor des Templiers » sur lequel il veut faire main basse. Leur maître n'est pas en France mais en Italie. Aussi en profite-t-il pour faire ouvrir les commanderies de force, capturer les chevaliers templiers qui n'ont pas pris la fuite, leur faisant avouer mille choses qui puissent servir sa cause, les piller et les détruire.

Les inquisiteurs, de manière ignoble, les torturent et les forcent à avouer qu'ils doivent s'embrasser sur la bouche, coucher ensemble, cracher sur le crucifix…

Philippe le Bel a suffisamment d'éléments rassemblés par les inquisiteurs pour arrêter Jacques de Molay, le grand maître, dès son premier pas sur le sol français. Jacques de Molay ne craint pas les menteurs et rentre en France pour laver l'honneur des Templiers, refusant que ses hommes appartiennent à l'armée du roi et remettent la totalité de leurs biens.

Le procès durera longtemps, car en réalité la justice n'a aucune preuve contre lui et Jacques de Molay se défend de toute sa bonne foi et avec fougue. Mais la sentence tombe, injuste et infondée pour tous ces hommes qui avaient donné leur vie à l'ordre :
Il est condamné à mort et doit être brûlé de nuit sur un bûcher.

« Dieu reconnaîtra les siens, soyez maudits vous et vos descendants » hurlera Jacques de Molay à la face du roi, de ses enfants et du pape Clément V, qui l'ont ignominieusement condamné afin d'obtenir les commanderies, les terres des templiers et tout leur argent.

« Je vois ici mon jugement où mourir me convient librement ; Dieu sait qui a tort, qui a péché. Il va bientôt arriver malheur à ceux qui nous ont condamnés à tort : DIEU VENGERA NOTRE MORT ».

Les inquisiteurs se frottent les mains et débusquent désormais tous les Templiers et ceux qui les soutenaient. Les dominicains peuvent recourir à l'enquête, à la question ou à la citation particulière individuelle. Ils partent alors en tournées pendant lesquelles ils peuvent convoquer la population entière, hommes et femmes, pour recueillir les dénonciations.

Toute la population était tenue de comparaître. Un temps de grâce était accordé à ceux qui acceptaient d'abjurer leur religion. Mais le curé connaissait ceux qui venaient aux messes sans conviction. S'ils refusaient de se présenter, ils étaient, arrêtés, jugés, souvent sous contrainte, ils devaient dénoncer ceux qui comme eux pouvaient être reconnus comme hérétiques. Pour faire avouer les récalcitrants, des moyens de coercition en dehors de la torture ou de la délation par témoin faisaient fureur.

La vicomtesse Jeanne de Périgord de Castillon d'Aubeterre s'entoure de solides soldats, se méfiant de toutes tentatives d'invasion. Elle sait ce qui se passe pour les « hérétiques ». Elle a appris ce que Philippe IV le Bel et sa progéniture ainsi que son père le Pape avaient infligé au grand maître des Templiers. Elle est horrifiée par les tortures et les conditions abjectes dont furent victimes tous les Templiers, ainsi que la suppression de leurs commanderies.

CHAPITRE 11
DE PUISSANTS ROIS

L'extrême misère sévit dans tout le pays, entraînant la mort de nombreux enfants en bas âge à l'arrivée de LOUIS X le hutin qui va régner 2 ans 1314/1316. Le blason est moitié France et moitié Navarre.

Il est roi de Navarre et de France, premier fils de Philippe IV Le Bel. « Hutin » en vieux français veut dire *querelleur, rebelle.* C'est en effet un homme autoritaire, « mauvais coucheur » dit-on. Il fait exécuter sa première femme Marguerite de Bourgogne pour adultère, étranglée avec une serviette de table, suite au scandale des trois amants de la tour de Nesle.

Voici le fait: Oisives, très jeunes, ne sachant que faire de leurs journées, les trois très jeunes futures reines de France donnèrent rendez-vous à deux hommes pour une partie de luxure en haut de La tour de Nesle.

Seule la plus jeune assiste à cette partie fine en faisant le guet mais n'y participe pas. Les trois frères royaux et maris cocufiés furieux, proclamèrent eux-mêmes la sentence.

Les deux autres dames sont enfermées pour sept ans, mais avec une peine moins lourde pour celle qui s'était contentée de veiller la porte, épouse tant aimée de son mari, le troisième fils du roi de France.

Le hutin épouse en secondes noces, Clémence de Hongrie.

Elle est rapidement enceinte et met au monde son fils « Jean 1er posthume », nommé ainsi car son père va mourir quelques semaines auparavant.

En effet, le roi, Louis X le Hutin, âgé de 25 ans, après une partie de jeu de paume (précurseur du tennis) à Vincennes où il s'est donné sans compter, se trouve trempé, couvert de sueur. Il se précipite sur un cruchon d'eau fraîche qu'on lui tend pour s'abreuver goulûment et se désaltérer et il est ainsi victime d'une pneumonie « foudroyante ».

Il meurt en ayant un successeur. Ce bébé né en 1316 ne vivra que quelques jours. En effet, il sera étouffé malgré toutes les précautions prises alors qu'on avait échangé des nourrissons dans le berceau du prince afin de protéger Jean 1er. On savait que de nombreux complots d'assassinats étaient ourdis.

Il se murmure que la comtesse Mahaut d'Artois ne serait pas étrangère aux malheurs de la famille. Elle aurait fait empoisonner l'eau du roi et fait étouffer son descendant, au profit de son frère Philippe dont elle est la belle-mère, afin que sa fille soit la nouvelle reine.

Ce que la grande Histoire peut retenir, c'est la volonté **du roi Louis X le Hutin d'interdire l'esclavage** : « *chacun doit naître franc* » c'est-à-dire sans franchise et donc libre. Ce qui ne plaît pas du tout au pape ! C'est une anticipation de la charte des droits de l'homme, mais cette décision ne sera pas respectée, plutôt ignorée par de nombreux seigneurs.

Une hécatombe de malheurs s'abat sur la famille royale.

Son beau-frère, Thibaut de Navarre et l'époux de sa sœur, Isabelle de France, meurent. Isabelle d'Aragon enceinte d'un cinquième enfant fait une chute de cheval, se casse les vertèbres, fait une fausse couche et meurt dans d'atroces souffrances en accouchant d'un mort né. Jean 1er l'héritier est mort.

Il est difficile de ne pas se souvenir de la malédiction de Jean de Molay, le grand maître de l'ordre du Temple.

C'est la fin de la régence ! Vite, Philippe V monte rapidement à Reims. Il va régner de 1316 à 1322 pour se faire sacrer Roi, au détriment de Jeanne, la fille de Louis X le hutin en 1316, qui a été moins rapide se sachant légitime et croyant sa royauté acquise.

Suite à ce précédent, **Philippe V mettra fin à l'accession des femmes au trône de France** par la rédaction de **la loi salique**, sans savoir qu'il va de ce fait éteindre ainsi la branche des Capétiens. Il consolide les finances et tient compte des trois ordres : le clergé, le tiers état et la noblesse.

Il devra affronter la croisade des pastoureaux, mouvement de jeunes paysans exaltés. Grand bel homme comme son père, Philippe V le long va avoir quatre filles mais aucun héritier mâle, « tel est pris qui voulait prendre ».

C'est donc son frère qui lui succédera, après six ans de règne et une mort suspicieuse.

Son dernier frère, Charles IV le Bel règne de 1322 à 1328, amoureux fou de sa jeune épouse, il l'avait fait sortir de prison, bien avant qu'elle ne devienne la nouvelle reine de France.

Elle devient donc reine de France, mais ne lui donnera pas de fils non plus…

Les conseillers ont beau regarder et étudier dans tous les sens la loi salique,

Charles IV le Bel sera bien le dernier des Capétiens comme l'avait hurlé Jacques de Molay, maudissant tous les successeurs de Philippe le Bel et de Jeanne 1re de Navarre. C'est donc la branche du frère de Charles IV le Bel qui prend la suite pour régner.

Fin des Capétiens 987-1328.

À Aubeterre : Pierre V de Castillon vicomte d'Aubeterre avait eu trois enfants avec Jeanne de Périgord, Pons III, Marguerite et Marie.

Veuve, Jeanne de Périgord vicomtesse d'Aubeterre et de Castillon tient la châtellenie d'une main ferme. Elle veille aux récoltes, aux impôts, mais surtout à la santé de ses gens. Elle rend justice avec l'accord de l'archiprêtre de Pillac, veille à la régularité et au bon déroulement des foires, paye ses hommes d'armes en prenant sur sa dot quand cela est nécessaire. Elle rachète des terres, équipe les industries naissantes le long de la Dronne, encourage le développement commercial. Elle soutient financièrement les sœurs qui soignent les malades et s'occupent des pauvres.

Aussi, à la Saint-Michel, alors que la coutume ouvrait à chacun la possibilité de changer de seigneur, aucun de ses sujets ne veut changer de manse. Personne ne se trouve sur le bas de la porte de son manse avec ses ballots pour aller voir ailleurs, ils savent et reconnaissent leur privilège d'avoir la dame vicomtesse d'Aubeterre de Castillon comme régente.

Cela fait repartir et dynamise l'économie de la cité. Les deniers tombent dans les escarcelles des marchands, le flux de marchandises grossit, les péages augmentent, la prospérité s'installe à nouveau. L'autorité de la vicomtesse auprès des ecclésiastiques n'est jamais contestée. Elle en joue pour entretenir de bons rapports avec le clergé en multipliant églises, monastères et couvents qui fleurissent partout sur le coteau opposé au château. Tous la respectent.

Seule, elle travaille comme une forcenée sur les livres de comptes, pour oublier la présence des anglais. Sa chandelle brûle tard dans la nuit en haut de la tour du château et sa lueur se voit de loin, elle ne se remariera pas malgré de nombreux prétendants devant sa beauté et sa richesse. Jeanne est une femme libre et autonome.

Tous ses vrais amis et voisins l'admirent, la population la vénère, et elle peut compter sur leur aide. Mais elle fera toute seule son deuil lorsqu'elle apprendra le retour en grâce de son mari et son décès en Pays de Galles. Pour sa ville et toute sa population elle sacrifie sa jeunesse. Elle va aider sans restriction sa fille Marie à devenir la nouvelle dame vicomtesse d'Aubeterre, après le décès de Marguerite, en lui trouvant un époux digne d'elle et capable de la soutenir dans l'importance de sa tâche. La bonne gestion de la population qui mange à sa faim voit reculer les maladies, les naissances reviennent, les mort-nés se font plus rares les femmes travaillant moins.

La vicomtesse va stimuler l'industrie des peaux sur la Dronne. Les cuirs seront de bonne qualité. Elle augmente le nombre de moulins à grains sur la Dronne, le pain d'orge ne manque pas ni celui de blé. Le marché mensuel fait venir des gens des paroisses voisines on se hèle, on s'interpelle. Les hommes boivent de l'hydromel dans un hanap, et les achats et ventes sur le champ de foire progressent. Pour les grands marchés de la Saint-Jacques et de la Saint-Jean, des marchands de l'extérieur et des paroisses d'alentour viennent pour la laine très propre et de belle qualité des moutons d'Aubeterre. Ses agneaux ont bonne réputation. Les sous circulent, la cité est redevenue prospère.

Marguerite de Castillon d'Aubeterre sa seconde fille ayant en dote la châtellenie de Benauge, avec en jouissance les bénéfices du château d'Aubeterre sa vie durant, épousa à Périgueux Sicard d'Allaman, seigneur de Bonnefons. Elle mourut à 25 ans sans enfant. Tous ses biens vont à sa sœur Marie.

Pons III, le frère de Marie et de Marguerite est né en 1260 et mourra en 1318. Il est chevalier. Par ailleurs Pons III (ou Hélie VI) de Castillon sur Dordogne, est grand sénéchal de Saintonge. Riche de tout le vignoble bordelais, il mène grande vie et ne se soucie absolument plus de la famille déchue de ses biens immobiliers durant cinq longues années, même s'il réclame les florins de sa sœur Marguerite décédée. Aussi, se désintéresse-t-il d'Aubeterre, n'ayant aucun problème pour assurer ses finances, et évolue à l'aise dans les honneurs de la cour ou au parlement de Bordeaux. L'armée semble être sa raison de vivre au service de la royauté. Il s'épanouit pleinement dans son grade de grand Sénéchal de Saintonge. Il ne saura ni ému, ni affligé, lorsqu'il apprendra la mort de son père qui se sera épuisé à suivre le roi d'Angleterre durant cinq années, malade sur un chariot pour reconquérir le château d'Aubeterre.

À la mort de Marguerite, sa sœur, Pons III de Castillon (Hélie VI) une partie du vignoble bordelais, à Montagne Saint-Émilion vont lui échoir… Il est riche et puissant. Il ne viendra pas aux obsèques, sa famille l'ignorera jusqu'à sa mort.

C'est un cousin éloigné de la famille d'Engoulesme qui est soigneusement choisi comme mari par toutes les femmes du château. Marie de Benauge, dame de Bergerac les grands-mères de Marie et sa mère Jeanne du Périgord lui choisissent un époux sur mesure :

Pierre de Raymond 1er en Angoumois seigneur d'Ozillac.

Chapitre 12
Les de Raymond

Marie vicomtesse de Castillon d'Aubeterre née en 1255 épouse Pierre Ier de Raymond, seigneur d'Ozillac en Saintonge, qui devient le seigneur de Bonnes. Elle mourra en 1300, c'est la nouvelle branche d'Aubeterre.

De Raymond d'Ozillac… né en 1245.

À Marie de relever le défi de faire revivre la famille dans l'honneur qui est dû à leur rang. Dame Marie, vicomtesse d'Aubeterre de Castillon, de Puynormand, de La Marque et de Blanquefort de Benauge comme toutes les femmes de la famille qui l'ont précédée, saura tenir les domaines, les terres, bois, rivières, ponts et marchés, et gérer les manses. Madame la vicomtesse Marie a le caractère bien trempé. Déjà lorsqu'elle était petite elle se cachait sous la table pour entendre sa mère Jeanne de Périgord régir le domaine et donner des ordres. Elle a été à bonne école, et n'hésite jamais à s'entretenir avec sa mère sur différents sujets pour requérir son opinion expérimentée. Marie a le souci des pauvres et des indigents et fait ouvrir un nouveau couvent, celui des cordeliers près de l'Hospitalet.

Trois hivers successifs de froid intense vont faire mourir les plus fragiles chez les enfants et les vieillards malades. La mortalité devient endémique. Les chariots traversent la Dronne sur la glace. La nourriture manque, les couvents distribuent de la soupe pour les plus pauvres, mais les manses lointaines périclitent. La Dronne gèle, Le blé gèle, les arbres éclatent sous le gel durant trois années. 1314 – 1315 – 1316 sont des années de mauvaises récoltes, avec disette et famine.

Les descendants de :

Pierre Ier de Raymond seigneur d'Aubeterre et d'Ozillac.
1245-1269
Épouse **Marie de Castillon** dame d'Aubeterre 1255-1300.

↓

Pierre II de Raymond Gardan ou Gadrard) en 1308
Chevalier seigneur d'Ozillac (

↓

Pierre III de Raymond (Jean ou Galéas)
1295-1380

↓

Marie de Raymond épouse Guy ou Guimard **Bouchard**

Sous le roi Philippe VI de Valois 1328-1350 vit la famille de Raymond.

Pierre II de Raymond vicomte d'Aubeterre est un seigneur qui s'avérera moins ami avec les anglais.

Pierre III de Raymond vicomte d'Aubeterre en 1356, se fait ôter son droit total de rendre la basse et la moyenne justice dans sa châtellenie par le roi Jean II le Bon.

Pendant que Pierre III de Raymond d'Aubeterre se rend à Paris pour signifier son mécontentement au roi, le seigneur de Mussidan, son vassal, prend Aubeterre pour le compte des anglais d'Édouard III roi d'Angleterre. Il en jouit de 1358 à 1361 et occupe le château.

Sur décision du duc de Berry, Pierre III de Raymond retrouve ses biens. Mais Galéas fait procès, le gagne et récupère Aubeterre.

Marie sera l'héritière épouse Guy (ou Guimard) Bouchard.

Pendant l'absence du jeune couple Bouchard, le sire de Mussidan installe des garnisons dans un grand nombre de forts de la contrée. C'est à cette occasion que les vassaux Guillaume de Bremond et Arnaud de Nabinaud vont trahir leur seigneur pour s'approprier ses biens. Jugés par la haute justice de Pillac et Palluau, ils furent décapités. Leurs biens confisqués au profit de Pierre Labatud, secrétaire du roi de France.

L'héritier de Raymond, Galéas, doit selon le traité de Brétigny soumission au Prince de Galles le 29 septembre 1363. Sa seule héritière Marie de Raymond vicomtesse d'Aubeterre doit refaire une branche pour la prospérité de sa famille.

Fin de la famille de Raymond.

Chapitre 13
Les Bouchard

La fille unique de Galéas de Raymond, **Marie de Raymond d'Aubeterre et d'Ozillac épouse Guimard ou Guy Ier de Bouchard seigneur de Cornefou et de Pauléon, d'Ozillac, de Saint Martin de La Coudre, Bernay-Saint-Martin, de Pauléon chevalier. Il est né en 1320 et décède en 1377.**

Une longue lignée de Bouchard va se poursuivre sur **468 ans**, puisqu'entre-temps il y aura un mariage avec d'Esparbès de Lussan de La Serre qui porteront tous le nom de Bouchard.

C'est à cette unique condition que la dame vicomtesse Marie de Raymond d'Aubeterre donnera toutes ses possessions, terres, châteaux, bijoux et finances à son époux.

Elle encourage le travail et met en valeur les produits locaux lors des marchés, elle sait vendre son vin, ses bois et ses productions céréalières, ainsi que le bétail qu'elle a fait se développer notamment pour le commerce des peaux par son Sénéchal de confiance.

Elle renforce les protections de son château, fait construire une seconde muraille avec un couloir entre les deux. Elle double les chemins de ronde afin de pouvoir résister plus vite aux tentatives d'intrusions par les échelles. L'arrondi des contours du château est voulu pour dévier l'impact des boulets.

Elle n'oublie pas pour autant les conseils pour entretenir sa beauté, car c'est une très belle jeune femme. Elle sait l'importance de son mariage avec l'élu choisi par son père.

C'est l'abbé de Saint-Sauveur qui va bénir leur mariage.

La cité s'inquiète de voir arriver une autre famille seigneuriale d'une autre religion au château, se demandant comment les relations vont évoluer, l'avenir du peuple dépendant des décisions des châtelains. La population aime sa vicomtesse, l'admire et la respecte. Elle lui souhaite longue vie et la veut heureuse, car leur propre qualité de vie dépend énormément d'elle. Le couple partage son temps et vit aussi à Paris à la cour du Louvre.

Au cours des distributions alimentaires devant le couvent des cordeliers pour les plus démunis, un chevalier tombe en pâmoison devant une jeune fille venue s'alimenter au château pour compléter les frugales nourritures dont les siens bénéficient en ces temps difficiles. Le chevalier Alric la sert et lui propose de la raccompagner galamment pour porter son fardeau.

Cette dernière, flattée, accepte et remonte vers son logis, où l'attendent sa mère couchée et trois petits frères dans une grotte. Ému devant tant de pauvreté, Alric, qui ne pouvait quitter des yeux la jeune femme, monte au château pour demander s'il est possible à son seigneur de la prendre à son service.

C'est ainsi qu'Emmelina, ainsi se prénomme-t-elle, entre comme chambrière au château. Le personnel l'aide à prendre les habitudes domestiques, corrige ses façons de parler et de se tenir, lui apprend comment servir.

Elle devient vite indispensable. Alric lui fait la cour, mais elle pense qu'elle n'en est pas digne du fait de son origine et de son statut social. Pensant qu'elle ne le mérite pas, elle détourne finement la conversation et les yeux à chaque rencontre. Pourtant, un soir, Alric était encore éveillé lorsqu'il sentit une fumée monter des combles où dormaient les domestiques. Il sonna la cloche pour prévenir et avertir de l'incendie. Sans hésiter, il se trempa totalement dans l'auge d'eau aux chevaux et traversa les flammes.

Emmelina, inconsciente, gisait sur son grabat. Il la saisit, l'enroula dans sa cape mouillée, et retraversa les flammes, la laissant aux bons soins de dame Ursule, qui tenait la cuisine.

Il recommença autant de fois qu'il put trouver des corps et sauva la totalité du personnel endormi. Le seigneur et son épouse lui demandèrent ce qu'il désirait en or pour le récompenser.

« Mon seigneur, ma dame, je ne veux point d'or mais épouser Emmelina votre chambrière. »

Après tous ces événements et les temps de privations, la venue des noces mit du baume aux cœurs et la fête fut la bienvenue. Tard l'on dansa des bourrées et des quadrilles sous les acacias en fleurs. On fit des beignets de fleurs d'acacias qui donnaient leur doux effluve à la place d'arme pour régaler les membres de la fête. La mariée se crut dans un conte de fées. Elle, la pauvrette qui faisait vivre sa famille, allait demeurer au château, devenue la dame du chevalier Alric membre de la garde seigneuriale de Bouchard d'Aubeterre.

Le chevalier Alric et Emmelina en 1340 furent les heureux parents de quatre enfants qui s'égayèrent dans les jardins du château.

Le vicomte s'entoure de solides soldats, se méfiant de toutes tentatives d'invasion. Il connaît le sort réservé aux « hérétiques », lui aussi a lu ce que Philippe IV le Bel et ses fils avaient fait subir au grand maître des Templiers et à tous ses frères. Les tortures et les accusations abjectes dont furent victimes tous les Templiers. Il sent un climat tendu dans sa paroisse. La vie au château sous les de Bouchard a commencé par des soirées plus réduites, avec moins de fastes et d'invités prestigieux. Elles sont ainsi moins onéreuses qu'à l'accoutumée. Le seigneur est un homme rigide et rigoriste qui ne badine pas avec les lois et les us et coutumes. Les gens des manses doivent impérativement régler au seigneur ce qui lui est dû avec justesse, pas plus, ni moins.

Il n'y a pas de passe-droit.

Que le père soit malade, que les récoltes n'aient pas été bonnes, que les volailles soient dévorées par les renards, il ne veut rien entendre. Marie souffre devant tant d'intransigeance car elle connaît bien ses gens. Alors elle tente d'adoucir les conséquences de cette attitude intransigeante en complétant discrètement les sacs déjà posés afin de les faire repasser au comptage, ou en rajoutant quelques volailles déposées subrepticement pour une famille qui n'a pas suffisamment de quoi donner son dû au seigneur. Le personnel, volontiers complice, se charge des transactions en toute discrétion dans son dos.

Marie attend l'enfant désiré. Elle vivra une grossesse heureuse, et naîtra en 1345 le vicomte d'Aubeterre François II Bouchard (sous le roi Charles VII). Son père est ravi, voici l'héritier ! Il est tout fier de montrer sa progéniture. Il parade, alors que sa jeune épouse, épuisée par l'accouchement et les déplacements incessants à la suite de la cour, décède d'hémorragie à 25 ans.

Les domestiques d'Aubeterre sont effondrés lorsqu'ils apprennent la mort de leur vicomtesse Marie d'Aubeterre. Au grand désarroi de la population, la vie douce n'est plus possible avec Guy Bouchard, qui se montre vénal et même avare.

Dame Marie vicomtesse d'Aubeterre de Raymond Bouchard repose à Aubeterre. Son fils est confié à une gouvernante, à des précepteurs et des chapelains. La seule tendresse qu'il recevra sera celle de sa mère de lait Emmelina, Rose sa sœur de lait et la tendresse de la domesticité du château qui le couve, son père le fait éduquer à la dure, et lui fait enseigner le métier des armes par Alric le chevalier dès qu'il se tient debout pour marcher. La religion, les sciences et la littérature seront enseignées plus tard. Son fils doit être chevalier tout comme lui, le travail des lettres et des sciences se passent la nuit.

Guy II Bouchard vit donc sans son père, trop éloigné de lui et excessivement exigeant. Il en a grande peur. Mais il aime Aubeterre qui le lui rend bien.

Autant vous dire que pour les habitants de la butte d'en face, où sont réunies sept communautés religieuses, des distances se prennent car ils se sentent devenus plus puissants que le seigneur du château. Ils en prennent à leur aise.

Guy Ier Bouchard Huguenot n'est pas généreux non plus avec ce qu'il doit verser comme subsides à l'Église Catholique. Fini le temps des donations. Dame vicomtesse Marie son épouse, très diplomate, avait exigé le baptême catholique de Guy II François Ier Bouchard, mais toujours dans la chapelle du château, sans faire appel au prêtre de la collégiale, ce qui n'arrangera en rien les relations avec le clergé d'en face puisque Guy Ier Bouchard est Huguenot. Lorsqu'il n'est pas sur les champs de bataille ou parti régler quelques affaires à la cour ou à Bordeaux, Guy Ier Bouchard se montre excellent chasseur et danseur. Jeune veuf, bel homme, riche et titré, il ne tardera à trouver une nouvelle épouse.

Son fils Guy II François Ier Bouchard époux de Jeanne Chenin né en 1345.

↓

1 – Guy-Savary de Bouchard épouse en 1418 Marguerite Montberon dame de Mautresse (sous le roi Charles VII et Jeanne d'Arc) héritier : Louis.

↓

2 – **François II Bouchard d'Aubeterre** 1493-1555 est marié avec Isabeau de Saint Seigne de la Tour de Sennecey : ils auront 4 enfants dont François III Bouchard d'Aubeterre héritier.

Dame Isabeau de Saint Seigne de la Tour de Sennecey ne supporte pas les pendaisons intempestives ordonnées par le baron Louis Bouchard vicomte d'Aubeterre.

Guy Ier Bouchard épouse en troisième noce dame Hélie Isabeau de Pompadour.

Sa sœur Yolande épouse Charles IV de Saint-Gelais 1375-1438, de Saint Ouen, de Marnais et de Saint-Jean d'Angle, membre de la famille royale et écuyer du roi : ils auront 8 enfants qui vivront à Aubeterre. Les parents seront à Bourges près du roi. C'est elle qui va moderniser le château d'Aubeterre.

Charles IV de Saint Gelais homme lige au dauphin comte du Poitou. Il servira sur ses fonds propres la guerre durant 40 jours et 40 nuits. Leurs huit descendants :

– Jean
– Charles chevalier de Malte, commandant de Tienvalle
– Guy-Savary héritier
– Aymeric maître d'hôtel du comte d'Angoulême fera la branche de Saligne de Montchaud
– Pierre fera la branche de Montlieu et de Saint-Aulaye
– Louise
– Arnaud qui fut abbé de Saint-Maixent
– Jeanne

Son fils Guy-Savary Bouchard épouse en 1418 Marguerite Montberon dame de Mautresse (sous le roi Charles VII et Jeanne d'Arc) : leur fils Louis, héritier.

Le baron Louis Bouchard 1435-1508 épousera Marguerite de Mareuil dame de Ollonde qui décédera en 1473. Il restera à la cour (sous les rois Louis XI, Charles VIII, Louis XII)

Lorsqu'il passe rapidement au château d'Aubeterre, si en chevauchant le baron Louis Bouchard ne voit pas toute une famille derrière le faucheur, sa femme et les anciens le plus souvent, il s'arrête et demande une justification. Si la femme accouche et se trouve empêchée, peu lui chaut, elle doit être remplacée par ses aînés en âge de travailler. Le lendemain il repassera pour voir si son ordre a été exécuté. Le baron François II Bouchard ne supporte plus les jérémiades de son épouse et préfère retourner à la cour et que ses quatre enfants restent à Aubeterre dont son héritier François III de Bouchard qui assurera la succession.

Pendant ce temps les dames du château soignent les brûlures avec des fleurs de soucis dont elles font la récolte elles-mêmes, ou font envoyer du thym et des oignons crus pour soigner les maux de gorge aux frères Antonins.

Les religieuses et les frères Antonins soignent les pauvres grâce aux généreuses dames Baronnes, qui se gardent bien de le dire à leurs époux.

Dame Baronne Marguerite met au monde :

– François III de Bouchard 1522-1573 huguenot qui épouse Florence Gentil **en 1548**.

Veuf, il épousera Gabrielle de Laurensannes huguenote à Genève. Leur fils David Héritier d'Aubeterre.

– Antoinette mariée en 1553 huguenote avec jean V de Parthenay Baronne de Soubise et chevalier de l'ordre du roi.

– Robert Bouchard Baron d'Aubeterre seigneur de Villafans de la Tour de Sennecey ; ne se marie point.

– Anne Bouchard dame de Cussaguet mariée le 21 février 1546 avec le chevalier seigneur et baron de la Roche-Chalais.

Arbre généalogique des BOUCHARD puis d'ESPARBÈS DE LUSSAN DE LA SERRE**

Marie de Raymond dame d'Aubetterre épouse en 1320 Guy 1er de Bouchard ↓
Guy II François Ier Bouchard d'Aubeterre épouse en 1378 Jeanne Chenin (1360-1398) ↓
Pierre II – Savary Bouchard d'Aubeterre Seigneur né en 1390 épouse en 1418 Marguerite de Montberon dame de Mautresse (1400-1456), Catherine Odard dame de Rochemeau. ↓
Baron Louis Bouchard d'Aubeterre 1435-1508 épouse Marguerite de Mareuil ↓
Baron François II Bouchard d'Aubeterre 1493-1555 épouse Julienne de Goumard d'Estillac puis en 1518 Isabelle de Saint Seigne qui lui donne 4 enfants. ↓
Vicomte François III Bouchard d'Aubeterre 1526-1573 épouse,/ Florence Gentil,/ Gabrielle Laurensannes,/ ↓
David Bouchard épouse Renée de Bourdeilles ↓

***Vicomtesse Hyppolite de Bouchard** épouse le marquis **François d'Esparbès** de Lussan de la Serre** ↓
François IV de Bouchard épouse Laurette de Hainaut ↓
Marquis Pierre de Bouchard 1605-1650 épouse Marie-Claire de Montespan ↓
Marquis Louis II de Bouchard 1647/1696 ↓
Marquis Charles Louis Henri de Bouchard 1682-1740 épouse dame d'honneur de la Reine ! ↓
Marquis Henri Joseph de Bouchard épouse Marie Joseph Bouchard puis épouse Françoise Scepeaux décédée 1816 sans enfant.
Fin des de BOUCHARD D'ESPARBÈS D'AUBETERRE en 1788

En détail la fulgurante ascension des de Bouchard.

En 1418 leur fils Pierre II Savary épouse Marguerite de Montberon dont le père Sénéchal d'Angoumois et Maréchal de France l'introduit auprès du Roi.

Puis il épouse Catherine Odart dame de Rochemeau. Ils ont trois enfants :

– François qui ne laissera pas de descendance

– Louis qui héritera
– Marguerite qui épouse le seigneur de Meursay écuyer du Roi.
Toute la famille vit à la cour du roi.

En 1460 : le seigneur de Bouchard premier « chevalier sans reproche » devient Baron d'Aubeterre. Sénéchal d'Angoumois. Il sert Charles VII, puis devient Chambellan du roi Louis XI.

Durant l'année 1459 il eut des démêlés avec le comte d'Angoulême, qui prétendait que les de Bouchard d'Aubeterre avaient profité de l'occupation des anglais pour usurper leurs droits. En 1480 la situation fut réglée par une rente de 12 livres tournoi pour la terre d'Aubeterre au comte d'Angoulême. L'affaire fut close rapidement ;

1459 : Mariage de Louis qui deviendra baron de Villebois avec Marguerite de Mareuil.
– François II qui hérite*
– André
– Elizabeth-Isabeau qui épouse Jacques d'Harcourt
– Guy ; abbé Saint sauveur à Aubeterre en 1534, puis Évêque de Périgueux de 1554 à 1560. (Crosse sur le blason). Il prend femme en l'abbesse des Clarisses de Périgueux. Un fils Pierre prendra la branche des Plassons à Bors, suivront la naissance de deux autres fils. Ils produiront du Cognac.

▪ **François II épouse Julienne Goumard d'Estillac**, mariage heureux d'un couple très pieux catholique, vivant en harmonie il laisse la liberté de penser à leur fils François III qui reçoit la meilleure éducation.

Puis épouse dame Odart qui lui donne cinq enfants avant de mourir.

Puis épouse Isabelle de Saint Seigne de la Tour de Sennecey qui lui donne dix enfants.

Puis épouse Hélie Isabeau de Pompadour sur sa vieillesse qu'il l'épouse pour son argent.

François II de Bouchard pourvu d'une excellente éducation, au caractère droit et pur devient chevalier, ce qui plaît à son père. Poussé par ce dernier qui manœuvre habilement, il obtient le titre de Sénéchal d'Angoumois, puis se fait remarquer auprès du roi Louis XI qui ne peut plus se passer de François II dont il fait son chambellan.

Veuf de dame Odart qui lui a donné cinq enfants Bouchard, Francois II de Bouchard doit gérer la succession avec ses quatorze autres enfants. Cela entraînera de nombreux problèmes successoraux, mais François II de Bouchard est un homme de devoir envers le roi avant tout et demeure à ses côtés.

C'est sans compter la perfide dame Hélie Isabeau de Pompadour qui tourne autour de ce veuf et de ses biens. Malgré son âge très avancé, il l'épouse. Elle le trompera rapidement avec un jeune homme qui a besoin de beaucoup d'argent pour vivre à la cour et faire la fête, et qu'elle couvre de cadeaux et d'argent pris dans les poches de son époux éperdument amoureux. Elle va mettre la zizanie entre les 16 enfants des différents mariages de son époux pour récupérer le château de Bonnes.

Guy frère de François II Bouchard d'Aubeterre est Évêque de Périgueux de 1554 à 1560. L'évêque Guy Bouchard rencontre la mère de l'ordre des Clarisses de Périgueux *Tiphaine Perrot*. Au cours de leurs échanges, naît un sentiment dévorant, si fort qu'ils doivent quitter leurs engagements car un enfant s'annonce. Le père, Baron Louis Bouchard d'Aubeterre avait toujours gardé la branche des Plassons, et il l'offre au jeune couple fraîchement marié qui s'installe à Bors.

Le seigneur Guy de Bouchard des Plassons va développer une culture des vins blancs, dont il va doter largement François Ier, qui saura le faire connaître à son entourage en servant largement le Cognac à la cour de France.

▪ **François III Bouchard 1526-1573. Huguenot.** Épouse :
– Florence Gentil
– Marguerite de Villebois
– Gabrielle de Laurensannes

François III Bouchard d'Aubeterre, huguenot, va se faire remarquer de plusieurs façons par la cour du roi François Ier où il sera de ceux qui placarderont des pamphlets jusqu'à la chambre du roi. Très ami avec le réformateur Calvin qu'il reçoit à Aubeterre lorsqu'il séjourne plusieurs mois à Angoulême, il sera obligé de s'exiler à Genève avec sa sœur Anne, en ayant donné une partie de ses biens pour la cause huguenote, et se fera fabricant de boutons. C'est avec Gabrielle de Laurensannes qu'il va faire famille, en ayant Anne et David pour enfant.

De retour à Aubeterre il est assassiné en 1573 par un catholique dans son lit au château à l'âge de 80 ans, pour continuer la Saint-Barthélemy, ou venger son financement à la conjuration d'Amboise.

Son fils David rentre en France où il est accueilli par la famille de Bourdeilles pendant plusieurs années.

David de Bouchard épouse Renée de Bourdeilles qui est catholique et il se convertira au catholicisme.

Enfin les Bourdeilles ont mis la main sur la châtellenie d'Aubeterre, depuis le temps qu'ils attendaient cela, ils arrivent à leurs fins. Le couple n'aura qu'un enfant, une fille Hyppolite qui va clôturer la ligne directe des de Bouchard d'Aubeterre. C'est un grand mariage, avec une forte dot accordée par son grand-père maternel de Bourdeille rajoute une grosse somme, bien qu'il tienne David de Bouchard d'Aubeterre en sous-estime. Mais sa petite fille Hyppolite est son trésor.

Hyppolite se marie et donne tous ses biens à François d'Esparbès de Lussan de La Serre à la condition que toutes les générations gardent leur nom de Bouchard d'Aubeterre.

Chapitre 14
La branche royale des Valois 1328-1589 – 260 ans

Philippe VI de Valois règne de 1328 à 1350 (neveu de Philippe IV le Bel) arrive au pouvoir. En effet l'assemblée des Barons a voté pour l'élire comme successeur puisque tous les fils de Philipe IV le Bel sont morts sans héritier.

Ce roi pousse à la guerre, prétextant que de l'autre côté des frontières, il y a du blé et de la volaille. Les hommes quittent leurs femmes et endossent « l'habit de l'armée » car ils n'ont comme richesse que fourche ou bâton et leur haillon.

Philippe VI devient roi au détriment du roi Édouard III d'Angleterre qui réclame sa couronne comme petit-fils légitime de Philippe V le Bel par sa mère. Dès le début, il entre en guerre en Flandres ou il vainc les Flamands.

Mais c'est bien la guerre de Cent Ans qui commence puisqu'Édouard III s'est proclamé roi de France. Deux rois pour un seul pays : la France !

Il y en a un de trop…

Grâce au mariage des deux enfants, la fille du roi de France, Isabelle de France avec le fils du roi d'Angleterre, âgés de 9 et 10 ans, Philippe VI envisage de faire la Paix avec le roi Édouard III d'Angleterre. Malgré ces épousailles, il reste de l'aigreur et de la rancune en Angleterre. La politique de Philippe VI est d'agrandir son royaume. Celle d'Édouard III de prendre la France qui lui revient. La PAIX est le prix du mariage de deux enfants 9 et 10 ans.

Le roi Philippe VI de Valois s'entête à guerroyer sur terre. Sur mer, il perd toutes les batailles, mais réussit néanmoins à prendre Calais en 1347. Malheureusement un autre fléau va sévir, la peste noire s'abat en effet sur tout le pays. C'est le pape qui fera une médiation entre les deux rois. La branche des Valois, jeune et solide tient le pouvoir.

Le roi Jean II le Bon né en 1319 roi de 1350 à 1364.

Jean II le « bon » préfère s'amuser et faire des fêtes, aidé de son épouse Bonne de Luxembourg. Le royaume est en piteux état, mais c'est un bon combattant. Malgré l'aide de son fils de 14 ans il va être fait prisonnier à Poitiers et la rançon pharaonique de 13 tonnes d'or est exigée. Les États généraux refusent de payer. Édouard III roi d'Angleterre, furieux, le contraint à signer à Brétigny la cession à l'Angleterre de plus du quart du royaume de France.

« VIVE Le roi Jean le Bon !!! Le seigneur d'Aubeterre est à la cour du Roi… »

Le vicomte Louis Bouchard d'Aubeterre est attaché à la cour du roi Jean le Bon. Le seigneur d'Aubeterre s'illustre en faits d'armes importants. En 1333, le roi d'Angleterre lui fait grande confiance dans son zèle et sa fidélité à son service. Il reçoit 200 marcs d'argent pour avoir géré les troubles de la Guyenne.

Malgré la joie d'avoir des Valois à la tête du royaume, celle-ci est de courte durée car, venue de Bordeaux, **la peste noire l'hiver 1348 à 1349** atteint Aubeterre. Les religieuses, font ce qu'elles peuvent, mais les moyens pour soigner sont inexistants, et l'hygiène déplorable. L'extrême misère est dans tout l'hexagone. La moitié de la population décède. Les prêtres ne veulent plus faire d'enterrement. Ils bénissent de loin les corps, et se protègent avec un brouillard d'encens. Au début, les prêtres faisaient des processions avec d'énormes cierges, soi-disant pour éloigner les méfaits du diable, et font mettre les paroissiens à genoux en guise de prière pénitentielle durant toute la procession. Les volets se ferment, on met des croix à la craie sur les portes des pestiférés, les portes et volets des familles malades sont cloués et meurent enfermés chez eux. Les corps sont jetés dans des fosses. Personne n'entre ni ne sort du château, les marchés sont interdits, les ponts sont barrés. Aubeterre est sous cloche. Les cadavres s'entassent dans les fosses communes. Pas de cercueils, il n'y en a que pour les riches. Jour et nuit, les vivants creusent pour enterrer leurs morts.

Quand les adultes manquent à ce funeste travail, ce sont les femmes et les enfants qui jettent en terre les cadavres. Les membres du clergé sont absents car ils s'enferment pour se protéger afin de ne pas attraper la peste.

Au château aussi, tout est fermé, et on vit en autarcie. Poules, moutons et chèvres sont dans la cour, cochons dans un coin des remparts, et surtout un grand potager avec ses arbres généreux. Animaux et potager, subviennent à leurs besoins. Les greniers à foin sont remplis, l'eau est pure. Les châtelains d'Aubeterre quant à eux ont échappé à l'épidémie et ne se déplacent plus, préférant sagement se priver de réjouissances, de réceptions ou encore de jeux.

C'est grâce à de telles mesures drastiques que la peste noire cessera à Aubeterre en une année. Et dans le royaume ce sera 50 % de la population qui aura disparu. Six millions d'habitants sont morts.

Tout est à refaire, à reconstruire. L'absence de bras va freiner durant deux générations l'essor de tout le pays. Les pèlerins ont été dissuadés de venir, et l'on ne retrouve pas le flot de leur passage d'avant l'arrivée de la peste.

***

Bertrand du Guesclin, le grand capitaine de guerre, a souvent volé la vedette au roi Charles V car ce dernier ne se battra jamais. Les révoltes dans les villes éclatent. Charles V de Valois Le sage va régner de 1364 à 1380. C'est un roi lettré, discret, juste et sage. Il n'a que 18 ans quand on lui attribue le Dauphiné. Ce territoire deviendra en quelque sorte son patronyme. Il s'appellera le « Dauphin » et désormais tous les héritiers du trône porteront le nom de "Dauphin". Il modernise l'armée en engageant des fantassins professionnels qui recevront des soldes sonnantes et trébuchantes. Pour financer la soldatesque il développe la gabelle, impôt sur le sel mis en place par son grand-père (Philippe VI de Valois). Grâce à son intelligence et à sa conduite irréprochable, son armée reprend toutes les terres qui avaient été cédées à l'Angleterre.

Charles le Mauvais, roi de Navarre, rallie les nobles de Normandie, de Picardie pour réclamer le trône de France.

Charles VI le Fol de Valois né en 1368 roi 1380-1422

Une trêve. Les deux pays France et Angleterre, sont épuisés par les guerres et sont forcés de faire une pause. Le nouveau Roi Charles le Fol (fils de Charles V le Sage) roi de 1380 à 1422 souffre de crises de folie à l'âge adulte et ne peut imposer son autorité. Alors une guerre civile éclate entre grands seigneurs en deux camps :

– ***Les Bourguignons*** alliés à l'oncle du roi qui est duc de Bourgogne d'une part,

– ***Les Armagnacs*** proches du frère du roi d'autre part. Pendant leurs querelles, les anglais débarquent et gagnent la bataille d'Azincourt en 1415. Ils reviennent en force dans le pays par Calais et s'y installent pour de bon.

Pendant ce quart de siècle, à Aubeterre, les successions ne se vivent pas toujours dans le bonheur, mais les dames maintiendront équilibre et protection à la population. Avec détermination et intelligence elles sauront conduire et gérer la cité durant les absences nombreuses et répétées de leurs époux partis à la guerre au service du roi ou contre les rois.

Le nouveau blason va s'orner à la suite de faits de bataille, des gueules de léopards, trois gagnées pour une bataille à Pons, (les trois autres pour la bataille de Castillon le 17 juillet 1453 entre Henri IV d'Angleterre et Charles VII de France. Fin de la guerre de 100 ans).

Chapitre 15 :
La nouvelle branche d'Esparbès de Lussan de La Serre de Chadenac appelée Bouchard

Vicomtesse Marie Bouchard d'Aubeterre épouse en 1557-1628 François d'Esparbès de Lussan de la Serre. Les trois merlettes se rajoutent au blason. Dans le royaume, pour se protéger de la peste et de tous les venins, les nobles arborent un diamant à leur main gauche. (Ce sera l'origine de la bague de fiançailles). Le château devient une coquille vide de ses maîtres qui sont soit au Louvre soit en train de guerroyer. Seuls les domestiques maintiennent de la vie au château, toujours prêts à accueillir leurs maîtres quand ils reviennent à l'improviste. Les anciens, avec nostalgie, regrettent le temps où les jeunes gens du château offraient de beaux tournois pour la cité.

La famille d'Esparbès de Lussan tire son nom d'une terre située près d'Auch. Elle compte dans ses rangs de nombreux militaires, notamment des lieutenants-généraux des armées du roi et deux maréchaux de France.

François d'Esparbès de Lussan de la Serre en opposition aux idées de son père, fut un fidèle compagnon d'Henri de Navarre dès 1588, le soutenant contre la Ligue Catholique puis dans la reconquête du royaume. Il succède à son père aux fonctions de gouverneur de Blaye jusqu'en 1620, conseiller d'état et maréchal de France.

Il meurt à 65 ans.

Leurs cinq enfants avec Hyppolite Bouchard marquis d'Aubeterre :

– Marie 1602,

– Antoinette 1605,
– Pierre I605,
– François I608,
– Isabelle 1610

Avant eux, il y eut aussi des dames de la famille reconnues pour leurs grandes vertus qui évoluèrent au sein de la cour royale où se retrouvent tous les grands du royaume.

En 1576 (sous Henri III), dame Antoinette Bouchard d'Aubeterre héritière avec sa sœur *estoit* Madame de Dampierre, dame d'honneur de la reine de la maison de Bourgogne. Elle vend pour 15 000 livres la Tour de Villafant. Tenue pour un modèle de chasteté parmi toutes celles de son temps, et non moins estimée pour son bon entendement, elle fut ravie par sieur de Soubise qui l'épousa en 1553. Le seigneur de Soubise est le dernier du nom et fut élevé par sa mère dame de Saubonne à la Cour du grand roi François. « *il fut nourry enfant d'honneur puis Lieutenant pour le Roy, puis Lieutenant général de Sa majesté en Toscane et en pays Siennois* ».

Dans la famille d'Aubeterre, il y eut des **maîtresses royales**, dont **Louise d'Esparbès de Lussan de la Serre maîtresse de Charles X de Bourbon, Anne, maîtresse de Louis XV** mais aussi du comte d'Artois. Pour la petite histoire ces dames étaient des grandes dames de la cour, riches courtisanes belles, bien habillées, bien coiffées et bien parées. Avec une domesticité nombreuse elles s'étourdissaient de jeux, de fêtes et de bals toujours à vouloir être les plus remarquées. Le théâtre de Molières ou de Racine enflammait la cour, et les écrits de La Fontaine recevaient la critique de façon fine. Molière relevait à gros traits les situations cocasses de cette belle noblesse, dont un personnage croque un de Bouchard.

Le roi Charles VII le Victorieux est le cinquième fils de Charles VI et d'Isabeau de Bavière. Il épouse Marie d'Anjou et règne de 1422 à 1461. À la mort de son père, seuls les **« Armagnacs » le reconnaissent Roi de France**.

Il est surnommé « roi de Bourges » par **les Bourguignons** parce qu'il s'y est enfermé, et les Bourguignons proclament Henri V d'Angleterre roi de France.

Le pays ayant deux rois se trouve divisé. Les anglais au Nord et en Guyenne, les Bourguignons à Paris et dans l'Est.

Les Armagnacs au sud de la Loire soutiennent leur roi Charles VII. Ce dernier est peureux, manque d'assurance, et vit toujours entouré de ses gardes rapprochés. Les anglais gagnent du terrain.

Il combat l'invasion des espagnols.

Grâce à l'impulsion de Jeanne d'Arc, durant vingt ans, les anglais perdront leurs territoires sauf Calais.

Charles VII malgré un caractère aigri et triste, collectionne les maîtresses pour la plus grande affliction de son épouse Marie d'Anjou qui est un modèle de femme fidèle. Dans la catégorie « petites maîtresses » il y a Éléonore de Pau qui hébergea Jeanne d'Arc losrqu'elle aura l'Aquitaine en gestion.

À la suite des batailles gagnées avec Jeanne d'Arc et après sa mort, Charles VII s'est senti pousser des ailes : il prend pour maîtresse Jeanne, l'épouse de son fidèle compagnon le vicomte Joyeuse.

Le roi et sa maîtresse empruntent un souterrain sous le château de Chinon où il réside, et se retrouvent au pied de ce dernier dans « Le Manoir de Roberdeau » pour vivre leur aventure en riant comme des adolescents.

Mais le roi change de compagne suivant les terrains où se déroulent les guerres. Il choisit alors **Catherine de l'isle-Bouchard issue de la famille d'Aubeterre** qui sera vite remplacée par une beauté, la belle Agnès Sorel, qui sera longtemps sa maîtresse.

Agnès Sorel maîtresse attitrée du roi à qui il fera trois filles, les logeant au château de Loches, qu'elle devra redonner une fois l'histoire d'amour finie.

Il y eut Marie de Valois, puis Charlotte de Valois qui sera assassinée par son mari la trouvant dans le lit conjugal avec son écuyer.

Ensuite ce sera Jeanne de Valois, épouse du comte de Sancerre et chancelier du roi, qui en donnant naissance à une petite fille, mourut en couche. Quelques instants plus tard l'enfant décédera. Elles seront enterrées toutes les deux ensemble.

Lors de la relève des corps après que la révolution ait profané le gisant d'Agnès Sorel, il s'avéra qu'Agnès Sorel avait été contaminée par un fort taux de poison dans les os… Était-ce dû à des soins, ou a-t-on voulu l'empoisonner ?

Agnès Sorel avait engagé Antoinette de Magnelais pour s'occuper de ses enfants…

En réalité cette dernière devint aussi la maîtresse de Charles VII ! Agnès Sorel devenait encombrante…

L'appel à combattre : Jeanne d'Arc

Une jeune fille issue d'une famille aisée de laboureurs, Jeanne, née à Domrémy en Lorraine en 1412 entend des voix vers l'âge de treize ans. Elle en fait la confidence à ses deux frères et à sa sœur, et nomme avec précision, la voix de Saint-Michel, celle de Sainte Catherine, et celle de Sainte Madeleine. Toutes les trois lui ordonnent de prendre les armes pour chasser les anglais.

À seize ans, Jeanne n'en démord pas. Son oncle l'accompagne sans l'accord de son père. Son oncle la croit et l'aide pour rencontrer le seigneur de son village qui va lui donner une petite troupe et une armure. Avec son oncle et son escorte armée elle va rencontrer le duc de Lorraine en territoire occupé par les anglais.

Face à sa détermination, ses protecteurs lui fournissent quelques hommes ; elle-même coupe ses cheveux et s'habille en homme.

Jeanne d'Arc de Vaucouleurs se fait appeler **« Jeanne La Pucelle »**. C'est elle qui va redonner à Charles VII son titre de roi de France, et bouter les anglais.

Elle part à Chinon où le roi Charles VII se mêle à la foule. Pour la mettre à l'épreuve on lui tend un piège en lui présentant la mauvaise personne. Elle cherche le souverain des yeux dans l'assistance des courtisans et reconnaît le roi qui s'était caché et se met un genou à terre pour saluer le roi Charles VII. Impressionné, il se laisse convaincre d'aller à Reims en territoire anglais pour recevoir l'onction de l'huile sainte. On fait subir à Jeanne de multiples interrogatoires, jusqu'à l'humilier en vérifiant sa virginité. Finalement tous donnent un avis positif sur Jeanne. Elle ne ment pas ! Le roi l'écoute. Alors qu'il est reconnu comme taciturne, hésitant, voilà qu'il ressort de cette rencontre, confiant et plein d'assurance après avoir conversé avec Jeanne.

Charles VII, poussé par ses conseillers et courtisans lui donne une armure et une garde de plusieurs cavaliers.

Il l'autorise à rejoindre le convoi qui part défendre Orléans. Les soldats sont impressionnés, ne jurent plus de grossièretés, il n'y a plus d'escorte de femmes puterelles et elle leur interdit de proférer contre Dieu… Ils n'ont confiance qu'en « la pucelle » et donneront leur vie pour elle.

Elle prend enfin l'armure, et tient une bannière blanche.

Une nuit avec son armée elle délivre la ville d'Orléans. La ville est en liesse, elle va ainsi multiplier les victoires tout le long de la Loire pour empêcher le passage des anglais. Rassurée par ces victoires, sa majesté le roi prend des initiatives sur le terrain et se fait louanger. Il veut capter la lumière, il parade à loisir reçoit les vivats. Il fait la fête et malheureusement abandonne Jeanne à son épopée, seule avec ses propres troupes insuffisantes contre un siège anglais à maintenir.

Les soldats la respectent et lui obéissent. Il lui manque une épée. Alors elle les convie d'aller creuser dans la chapelle à Sainte-Catherine de Fier bois, de soulever la dalle derrière l'autel, d'ôter les pierres et de lui ramener l'épée que Charles Martel avait déposée là au retour de Poitiers après la bataille contre les Sarrasins. Tout cela est vrai.

Jeanne exhorte la population, galvanise ses troupes et le 8 mai 1429 (sous Charles VII le Victorieux) les anglais perdent la bataille, fuient ou se noient dans la Loire. La ville d'Orléans est délivrée.

À son service, fidèle, le duc d'Alençon qui plus tard intriguera sous Charles VIII et Louis XI, lui est bon compagnon de route. Mais avant d'aller sacrer le roi à Reims, il y a du chemin à parcourir contre les lignes anglaises. Ses hommes se souviennent de la bataille terrible perdue à Azincourt, et pourtant ils suivent Jeanne.

Ils vont gagner Laon, Coulommiers, Compiègne, Troyes, Châlons-sur-Marne, malgré les anglais qui attaquent de tous les côtés. Ils arrivent à la basilique Saint-Remy de Reims où le dauphin est fait roi de France avec l'onction du Saint Chrême.

Contre l'avis de Jeanne, le roi préfère négocier avec le duc de Bourgogne plutôt que de filer en hâte avec Jeanne et ses troupes vers Paris. Le nouveau roi salue la population, alors que Jeanne attend les troupes du roi car elle n'a pas d'effectif suffisant pour la seconde fois, le roi se pavane.

En même temps les anglais sacrent à Paris leur roi Édouard III, mais sans le saint chrême, il n'est pas reconnu roi de France.

Jeanne fonce, elle est blessée à la cuisse par une flèche, talonnée par le duc de Bourgogne elle dissout son armée épuisée. Elle va recruter des mercenaires et gagne Melun, **Le roi Charles VII l'abandonne**.

Elle défend Compiègne en attendant l'armée royale qui ne viendra pas.

Elle se lance à l'attaque des Bourguignons pro-anglais, mais ce sont eux qui capturent cette héroïne d'1 mètre 58 qui les a tant fait courir, et la vendent aux anglais à Compiègne pour 30 000 livres. Ils jubilent de remettre à sa place celle qui s'était autorisée de leur écrire :

« Roi d'Angleterre.
Je suis chef de la guerre et vous assure qu'en quelque lieu que je trouverai vos gens en France, je les combattrai. Je suis envoyée par Dieu, le roi du ciel, pour les bouter hors de toute France ».
Lettre envoyée le 22 mars 1429.

Le seul reproche hérétique qui lui est fait est celui de se « travestir » en homme. L'Église catholique la considère comme relaps et la condamne au bûcher, la traitant comme une sorcière. Enfermée à Rouen, questionnée, condamnée par l'évêque Pierre Cauchon, elle va être brûlée vive sur la place du vieux marché en 1431. Elle est martyrisée dans sa prison où elle s'est rhabillée en robe couverte de soufre pour brûler plus vite. Battue, violée, le bourreau n'aura pas le temps de l'étrangler avant comme il le souhaitait, et c'est en toute conscience, fidèle à sa foi, qu'elle fixe le crucifix sur le bûcher sans rien nier de sa vie et meurt le 29 mai 1431 à Rouen brûlée vive.

Elle apparaîtra à ses frères après sa mort.

Son roi n'a pas bougé le petit doigt pour la sauver. Par la suite, préssé par ses gens d'armes, ses courtisans, et les femmes de la cour, il demande enfin la révision du procès de Jeanne d'Arc et sa réhabilitation. Le pape Calixte III casse le jugement et réhabilite Jeanne d'Arc pour de nombreux vices de forme dans la procédure.

En 1909 elle est béatifiée et en 1920 canonisée par Rome. Au. XXᵉ siècle Sainte Jeanne est proclamée patronne de la France et l'Église Catholique la célèbre le second dimanche de mai.

Louis XI né en 1423 règne de 1461 à 1483 (24 ans). À son service, le seigneur de Bouchard d'Aubeterre lui donne des conseils en privé puisqu'il est nommé son chambrier. Il aura une importance capitale pour faire vivre cette branche des Valois au sein de la rivalité qui existe entre Bourguignons et Armagnacs. En effet le roi Louis XI prend part à une tentative de renversement de son père le roi Charles VII encore au pouvoir.

Enfin sacré, le roi Louis XI chasse tous les conseillers de son père (sauf de Bouchard d'Aubeterre) ce qui provoqua des rébellions de la part des nobles aristocrates et des riches bourgeois. Il arriva à reprendre la Bourgogne, hérita de l'Anjou et de la Provence. Il prend ses distances avec le clergé. Il réorganise l'armée d'où l'énorme travail du seigneur d'Aubeterre, très à son aise dans l'exercice de cette fonction. Le roi dynamise la ville de Lyon en l'industrialisant, grâce au Rhône qui mène vers la Méditerranée.

En 1441 Aubeterre bascule dans le protestantisme.

À Aubeterre on entend des récriminations :
« Il n'est pas normal que notre communauté protestante ne puisse exercer sa religion dans un temple, proclamèrent ses nombreux membres. Nous exigeons de pouvoir construire notre lieu de culte. »
Ce sont des vociférations !

La cour de Bordeaux accède à leur demande. Le temple sera construit avec du retard, mais il est bien là. Vous pouvez apercevoir un portail en bois vert au creux du rocher sur la route qui mène à Chalais. Il sert désormais de grange.

En 1458. Une véritable police de la foi sévit ! La cité d'Aubeterre calviniste chasse les catholiques qui de leur côté ne cessent de se plaindre à leur évêque et au Pape. Le temple est enfin construit et on pense qu'ainsi les esprits ne s'échaufferont plus.

Néanmoins sur le marché ou dans les ruelles chaque religion s'évite, la population de la cité demeure brouillée. Les éléments météorologiques n'arrangent rien et la population souffre. Les blés sont gelés, les bois n'ont pas été entretenus, les habitants meurent de froid dans cet hiver 1482.

Au printemps il n'y aura aucun fruit. La famine est terrible. La cour du roi est un autre monde, presque étranger, bien éloigné et qui semble se désintéresser de leur sort (pas tout à fait faux).

Dans les manses, il n'y a plus de tranchoir même chez les plus riches. Les manants se servent directement au pot de soupe se passant le cuiller pour ce breuvage fait de poireaux sauvages, de panais, de pissenlits, de cresson. Les pauvres récoltent des glands pour en faire de la farine et mangent l'ail sauvage des ours. Mais c'est bien peu pour satisfaire les ventres affamés, et travailler dur de longues journées.

En 1483 Louis XI décède et les protestants perdent un allié en sa personne.

Le dauphin n'a que 13 ans, et c'est Anne de Beaujeu qui devient régente de France jusqu'à ses 24 ans. Le roi Charles VIII né en 1470 régnera de 1483 à 1498.

En 1488 à l'appel de Louis d'Orléans, les grands seigneurs se soulèvent, dont le marquis d'Aubeterre, mais ils furent vaincus.

Grâce à son mariage avec Anne de Bretagne, le roi annexe la Savoie et la Bretagne, mais il échoue lamentablement en Italie en ayant perdu le Rousssillon et la Cerdagne remis aux espagnols, l'Artois et la Franche-Comté à l'Autriche.

Sa politique de paix échoue et il décède en 1498.

Le roi Louis XII lui succède. Il épouse **la veuve Anne de Bretagne** afin de conserver le royaume de Bretagne au sein de la France.

Le pays souffre mais en même temps l'art Florentin arrive au Louvre, avec la Renaissance. L'imprimerie se développe mais la rue a faim. Il n'y a pas de travail pour les ouvriers et leur famille, les enfants volent en un tour de main pour survivre. Seules dans leurs couvents les religieuses vivent de leurs jardins et peuvent donner la pitance aux journaliers et à ceux qui arrivent à louer leur bras. Les familles vivent dans des fonds de cour, dans le froid et l'humidité. La mortalité est importante, la misère règne.

Les personnes demeurant à Aubeterre souffrent et clament inlassablement cette litanie :

« Délivre-nous Seigneur, de la faim, de la peste, et de la guerre ».

Les pauvres hères dans la campagne se lamentent. La grippe dite « coqueluche » extermine une majorité d'enfants et décime la population, que ce soit dans les campagnes ou dans la cité.

La vue d'une robe noire n'est pas bon signe :

« *Dieu semble-t-il m'a assez vu sur cette terre. Il faut lui rendre grâce et vous dire adieu. Je crois que j'ai été à peu près honnête toute ma vie. Si j'ai fait du mal à quelqu'un, c'est sans le vouloir et j'en demande le pardon. Alors je pars tranquille comme si je finissais un labour* » dit un homme à sa *famille réunie autour du pasteur.*

Veuf le roi Louis XII né en 1462 règne de 1498 à 1515. Épouse en seconde noce Marie Tudor 1496-1533 nommé le « père du peuple ».

Les excès de l'Église Catholique ne passent plus aux yeux des lettrés et auprès de toutes les personnes cultivées et de celles qui détiennent l'argent.

Des réunions secrètes se tiennent dans les maisons.

Une évasion de riches bourgeois, nobles, et hauts clercs qui provoquera une perte très grave pour les siècles à venir, celle de la fuite des huguenots, instruits et cultivés, des bourgeois puissants, des nobles et de nombreux chevaliers, mais aussi une majorité de clercs qui partent vers Genève, les Pays-Bas, l'Allemagne, l'Italie, afin de pouvoir y vivre leur religion librement. Une véritable hémorragie de l'intelligence et de la puissance du fait de la fuite huguenote. Elle se déroule discrète, sans bruit le pays telle une lente hémorragie. Le pays perd progressivement ses clercs, ses lettrés et bourgeois, des nobles, des artisans, et des paysans riches.

Chapitre 16 :
L'ami Bouchard, le roi François Ier. et Henri IV

Rappel : Le Baron François II Bouchard d'Aubeterre, né en 1500, est appelé à la la cour du roi. Il va y rencontrer ses trois épouses. Ardents catholiques, ils sont de toutes les manifestations et cérémonies. Ils vont avoir trois enfants avec dame de Sennecy.

- Veuf, il épouse Florence Gentil qui lui donne une fille : **Marguerite de Bouchard d'Aubeterre qui épouse à son tour Claude Achard de Verac**, écuyer du roi. Ce sont eux qui vont occuper le château, gérer les terres et les biens qui restent aux de Bouchard à Aubeterre et ses environs.
- Veuf de nouveau François II Bouchard d'Aubeterre âgé, épouse Isabeau de Pompadour 1494-1562. Madame Isabeau de Pompadour est une fervente catholique, ce qui n'empêche pas Madame de Pompadour d'avoir un amant de quarante ans plus jeune qu'elle qui la cocufie et mène grande vie aux jeux d'argent directement prélevé dans la poche de François II Bouchard d'Aubeterre.

Madame de Pompadour jetée du château d'Aubeterre par les enfants de son époux décédé, finira par obtenir par de nombreux procès celui de Bonnes en semant la zizanie parmi tous les héritiers.

Le roi François Ier remporte contre les Suisses la bataille de Marignan en 1515 contre les Milanais. Il entretient son ambition de devenir empereur, étant le rival de Charles Quint (Charles Ier d'Espagne). Il tente même de faire alliance avec l'Angleterre, en vain. Il lutte contre la maison d'Autriche suite à la trahison des Bourbons.

Veuf, il épouse Éléonore d'Espagne, fille de Charles Quint en 1530.

Le roi introduit les femmes dans la vie sociale et naturellement surtout, dans la sienne… Elles ont droit d'assister aux joutes, à la chasse et peuvent s'asseoir dans des fauteuils. Ce sont elles qui vont commander des armoires à l'italienne, aménager les châteaux de façon plus confortable, organiser des fêtes magnifiques, acheter de la vaisselle la plus recherchée des cruchons et des verres de fine facture italienne puis de la fine vaisselle française.

Il se lie avec les princes protestants d'Allemagne contre les Habsbourg d'Autriche soutenus par les Turcs de Soliman le magnifique.

La Provence est envahie. François Ier abandonne, la Savoie, le Piémont, la Flandre, l'Artois et Naples afin d'acquérir la Bourgogne.

Il met en place une réforme majeure, en effet tous les registres de comptes et de procédures judiciaires, tous les actes sont désormais écrits en français. Très sensibles à l'art, poètes et peintres et de nombreux artistes (dont Léonard de Vinci) sont accueillis à bras ouverts. Il fonde le collège de France et l'imprimerie Nationale, où chaque édition doit laisser un exemplaire.

Très ambitieux, se sachant bel homme 1 m 97, il promène sa cour fort brillante de châteaux en châteaux royaux de l'Île de France à la Vallée de la Loire.

Il fonde la monarchie absolue.

Les Bouchard d'Aubeterre…

En 1522 François III Bouchard d'Aubeterre, chevalier, fera beaucoup parler de lui car à 22 ans il va participer à la conjuration d'Amboise, véritable coup d'état protestant contre le roi François Ier, en y participant et en la finançant.

Il y aura eu tentative d'enlèvement du roi dauphin, le tout organisé par des gentilshommes protestants. En réalité, l'objectif de ces derniers est de soustraire le dauphin à la tutelle des Guise, catholiques influents, trop proches du pouvoir et pesant de tout leur poids sur les décisions royales.

La fille du roi, Anne de France, s'intéresse à l'art Italien très en vogue. Ce sera le début de cette époque flamboyante que l'on appelle la Renaissance.

Le roi François Ier plusieurs fois viendra chez les de Bouchard d'Aubeterre. Une franche affection de bons vivants, d'amateurs de beauté, de belles femmes aussi, le lie à la famille de Bouchard d'Aubeterre. L'hiver y est plus ensoleillé qu'au Louvre, et le cognac des Plassons est abondant.

L'été, les dames nobles portent à leurs pieds de fines chaussures à petits talons, brodées de fleurs ou de paysages avec des oiseaux. Quant aux coiffures, elles deviennent extravagantes, contrairement aux modes passées où les femmes s'épilaient le devant du crâne afin qu'aucuns cheveux ne dépassent de leur coiffure et qu'elles puissent être couvertes d'un voile.

Désormais les coiffures sont plus libres, les femmes aussi, les tissus deviennent légers l'été, la finesse du lin et l'arrivée des premiers cotons soyeux vont changer la vêture de ces dames.

La période de chasse occupe les hommes venus de toute la France mais ce sont bien les questions de politique et de religion qui sont au centre de leurs préoccupations et conversations.

Le château d'Aubeterre devient un haut lieu centre de la réflexion religieuse et politique. La cité est forte, influente, libre et toujours riche.

Le roi François Ier très conquérant dans ses amours et aventures féminines, aura eu une liaison plus forte et sérieuse avec l'épouse de son trésorier royal, Marie Gaudin considérée comme la plus « belle femme du monde », fille du maire de Tours.

Il sera l'amant de cette jeune femme à ses 18 ans. Marie Gaudin, roturière, réputée la plus belle femme du monde, sera la Maîtresse en titre du roi François Ier, mais aussi de Charles Quint et du Pape Léon X; les trois hommes les plus puissants de l'époque… elle décédera à 22 ans.

Les chevaliers perdent en poids politique mais confortent leurs commanderies, le roi veut que tous ses sujets soient à sa botte. Il veut régner en empereur. François Ier a compris le besoin de récupérer son pouvoir sur des parcelles seigneuriales qui lui échappent et sont totalement autonomes n'obéissant qu'au pouvoir ecclésial et non au roi. Il va donc s'entourer de familles nobles leur conférant puissance militaire afin de pouvoir réunir les terres de France. Il peut ainsi mener les guerres contre l'Italie, conserver Venise, et tenir tête à son ennemi préféré Charles Quint qui empiète sur les comtés que lorgne le roi François Ier.

Pour les de Bouchard d'Aubeterre ;

La proximité des Valois à Angoulême donne occasion à de multiples rencontres, tournois et bals au château d'Aubeterre. François Ier a une prédilection pour le château d'Aubeterre.

Il se désole de voir la serre dans un état de délabrement avancé, et va faire engager des travaux pour que d'une forteresse, le château médiéval de son ami devienne une résidence agréable. Les frais ne lui font pas peur, il sait que la famille d'Aubeterre est très riche.

François Ier à *Engoulesme*. La mode change littéralement, le faste de la Renaissance va s'épanouir dans tous les domaines, que ce soit dans les arts, les bâtiments ou les écrits. Mais cette époque sera témoin d'évolutions importantes également dans l'art de gouverner, la rédaction des lois, jusqu'à l'art culinaire et la médecine enfin reconnue.

La cour du roi François Ier sillonnera tout le long de la Loire, sa suite étant composée d'une maisonnée nombreuse. Il fera bâtir de nombreux châteaux, car le roi est un insatiable architecte, et un dépensier hors pair. Il fait suivre des colonnes de meubles et de vaisselle pour rendre la vie dans les châteaux plus agréable. Il foisonne d'idées, il dévore la vie avec les femmes, à table il mange comme deux, il n'est jamais fatigué.

Très bel homme il ne se vêt qu'avec des habits luxueux de tissus de soie, de broderies des plumes et des perles, de l'or, des velours les plus fins, les femmes suivent son exemple, sauf à la guerre. Ce roi est un meneur d'homme, il veut reconquérir l'Italie qu'il considère comme sienne.

Il a gagné Marignan en 1515 mais perd la bataille de Pavie, et ne pouvant réunir la somme à verser, c'est le cœur saignant qu'il donne ses deux fils, le dauphin et son frère le duc d'Orléans comme otages à Charles Quint. Ses garçons resteront en prison quatre années, et c'est leur grand-mère, Louise de Savoie, qui va faire fondre ses bijoux et de la vaisselle pour constituer la rançon. Elle fera des emprunts et ira elle-même chercher ses petits enfants avec la rançon car elle craint trop que le roi n'arrête le convoi avec ses caisses remplies de pièces d'or et détourne cette fortune pour ses dépenses personnelles.

À leur retour, le roi François Ier est fou de joie. Il considère le dauphin François de France mort prématurément soit d'une pleurésie, soit empoisonné sur ordre de Charles Quint comme étant sa priorité absolue, laissant de côté son frère Henri futur Henri II qui en souffre. Ni l'un ni l'autre ne se plaindront des mauvaises conditions de leur détention en Espagne durant quatre ans, mais ils en garderont un vif souvenir et la santé fragile. Ils sont pourtant aimables, et se montrent bons et généreux avec ceux qui les entourent, mais à l'intérieur d'eux-mêmes ils sont brisés et marqués à vie. Plaie qui saignera lorsque la fille de Charles Quint sera épousée par un de Valois.

Cela n'empêche pas le roi de revenir habillé de passementerie d'or et de pierres précieuses, avec une large fraise autour du cou brodée de fils d'or. Il vit dans le luxe, entouré d'objets d'art et dans l'abondance de l'art de la table.

Il effectue des commandes de meubles en noyer pour ses châteaux, il en a assez des malles uniformes et choisit des tapisseries à prix d'or. Il fait créer des jardins autour de ses châteaux, creuser des pièces d'eau. Quand il se déplace, c'est un cortège de carrosses, véhiculant sa mère, sa femme et ses enfants ainsi que toute une troupe armée avec ses proches comme les de Bouchard d'Aubeterre, mais aussi ses maîtresses avec leurs suivantes. Les domestiques vont à pied une ou deux journées devant pour aménager les châteaux en attendant l'arrivée du roi et de sa cour.

Il aime tout ce qui contribue à rendre fastueuses les fêtes. Bon cavalier, il danse merveilleusement bien. Il lorgne chaque nouveau jupon qui arrive à la cour, et son bon goût ne se dément pas. C'est un honneur pour les femmes que d'être reçues dans les appartements très privés du roi. Oui, aujourd'hui on dirait que c'était un coureur de jupons. À l'époque on le respectait car toutes ses aventures étaient vécues de manière romantique, élégante et honorable.

Le roi François Ier commencera à faire des travaux au Louvre pour le rendre plus confortable, mais il va se fixer plutôt dans ses nouvelles constructions à Fontainebleau, Amboise, ou encore Blois, la Noue, Villers-Cotterêts, Chambord, Fontainebleau.

Il aura dépensé des fortunes pour amener à la France l'esprit de l'art italien. Grâce à lui l'art fleurira et de nouvelles techniques architecturales feront leur apparition.

La France sort du moyen-âge et c'est l'avènement de la Renaissance. Chaque noble veut l'imiter. Les châteaux forts en France se transforment à vue d'œil, pensant que la guerre a disparu les tours se coiffent de toits, les fenêtres à meneaux s'ouvrent sur l'extérieur. Des merveilles architecturales s'affichent sous forme de tourelles ciselées, de cheminées audacieuses, de longues terrasses à colonnettes. Partout on voit les fenêtres rendre moins hostiles les murs épais, même le pont-levis ne paraît plus aussi effrayant et l'entrée du château s'agrémente de larges allées.

On empierre les cours d'apparat, des toitures s'ébauchent de tous les côtés, des échauguettes pour les besoins nécessaires tombent directement dans les douves, celles-ci étant recreusées et réalimentées avec plus d'eau. Des dentelles de pierre sculptent chaque clocheton, ornent les porches, les fenêtres. Les vastes escaliers annoncent l'entrée officielle du château, et pour certains on y accède en carrosse par un escalier utilisable par l'attelage des chevaux.

En 1530 avec sa mère Louise de Savoie et Marguerite d'Autriche, il signe le traité des dames pour apaiser les guerres de religions et pacifier le pays.

Pour les petits délits commis *par les protestants*, des pénitences pas trop lourdes étaient imposées, comme la fustigation au cours de la messe en latin, les visites obligatoires à toutes les églises, les pèlerinages, l'entretien d'un pauvre, le port de la croix d'infamie sur les vêtements, et cela pouvait aller jusqu'à la prison perpétuelle. On leur menait une vie infernale et pour les cas les plus graves, c'était la pendaison ou le bûcher.

Pour l'hérétique opiniâtre le bûcher était assuré. Bien sûr la confiscation de ses biens au profit des dépenses de l'inquisition était systématique. Quand un dominicain de blanc vêtu arrivait, la peur saisissait la population. L'inquisition s'installait avec son cortège d'arrestations et de jugements.

Faux témoignages, délations, règlements de comptes sévissaient, à la recherche de résultats spectaculaires qui semaient le malheur. Les franciscains en noir avec leur cordon à la taille rivalisaient de cruauté avec les dominicains pour accroître le nombre des relaps incriminés. Les méthodes de chasse à l'hérétique ne cessaient de s'améliorer de façon ignoble et impitoyable.

Sous la torture, l'être avoue tout. Le voisin, le frère, le père ou la mère, le cousin soi-disant hérétique est dénoncé.

Quant aux supplices, en Dordogne, un musée expose les instruments qui servaient à la question. L'imagination était fertile pour faire souffrir et arracher des aveux, même s'il n'y avait rien à avouer !

Alors, dès que la rumeur de l'arrivée de la mule de l'inquisiteur sourdait, sans bruit, les familles quittaient leur habitat, en emmenant un petit ballot sur l'épaule, abandonnant les animaux, leur maison, leurs terres, et tous leurs biens. Ils parcouraient les massifs, longeaient les fossés des nuits entières pour s'établir dans une région moins hostile vers la frontière, espérant ne pas avoir été repérés.

Certains soirs dans leur humble logis, devant l'âtre de la cheminée, une mèche de suif tremblante éclaire faiblement la lecture faite par la jeune Albertina chez les Muller. Debout, avec dévotion, elle tient dans ses mains comme un trésor, la bible française que son père était allé cherchée emmaillotée sous le tas de bois de chauffage. Plusieurs adultes huguenots réunis autour de cette famille écoutent religieusement l'enfant lire des chapitres et des versets à la demande du père. La réunion se tenait secrète et finissait par le psaume 22 qu'ils chantaient tous en chœur.

« Dieu Pasteur de son peuple

Le Seigneur est mon berger : je ne manque de rien. Sur des prés d'herbes fraîches, il me fait reposer.

Il me mène vers les eaux tranquilles et me fait revivre ; il me conduit par le juste chemin pour l'honneur de son nom.

Si je traverse les ravins de la mort, je ne crains aucun mal, car tu es avec moi : ton bâton me guide et me rassure.

Tu prépares la table pour moi devant mes ennemis ; tu répands le parfum sur ma tête, ma coupe est débordante.

Grâce et bonheur m'accompagnent tous les jours de ma vie ; j'habiterai la maison du Seigneur pour la durée de mes jours. »

Puis délicatement, le père reprenait la bible écrite en français pour aller la cacher et la remettre en sûreté, tandis que les ombres noires des participants s'évanouissaient dans la nature en silence.

Lorsqu'il faisait beau, les réunions des relaps se tenaient en forêt et les voix s'unissaient pour chanter lors d'un baptême ou d'un mariage. Le culte de consolation était célébré en absence du corps déjà déposé en terre, anonyme, au pied d'un bel arbre. Une réunion de prières se faisait entre proches et amis. Tous connaissaient par cœur le psaume 22, dans la ferveur et l'assurance du royaume du Père Éternel.

Une assemblée d'hommes de femmes, tous attentifs à l'enseignement de la bible, et désireux de refuser la façon de vivre des catholiques avec leurs fastes et les compromis, ayant qui plus est des mœurs dissolues et hypocrites, usant de pratiques et comportements qui selon eux ne correspondent pas aux exigences évangéliques. Tout cela reste naturellement caché, et les huguenots deviennent de plus en plus nombreux dans le secret.

Ils sont pourtant chassés et épiés par les prêtres qui repèrent ceux qui ne viendraient pas à la messe dominicale pour une raison valable, ceux qui ne se signent pas correctement, ou ceux qui ne récitent pas les prières par cœur, qui ne seraient pas baptisés afin de les dénoncer aux deux ordres de l'inquisition.

Le roi François Ier a accordé un édit de tolérance, mais dans les faits, les protestants doivent toujours se cacher.

Protestants de France femmes et hommes, bourgeois, lettrés, clercs, la plupart du temps vivant dans la simplicité, refusant les fastes et tous les artifices, mais sachant bien gérer les affaires financières.

La France est convoitée par les pays voisins. C'est le pays le plus puissant, le plus riche, et diversifié dans ses régions prospères, le plus peuplé et le plus grand. Il mesure 400 000 km^2.

Malgré les cinq guerres de François Ier, le pays vit bien, les religions catholiques et protestantes se « tolèrent » peu ou prou, en évitant les confrontations.

François Ier a même réussi le tour de force de nommer lui-même ses évêques et ses abbés. Le Pape a perdu de son pouvoir sur la France, et François Ier encaisse des dons importants traditionnellement orientés vers l'Église, les détournant vers ses propres caisses.

François Ier est un excellent administrateur, il a réformé en profondeur l'organisation du pays en départements afin de faire rentrer plus d'impôts. Le seul problème c'est que le personnel ne suit pas et que de grandes régions comme dans tout le Sud Ouest ne sont pas travaillées.

L'apprenant son cousin, Henri de Navarre protestant, qui a besoin d'argent, mande à François III Bouchard de lever les impôts et de les détourner pour la cause protestante. Ce dernier va parcourir l'Angoumois, Le Limousin, Le Périgord, la Guyenne et apporte à Henri de Navarre de fortes sommes que le roi François Ier ne verra jamais. Le roi suspecte son ami Bouchard d'Aubeterre, et il confiera plus tard à ses fils d'aller prélever les impôts eux-mêmes en Périgord.

De retour de sa campagne d'Italie, il convainc et donne des gages importants à son cher ami Léonard de Vinci, qui apporte dans ses bagages, en venant s'installer au Clos Lucé, le célèbre tableau de Mona Lisa ainsi que de nombreuses maquettes de guerre dont la célèbre « faucheuse », mais aussi le vélo, l'avion, l'utilisation de la vapeur, des travaux d'astronomie, des poésies, et de la médecine…

D'autres poètes et architectes, des peintres, des sculpteurs sont attirés de même par les fastueuses conditions promises par François Ier pour venir s'établir en France, et vivre de leur art.

Léonard de Vinci visionnaire, est entouré de toute l'amitié de François Ier qui en prendra soin comme si c'était un membre de sa famille. Confortablement installé au Clos Lucé il peut à loisir dessiner les plans des machines de guerres, et mettre son génie et son imagination à l'œuvre pour nombre d'inventions de toutes sortes. Précurseur inventif, il écrit, peint, dessine, sans pression aucune. Il y vit heureux seulement trois ans avant de mourir.

C'est un amoureux des éléments du vent, des arbres, de la nature, des étoiles, du soleil. Il va même créer un jardin insolite pour vérifier les réactions de ses calculs et de ses plans au niveau de ses recherches en aéronautique.

Dès qu'il le peut, le roi s'invite chez son ami lorsqu'il vient au château d'Amboise. Contrairement à ce qui est souvent rapporté, Léonard n'est pas mort dans les bras du roi, mais il est bien décédé au Clos Lucé. Il aura été entouré de l'affection et de l'admiration de François Ier qui fut profondément affligé de son décès.

Cependant il va dépenser sans mesure pour inviter Charles Quint à Paris dans une débauche de luxe, et ce, afin d'impressionner l'Empereur qui restera campé sur ses positions militaires et s'empressera de ne pas l'aider à conserver l'Italie, alors que François la convoitait toujours.

Son ennemi préféré s'est bien joué de lui. Tellement imbu de sa force, le roi François Ier ne s'apercevra qu'au dernier moment de la forfaiture de Charles Quint, s'illusionnant sur son amitié, car faisant fréquemment la fête ensemble, ayant la même maîtresse. Mais Charles Quint n'hésita pas à faire prisonnier François Ier à Pavie en lui demandant une forte rançon pour le libérer, et à prendre Rome sous son nez.

Charles V dit Quint, est maître de l'Espagne, de la Flandre, de l'Autriche, et de l'Allemagne,

Empereur, homme d'une intelligence rarissime, il sera vaincu par les Maures, et finira sa vie dans un couvent en 1558 sous le roi Henri II qui le forcera à se retirer.

Le roi François Ier aime Fontainebleau et ses chasses. Les banquets qu'il y fait servir sont somptueux :

Potage au riz et au safran, huîtres, melon, saumon frais, chapons, oiseaux divers, bécasses farcies à la châtaigne, moutons à l'aillade, fromages, fraises au vin pour les hommes, crèmes, beignets, tartes.

Les femmes sont tout autant des objets de convoitises et celles-ci rivalisent de beauté et d'élégance. Chacune se ruine en élégance… de tissus en parfums, en passant par des coiffures extravagantes.

Le clergé n'est pas en reste et vit selon la mode de la cour, comme les seigneurs, avec femmes maîtresses, enfants et domestiques. Les plus élevés dans la hiérarchie ecclésiastique détournent l'argent à leur profit et mènent grande vie, menaçant du feu de l'enfer le petit peuple s'il ne veut s'acquitter des redevances auprès de l'Église.

Mais le malaise gronde. Alors que le roi François Ier avait toléré les huguenots. Le roi François Ier ne peut laisser passer cet affront de Luther et surtout de Calvin qui remettent tout en cause : le clergé, la messe, les sacrements de l'Église, les saints, la simonie, c'est-à-dire l'achat de jours de purgatoire afin d'aller plus vite au paradis ; et puis cette dénonciation d'un clergé aux mœurs dissolues, qui fait régner la terreur sur la population.

Il se doit, lui, le représentant de Dieu sur son royaume de réagir. Malheureusement ce ne sont pas les meilleurs conseillers qui l'entourent, ce que redoutait de Bouchard d'Aubeterre. Ce sont le clan des Médicis, la Ligue catholique, les Bourguignons, qui tous d'un même élan veulent éradiquer cette nouvelle religion, en commençant par en supprimer la tête de file.

Poussé par les femmes qui le côtoient, ainsi que ses cousins de Guise et par la reine mère pourtant pacifiste jusqu'alors, il donne l'ordre qu'à la nuit les soldats tuent tous ceux qui sont protestants dans Amboise. La conjuration d'Amboise est une véritable boucherie dans les rues de la ville. Au matin les sols sont jonchés de cadavres, les pavés et les ruisseaux sont rouges. Les dépouilleurs s'empressent de voler les habits des macchabées avant que ces derniers soient jetés nus dans la Loire.

Le roi François Ier n'avait pas réagi du fait que son meilleur ami de Bouchard d'Aubeterre soit huguenot, ce jour-là c'en est trop. En effet, depuis que François Ier a autorisé l'imprimerie, des billets diffamatoires circulent sous le manteau, et même des pamphlets contre la religion sont placardés à la porte de sa chambre. C'est le coup de trop !

Les huguenots continuent leur propagande et ne cessent de dénoncer la liste des excès des religieux et de la royauté. Très en colère, le roi répond de façon cinglante, toutes les poutres d'Amboise voient se balancer deux ou trois huguenots aux merlots. C'est une véritable horreur dans les rues d'Amboise pendent les hommes et les femmes comme des pantins à la porte d'Amboise et dans toute la ville.

La reine Catherine de Médicis jusque-là tolérante des huguenots, ne supporte plus les protestants surtout les fidèles amis d'Henri de Navarre qu'elle a elle-même élevé au Louvre confié par son père. Elle attend une autre occasion pour les exterminer. Pour elle ce n'est pas encore suffisant. L'Histoire lui donnera raison.

Le balafré, duc de Guise, revient de champagne avec ses troupes pour accompagner au bateau la jeune reine Marie veuve du roi François II fils aîné de François Ier. Elle catholique, veut regagner l'Écosse totalement protestante pour y être reine. La reine Marie veut prendre sa place de reine en Écosse, mais aussi en Angleterre, et éliminer sa propre cousine qui lui a pris sa place ! Elle passera toute sa vie à attendre dans différentes prisons pour finir par être condamnée à mort par sa cousine la reine d'Angleterre après de maints complots d'évasion et de tentatives d'assassinats sur sa cousine.

La première étincelle de la guerre de religion va partir en 1562 du petit village de Saint-Sardos en Lot-et-Garonne, le long de la Baïse.

Sur le retour, en passant par là, le duc de Guise entend des cloches sonner en pleine journée. Il demande qu'on aille quérir le prêtre pour qu'on lui explique ce qui se passe. Le gros de la troupe est massé derrière le cimetière, l'église et le château. Un autre petit groupe attend sous la halle centrale. Le curé arrive en courant avec des miettes encore sur son habit noir.

« Qui chante et pourquoi sonne-t-on la cloche ? demande le balafré.

— Sire, ce sont les protestants. Ils sont au moins 500, réunis dans une grange accolée au château.

— Les chants sont en français ? (Les protestants chantent à pleine voix en français comme c'est écrit dans la Bible) ce qui finit d'exaspérer le duc de Guise.

— Ils se prennent donc tous pour des prêtres ? L'édit du roi exige que leurs manifestations se déroulent hors du village.

— Mais c'est le cas, Monseigneur, la grange n'est pas sur les terres du village, murmure le curé mort de peur.

— Leurs rites blasphématoires doivent rester discrets, je les entends comme si j'y étais. Que deux hommes partent en messager pour faire arrêter ce scandale. »

Le soldat Le Pin et son acolyte Vergnau, tous deux soldats rompus au combat et pressés d'en découdre ne se font pas prier. Ils poussent la vieille porte de la grange, et se voient l'accès barré par quatre protestants imposants. La grange est pleine d'hommes, de femmes et d'enfants debout car il n'y a pas de bancs. Riches et pauvres sont mélangés, ce qui n'est pas le cas chez les catholiques puisque dans les églises, des places d'honneur en tribune sont réservées pour les nobles et les personnes riches dans des balcons. Les catholiques pauvres dans les églises doivent se masser derrière et près de la sortie.

Un pasteur monte sur une chaire improvisée et prend la parole pour commencer sa prédication.

Le service d'ordre protestant empêche les hommes armés de pénétrer dans la grange,

« Laissez-nous entrer, ou bien la troupe va vous faire sortir ! dit Le Pin.

— C'est le temps de la prière et vous n'êtes pas les bienvenus car vous êtes catholiques, argumente le protestant barbu ».

À quatre hommes contre deux, la partie semble inégale. Le protestant barbu bouscule le Pin qui réplique en le poignardant dans le ventre et le barbu se met à hurler de douleur, retenant dans ses mains ses intestins avant de s'écrouler à terre.

Un mouvement de panique s'amorce, certains sortent par la porte et se font immédiatement tuer par l'armée postée à l'extérieur. D'autres fuient par les trous du toit en chaume, et se font tirer dessus. D'autres enfin qui s'étaient enfuis par un escalier avec nombre d'enfants sont occis sauvagement dans une fureur vengeresse, à la pointe de l'épée comme des brochettes.

Le duc de Guise se réjouit de la conclusion de cette rencontre inopinée et du dénouement de cet événement jubilatoire :

« Ils vont avoir compris après ça ! Cinquante morts, cent cinquante blessés protestants, et le pasteur sera arrêté puis pendu haut et court sous la halle. »

Les hommes du duc de Guise pillent les corps, et l'armée repart une fois son forfait accompli. D'aucuns n'avaient imaginé avoir allumé la guerre de religion entre catholiques et protestants en France de 1562 à 1610.

C'est le départ des massacres qui vont durer jusqu'à la mort d'Henri IV soit pendant 48 ans. Des catholiques aussi seront assassinés. 1 % par rapport aux protestants.

Plusieurs fois **le Prince de Condé (protestant) fera appel à François III d'Aubeterre (protestant) ainsi qu'en 1568 à Henri de Navarre (protestant)**. Ils demanderont au seigneur de Bouchard d'Aubeterre de se saisir des deniers transportés en calèche dans les bois du Périgord et de la Saintonge pour enrichir la cause Réformée. Il sera toujours la fidélité incarnée pour son ami Henri de Navarre.

L'incendie de la guerre de religions se propage à une vitesse folle dans tout le royaume. On dénonce, on poursuit, on tue, on dépèce, on vole. Hommes, femmes et enfants vivent comme des bêtes traquées et défendent jusqu'au bout leur territoire. Un meurt, deux se lèvent pour le venger.

La suspicion règne, chacun se méfie de celui ou de celle qui serait absent à la messe du matin, et ne réciterait pas les cinq prières du jour. La contre-offensive des catholiques tourne à l'obsession maladive de voir des huguenots partout, dans la domesticité, dans les marchands, les usuriers, les voituriers, tout est suspect. Toute personne devient un ennemi potentiel, l'inquiétude est palpable, permanente, la vie quotidienne devient insupportable. La confiance est perdue, la paix et la sérénité aussi.

Dans un carré de tissu circule sous le manteau des milliers de bibles en français.

Dans le fond les boutiques, bien à l'abri, une planche contient les épreuves imprimées. Une fois séchées, les feuilles seront reliées par l'imprimeur le soir à l'abri des regards et de la lumière, l'échoppe étant solidement fermée. Sa fille ou son fils ira cacher le livre bien emballé, à l'abri dans des tonneaux, sous la paille, dans des endroits très discrets ou un à un, par message codé, au risque de leur vie, ils iront par la suite sortir les ouvrages pour les vendre aux protestants.

Cette invention certes, reste réservée aux personnes riches savoir lire et écrire, mais ce pas en avant dans la modernité est fulgurant. La publication des livres, l'acquisition des connaissances, la critique littéraire, le partage des recherches philosophiques, des inventions, des œuvres artistiques avancent à grande vitesse.

La Renaissance Italienne lance une nouvelle façon de vivre. Elle invente la liberté de penser, les salons mondains, alors qu'au moyen-âge tout gravitait autour de la religion. Les livres ouvrent au champ de la liberté, de l'échange, de la confrontation des idées et cela fait peur à ceux qui jusque-là détenaient le pouvoir, à savoir l'Église et la Monarchie.

Dans les couvents et monastères, chaque abbé, chaque prieur veut son imprimerie et ses copistes. Ces ouvrages sont de véritables trésors et posséder une bibliothèque, c'est montrer la richesse. Mais ils subissent la méfiance et parfois la hargne des seigneurs qui, illettrés, voient dans ces écrits l'œuvre du diable et la perte de leur autorité et souhaitent y mettre le feu.

D'autres moines assis à une table cousent des cahiers et les relient puis les protègent avec du bois recouvert de cuir et de tissus et pour les plus précieux avec des incrustations d'or, d'argent et même d'ivoire rapporté d'Orient.

À Aubeterre :

Un chanoine massif, haut comme un chêne et aux mains noueuses, à la poigne d'un tueur de bétail, s'avance vers la marquise d'Aubeterre, triste de se retrouver seule, après avoir perdu moitié de sa population par le mal sacré et la peste. À genoux elle fixe en silence le crucifix.

« Vous savez l'arithmétique, le latin, les lettres et la musique. Faites enseigner Madame ! C'est ce que Dieu vous demande ! Les jeunes gens qui ont résisté aux maladies doivent pouvoir s'instruire. Vous les sauverez en leur donnant vos connaissances.

Aubeterre a besoin de vous pour renaître de son malheur et retrouver sa splendeur.

Si vous le décidez, une école pourra être construite auprès du couvent des sœurs et vous, vous pourrez veiller sur la bonne tenue de l'enseignement qui y sera prodigué ».

Paroles, Paroles… Même si une école existe sous l'autorité des pères du couvent, seuls les garçons issus de familles riches ont droit à l'instruction. Les enfants dûment sélectionnés par le prieur sont sommés d'entrer à l'école, où ils sont majoritairement éduqués pour devenir prêtre.

La dame du château passe quelquefois chez les religieuses, mécontente que seuls les garçons bien nés puissent bénéficier de l'instruction, les religieuses ont pour mission de secourir les enfantelets abandonnés.

Un après-midi, elle s'arrête devant le couvent des Ursulines, sonne la cloche et se présente. Elle est de suite reçue avec les égards qui lui sont dus et elle propose séance tenante à la mère abbesse de faire instruire les jeunes filles de bonnes familles contre une bourse donnée à chacune pour qu'elles soient prises en charge par le couvent. La mère abbesse, fine et sachant compter ses sous ne se fait pas prier. Elle s'honore de cette confiance et lance avec joie le projet.

« Bien sûr madame la Marquise, mais il y aura des frais dit-elle avec empressement…

— Ma mère vous ferez le nécessaire, tout sera pris en charge.

— Mais comment convaincre les parents, pour qui lire dépend du diable ?

— Dites-leur qu'en éduquant leur fille, contre un peu d'argent, elles auront plus de facilité pour trouver un bon parti, un mari riche et bien né, et que le drap leur sera fourni par le château pour leur trousseau.

— Dans ce cas, commençons le plus vite possible » acquiesça la mère supérieure, ravie de cette aubaine pour rajeunir son couvent. Elle lance de suite des travaux pour créer un dortoir et aménager une grande salle de classe.

François Ier, bien sûr aura en son temps protégé les écrivains de persécutions abusives, comme Rabelais ou Érasme afin de leur donner la liberté d'expression d'écrire en se moquant de l'Église, des riches, des médecins ; mais le petit peuple n'en a pas connaissance. Le royaume s'est agrandi mais il est mal géré. C'est un panier de crabes qu'il va léguer à ses fils successeurs.

Son **fils Henri II mort** après la partie de jeu de paume aura fait entrer Catherine de Médicis dans la famille royale en 1533, princesse héritière d'un des principaux lignages aristocratiques italiens, elle va régner en coulisse sur la politique du pays de ses trois fils rois ce qui aura pour conséquence une permanente et intense influence italienne.

Les Guise ne cessent d'intriguer et ils mènent le monde politique contre les Coligny (protestants amis d'Henri de Navarre).

C'est Catherine de Médicis qui nourrit désormais une haine viscérale envers des huguenots, ne cherchant plus à temporiser, à médiatiser, ni à éviter la guerre des religions.

Elle ne supporte plus Coligny et les seigneurs protestants qui l'accompagnent. Elle entretient la haine envers les huguenots, comme elle hait Diane de Poitiers. Elle va tout faire pour conduire au massacre des protestants, y compris Henri de Navarre, Coligny et de nombreux mousquetaires, nobles ou clercs acquis à la cause Réformée préférant la droiture d'Henri de Navarre à l'attitude du roi dominé par Catherine de Médicis.

La maîtresse en titre d'Henri II « **Diane de Poitiers** » sera longtemps la conseillère intime du roi qui rappelle le duc de Guise d'Italie pour reprendre Calais aux anglais. Blessé par abus d'orgueil pour plaire à une dame lors d'un tournoi, le duc de Guise décède à 40 ans des suites d'une blessure lors de cette dernière joute avec Montgoméry.

Outre la chasse au grand gibier et les jeux de joutes ou de paume, c'est à la chasse aux huguenots que va se vouer cette famille, ne reconnaissant comme légitime que la religion catholique. Les rois Henri II, son frère François II qui lui succède passeront plusieurs fois à Aubeterre, pour se rendre dans un Hôtel particulier à Périgueux, rue Limogeane dans le but de lever la gabelle et les tailles dans cette ville. Mais il leur est répondu que ces redevances étaient déjà réglées (en effet, c'est vrai, de Bouchard d'Aubeterre en a ponctionné une partie pour les réformés depuis de longues années). On peut admirer une belle salamandre sur le chapiteau de la porte dans la cour de l'hôtel particulier construit pour les fils du roi François Ier rue Limogeanne à Périgueux. L'autorité des rois n'est pas reconnue et les populations du Périgord, du Limousin, de l'Aquitaine, de la Saintonge et de la Guyenne ne se laisseront pas « saigner » en payant par deux fois leurs impôts. Le coupable est trouvé : de Bouchard d'Aubeterre…

Le roi Henri II donnera des ordres et déposera dans cet hôtel particulier à Périgueux l'argent nécessaire pour assainir et transformer cette ville commerçante, étape importante sur le chemin de Saint-Jacques de Compostelle. Il la fera moderniser en faisant paver les rues, prévoyant des écoulements, des arrivées d'eau dans des puits au centre et autour de la première église précédant la future cathédrale de Périgueux.

Après sa mort, son frère le roi François II continuera la rénovation de Périgueux, mais depuis son mariage avec la belle Marie Stuart les conflits conjugaux prennent le dessus de la charge royale, et elle ne donne pas d'héritier à la France.

L'affaire des impôts est tirée au clair et le roi porte plainte contre le félon Bouchard III d'Aubeterre.

En 1569 Bouchard III d'Aubeterre sera condamné à mort par le parlement de Bordeaux comme chef des protestants de la Guyenne de l'Aunis et de la Saintonge puis gracié…

Grâce à des vices de forme lors de la vente des biens du vicomte, il récupère le château et une grande partie de ses biens.

Son ami de toujours, Henri de Navarre, n'oublie pas son fidèle soutien contre la puissante Ligue Catholique. Il l'aidera à maintenir sa position sur Aubeterre et ne le laissera jamais.

Malgré cela, il ne s'en sortira pas si facilement.

Chapitre 17
Les guerres à Aubeterre

Le duc d'Anjou, François de France, et son successeur le futur Roi Henry III, fils d'Henri II, très pieux et obéissant à la sainte Église Catholique et surtout à Catherine de Médicis, **assiègent Aubeterre en 1573**. Ils veulent éradiquer le protestantisme à la source et continuent des raids aux alentours contre les réformés. À la suite d'un long siège, le duc d'Anjou arrive à pénétrer dans le château en forçant les coursives. Fier de sa victoire contre les réformés il arrête Bouchard III d'Aubeterre.

Les habitants des hameaux de Palluaud, Saint-Séverin, Laprade, les Essards, Nabinaud, Saint-Antoine, Bourg-du-Bost, craignent l'arrivée des soldats avec raison car ils sont majoritairement protestants et ont peur pour leur vie. La majorité de la population fuit.

Les chevaliers ne sont plus reconnus dans leurs fonctions. Le roi Henri III veut que tous ses sujets lui fassent allégeance.

14 mai 1562 : Saccage d'Aubeterre.

C'est la révolte des paysans. Personne ne peut les retenir, ils n'ont rien à perdre car ils se sentent abandonnés sauf par les réformés. Trois jours de guerre dans Aubeterre pour exterminer cette fois-ci tous les catholiques. C'est l'enfer à ciel ouvert dans cette cité pourtant bénie des dieux.

Le sang gicle, les religieux sont égorgés, les fidèles catholiques poursuivis dans les ruelles et tués sans ménagement. Les lieux de célébration sont vandalisés, l'hôpital est sens dessus dessous, les couvents et monastères sont saccagés, la collégiale Saint-Jean est brûlée avec les meubles, les écrits, les ornements ; les vitraux sont brisés, les statues cassées. La foule se repaît d'un massacre qui couvait depuis longtemps de privations et d'injonctions catholiques. Seule la façade de l'église Saint-Jean tient debout dans cette fournaise.

Les portes des maisons sont défoncées, le moindre enfant caché est tiré et éventré sur place. Aux femmes grosses, on ouvre le ventre, pour qu'il n'y ait plus de rejeton catholique. Il y a tant de sang, qu'il ruisselle jusqu'à la porte barbacane et descend à la Dronne.

Le pillage bat son plein, les femmes protestantes volent portes et fenêtres pour les ramener à leur domicile. Les hommes démontent les pierres et rapportent leur butin chez eux avec des carreaux et des vitres.

La dame d'Aubeterre a bien tenté de sauver les ornements brodés d'or et d'argent, incrustés de pierres précieuses qu'elle avait offerts afin de tenter d'amadouer les clercs, mais elle n'y est pas parvenue. Tout a été brûlé. Ce ne sont qu'amas de cendres. La colère est trop grande, l'appétence de meurtre et de sang ne peut se contenir. Le vertige de toutes ces meurtrissures se meut en vengeance animale et ne semble pouvoir s'arrêter. Les religieuses sont violées, certaines brûlées vives. Ce ne sont que des appels à la mort trois jours et trois nuits durant, dans tout le village d'Aubeterre et ses environs.

Repus, les protestants assoiffés de vengeance reprennent en main une cité « mêlée de Français et d'Anglais » détruite, méconnaissable, mais protestante à 100 %. Seuls les quelques catholiques qui ont pu fuir dans les bois de la campagne sont saufs.

Charles IX né en 1550 roi de 1560 à 1574 épouse Elisabeth d'Autriche.

Catherine de Médicis très influente exerce le pouvoir à la place de son fils. Elle rejette la paix de Saint-Germain, signé par le roi et Coligny, dont elle se débarrassera en 1572 lors de la Saint-Barthélemy.

La guerre ouverte de Charles IX, inspiré en cela par Marguerite de Médicis, sévit dans tout le royaume contre les protestants. Les catholiques en chasse sont nommés les *chasse-crapauds*.

Le roi Charles IX marie sa sœur Marguerite de Valois à Henri de Navarre, en ayant bien soin de tenir Henri de Navarre sous sa main « enfermé » au Louvre, il y vivra sous la férule catholique de Marguerite de Médicis souhait de son père catholique. Il s'enfuira quelques années retrouver son Béarn et ses amis protestants, surtout sa mère.

Le soir des fêtes du mariage, l'ordre est donné d'assassiner tous les protestants venus en nombre assister au mariage d'Henri de Navarre futur Roi de France.

Ses amis, Coligny premier blessé et Conde, assisteront impuissants à l'ordre de Catherine de Médicis, de tuer, d'égorger, d'étrangler tout ce qui peut être protestant.

Ce sera le massacre de la Saint Barthélémy 23/08/1572.

Pillages, viols, massacres à volonté avec la bénédiction de la reine mère. La population est déchaînée. Rien ne peut arrêter cette machine infernale qui fera plus de 6 000 morts en France.

La cour ne se préoccupe pas du peuple. Elle est focalisée sur la guerre des trois Henri qui sont susceptibles de devenir le nouveau roi : **Henri de Lorraine (duc de Guise), Henri III (duc d'Anjou) et Henri de Navarre (futur Henri IV).**

Au château d'Aubeterre, la vie se rythme avec les guerres et les saisons. Les hommes sont absents durant les beaux jours, et reviennent l'hiver. Dans l'intervalle ce sont les baillis, le Sénéchal et dame marquise qui gèrent la châtellenie. Beaucoup de proximité avec le château de Bonnes et celui de Chalais et de nouveau d'heureuses rencontres en famille, des réceptions, de courts séjours chez les uns et les autres enchantent les enfants de ces trois familles et leurs mères.

La domesticité doit se plier, se soumettre aux ordres fermes du sire de Bouchard d'Aubeterre. Elle doit rester à sa place, c'est-à-dire sans autre droit que de devoir servir.

Et pourtant, la petite Julie, descendante de Nicolette et récemment orpheline, qui partageait les jeux des enfants des châtelains, se glisse subrepticement dans la malle en partance pour Paris. Personne au château ne s'en aperçoit pensant que Julie se trouve ailleurs. Orpheline, elle est majeure plus personne ne la surveille.

Elle subit les cahots des chemins effondrés, attend la nuit au relais de poste à l'occasion des changements d'attelage pour sortir de la malle afin de satisfaire ses besoins naturels. Puis elle alla chaparder dans l'auberge un bout d'oignon et une pomme, maigre pitance, avant de vite retrouver sa cachette au milieu des tapisseries décoratives transportées vers Paris.

Julie veut devenir une grande dame, et c'est sûrement auprès du roi qu'elle aura cette opportunité, elle en est persuadée. Elle sait lire grâce à sa mère qui tenait les relevés du moulin à blé pour le château d'Aubeterre. Mais sa mère est morte l'hiver dernier, son père a été tué sur un champ de bataille. Elle n'a qu'un frère qui ne sait que prier le bon Dieu. Elle ne le comprend pas et le laisse volontiers à ses dévotions, préférant l'action. « Aide-toi et le Ciel t'aidera ». Tel est le dicton qui tourne dans sa tête.

Le cocher est contraint d'arrêter l'attelage car une roue s'est détachée du chariot. Sa frayeur est grande car la malle dans laquelle elle s'était cachée a dû être saisie et posée violemment à terre. Le couvercle se souleva légèrement, mais par bonheur ne s'ouvrira pas. Quelques heures plus tard le convoi reprit la route.

Elle avait revêtu ses plus beaux habits, espérant trouver un emploi à la cour. Elle ne doute de rien, et fait confiance à la protection de sa mère qui lui disait toujours : « Tu finiras comme les princesses. »

Julie sent le train des chariots ralentir, et entend les bruits de voix mêlées ainsi que les sabots de nombreux chevaux lors d'un passage sur un grand pont. Mais elle ne comprend pas le parler de la foule.

Les attelages entrent dans une allée pavée, les domestiques font descendre la famille de Bouchard d'Aubeterre, puis s'attaquent aux malles et aux marchandises. Où va-t-elle atterrir ?

Plus que le silence. Elle entend au loin des bruits de fête. Il faut qu'elle sorte rapidement de sa cachette et doit prendre le risque de se faufiler. Avec son crochet elle ouvre délicatement la malle et vérifie si le champ est libre. Oui la cour semble déserte. Ses jambes engourdies sont comme en coton et peinent à la porter. Elle défroisse sa robe et son tablier, remet sa coiffe en faisant apparaître quelques mèches brunes.

« Holà, toi, c'est la cuisine qui t'attend de ce côté-ci. Ne traîne pas, il faut faire le service. Tu feras le *guilledou*[33] plus tard » lui lance un major d'homme en livrée, la prenant pour une serveuse.

Julie baisse la tête et presse le pas vers l'endroit où défilent les nombreux plats pour les invités. Elle remonte la colonne, descend des marches et se trouve au milieu de mitrons et de gens de service, portant différentes livrées, selon leur office et leur grade.

« Ah c'est toi enfin ! dit Jaquette, sans doute une femme de service. Elle hoche la tête et fait comprendre qu'elle ne comprend pas (la langue lui est inconnue). Le cuisinier crie après elle haut et fort avec grande impatience.

— Ce n'est pas la peine de lui parler comme ça, elle est sourde et muette, rétorque Jaquette.

— Allez suis les autres » lui fit-il, plein de lassitude, lui montrant la file des autres serveurs.

---

33 Aventure galante.

L'homme lui colle dans les bras un cuissot découpé et lui fait signe d'aller avec les autres au-dehors, éclairés par des chandelles et des torches.

Julie, surprise mais heureuse de l'opportunité, fait du mieux qu'elle peut en copiant Jaquette. Les convives rient, se saluent, certains jouent ou dansent, portent des masques. Personne ne lui adresse la parole, ce qui la soulage grandement et lui facilite le fait de pouvoir jouer le rôle de cette sourde-muette. Elle fait les allers et retours sans ciller, et attendra la fin de la soirée pour s'installer avec les autres domestiques. Elle les suit dans les combles du château et se laisse tomber tout habillée sur la paillasse près de Jaquette, même si la chaleur est suffocante, elle peut s'allonger après les jours de cahots qu'elle a subis. Elle s'endort d'un coup et peine à se lever avant l'aurore pour préparer les premiers déjeuners. Sa voisine la presse. Elles passent ensemble au baquet d'eau et aux coins d'aisance. Jaquette lui fait signe de se débarbouiller et lui tend un précieux peigne qu'elle détient du cadeau d'une dame de la cour. Jaquette est aussi blonde que Julie est brune. Elle lui fait comprendre par gestes qu'elles sont du lever de sa petite majesté, qu'elles doivent descendre pour prendre les plateaux. « Dépêche-toi ! », lui explique-t-elle avec force gestes.

« Son chambellan n'attend pas, et nous risquerions une bastonnade ou d'être jetées à la rue. Oui, je sais, tu ne comprends pas… alors je vais te tenir par la main, comme cela tu ne te perdras pas. Je vais te montrer tout ce que tu dois faire et tu feras tout comme moi. Le problème est que je ne peux même pas te donner un nom pour t'appeler ». Julie la fixe d'un regard faussement triste, jouant à merveille la sourde-muette.

Et voilà comment Julie est arrivée à la chambre du dauphin !

Tout l'étonne, les vastes pièces, les meubles, le nombre de soldats ; elle se colle littéralement à Jaquette pour ne pas se faire remarquer. Personne ne fait attention à elle, ce qui l'arrange bien, car elle n'a qu'une crainte, celle de se retrouver en face de Bouchard d'Aubeterre.

Mais pour l'instant elle ne risque rien car son seigneur est dans une autre aile du château, et prépare avec les généraux des plans de batailles. Il ne s'est jamais préoccupé des rejetons même royaux, alors même s'il la voyait il ne la reconnaîtrait sûrement pas ne pouvant l'imaginer au palais du Louvre.

Le dauphin intrigué par leurs maladresses qui fait rire la bonne société, s'enquiert de cette jeune fille brune et demande à Jaquette de s'avancer. Tous les nobles présents assistent à l'échange, surpris qu'un dauphin s'adresse à une domestique. Ils s'attendent à ce qu'il la ridiculise.

« Comment t'appelles-tu jeune fille ?

— Jaquette sire, bredouille-t-elle, pour vous servir. Lui faisant une révérence.

— Et qui est cette brunette qui est derrière toi ?

— Je ne sais pas sire, elle est sourde et muette.

— Voilà qui est PARFAIT pour mon service, dit-il, c'est ce qu'il me faut. Une personne à l'allure aimable qui n'entende rien et ne répète rien de ce qui se passe dans ma vie. Voilà une servante idéale ! » rit-il, et tout son entourage s'esclaffe comme le dauphin.

La foule des nobles et de ses amis autour du lit du dauphin applaudit en riant très fort.

Jaquette fait avancer Julie.

« Faites les vêtir comme il se doit de personnes dignes de mon entourage, et que désormais, elles soient toutes les deux toujours à mes côtés. » Et il les congédie d'un geste de la main.

Jaquette n'en revient pas :

« Merci sire de l'honneur que vous nous faites, elle se recule en faisant la révérence, sans se retourner pour ne pas offenser sa majesté, alors que Julie part dos au dauphin sans aucun complexe. Nouveaux éclats de rire des personnes présentes. Le dauphin ravit de ce divertissement et de son recrutement dévore son petit déjeuner. »

Le dauphin est d'excellente humeur, distrait par cet intermède.

Plus tard, au service de l'habillage du dauphin, les deux servantes qui sont devenues des suivantes vêtues avec élégance, sont à quelques pas derrière lui dans tous ses déplacements. Le dauphin exige même qu'elles dorment dans le cabinet adjacent à sa chambre. Il a toujours eu peur de la solitude, et de sentir leur présence le rassure.

Jaquette et Julie devenues complices vivent un rêve éveillé. Elles mangent désormais à chaque repas des mets savoureux, n'ont plus de tâches ingrates à faire, sont vêtues comme des demoiselles et côtoient les princes, les ducs, les marquises, les comtes et vicomtes, barons et chevaliers constamment. Elles jouent au croquet ou au volant.

Le dauphin explique à Jaquette qu'elle doit être attentive et de bien tendre l'oreille aux propos des courtisans susceptibles de l'assassiner à chaque instant. Julie fait toujours la muette. Les jours passent, les premiers bourgeons s'ouvrent dans les superbes jardins, lorsque Julie aperçoit deux hommes cachés dans un bosquet, la lame en avant prêts à occire le dauphin. Elle a beau tirer la manche de Jaquette, cette dernière ne la comprend pas.

Alors, elle prend la course, et barre la route au dauphin :

« Hé là, quelles sont ces façons brunette ! » Julie lui montre le bois, et se voyant découverts les deux criminels tentent la fuite. Mais les hommes d'armes sont là et les arrêtent un peu plus loin après une bonne course-poursuite dans les jardins.

« Hé bien brunette, tu m'as sauvé la vie, je veux te remercier, dis-moi… heu non, plutôt, montre-moi ce que tu désires ». Julie ne bouge pas et sourit au dauphin. Alors le jeune homme lui prend la main, cueille une rose, et la lui accroche dans les cheveux. Il garde à son bras Julie, rouge de plaisir et de fierté. Elle va devenir la maîtresse de ce dauphin qui l'aime tendrement. Un enfant naîtra de cette idylle peu commune. Un mâle va naître, une petite boule brune. Bien sûr il n'a pas de titre, mais des parents qui s'aiment. Julie parlera une seule fois, trahissant son secret, lorsqu'elle apprendra le nom de l'épouse choisie pour le dauphin futur Henri III, Louise de Lorraine de Vaudemont.

« Oh ! Non Henri dit-elle, je vous aime sire ». Elle s'enfuit en courant comme une folle et passe sous les sabots d'un attelage. Le dauphin interloqué par son geste et sa voix, ira la prendre dans ses bras, et lui dira à l'oreille :

« Sa majesté Henri III aussi t'aime brunette ! Comment t'appelles-tu ? »

— Juliiiie… rend son dernier soupir en souriant au dauphin. Leur fils Brunet, deviendra écuyer du roi à la petite écurie. Preuve est que le futur roi pouvait donner une succession…

Henri III venait d'être élu roi de Pologne lorsque son frère Charles IX décède cela l'obligera à revenir en France. Très porté sur les plaisirs avec ses mignons, il va hésiter sur la conduite à tenir à l'égard des protestants, notamment avec Henri de Navarre son grand et fidèle ami, ainsi qu'avec la ligue catholique des GUISE, humilié par ces derniers qui cherchent à lui imposer le cardinal de Bourbon.

En insécurité, le roi quitte Paris pour éviter l'assassinat et convoque les états généraux à Blois en 1588, où il fit assassiner Henri de Guise et son frère le cardinal de Lorraine.

Le troisième fils sans succession sera Henri III dit « le Bon Roi », qui tentera au maximum de ses possibilités de faire régner la paix et d'améliorer le sort des paysans qui manquent de nourriture et de donner du pain après des années de disettes, de mauvaises récoltes, de guerres, et d'incendies il sera lui-même assassiné un an plus tard.

Les taxes trop lourdes font régner un climat de rébellion, d'autant plus que les ducs se chamaillent les provinces faisant peser nombre de contraintes et de sévices sur les populations. Les complots entre les familles se commuent en assassinats et chacun porte sur lui sa dague pour se défendre. Tous les cousins sont sur les dents pour s'emparer du pouvoir et se déchirer les héritages.

Le clergé n'est pas en reste et est à l'affût de tous les mouvements suspects.

Les tractations entre les deux reines, Marguerite de Navarre protestante à Pau, et Catherine de Médicis fervente catholique à Paris, veulent l'une et l'autre se convaincre, d'amener l'autre à soi, s'influencer, se convertir mutuellement. Attitude qui offense le haut clergé. À la stupeur du clergé Catherine de Médicis a assisté à un culte protestant !

Son hôtesse, Marguerite de Navarre, croit l'affaire faite, mais elle se trompe, car si Catherine de Médicis a accepté d'assister à ce culte, c'est afin de pouvoir manipuler sa rivale plus tard.

Chapitre 18
Les assassinats

Le roi Henri III se montre nerveux. C'est un homme vif et intelligent, n'aimant ni la guerre ni la chasse mais c'est pourtant lui qui donne l'ordre de tirer sur l'ami d'Henri de Navarre à Jarnac et le tue.

Ce roi a de nombreuses maîtresses, soucieux de l'hygiène et sensible aux plaisirs. Il a de bonnes manières, et délicat, il se passionne pour les bijoux, les parfums, la mode et le jeu du bilboquet.

Les mignons sont de vrais compagnons d'armes sur lesquels il compte et s'appuie jour et nuit parce que ce sont en même temps ses oreilles ; ils savent tout et voient tout, ce sont des espions parfaits. Certains le disaient homosexuel – c'est une hypothèse – car il aimait le raffinement, alors ses détracteurs le disent efféminé. Par ailleurs sa descendance n'était pas assurée officiellement, excepté par ce petit « Brunet » qu'il dotera généreusement.

Visionnaire, Henri III va préparer sa succession en allant contre le gré de tous demander au roi Antoine de Bourbon catholique d'amener son fils Henri de Navarre à la cour afin de le protéger contre un assassinat ou un empoisonnement dans le Louvre où il s'ennuie ferme de sa campagne béarnaise et séparé de sa mère la reine de Navarre.

Henri de Navarre ne tardera pas à s'échapper pour retrouver sa liberté, galopant les champs et les bois, buvant et mangeant avec les laboureurs et les paysans.

Henri III, roi de Pologne, est intelligent et essaie de modérer les tensions qui subsistent entre les deux religions opposées.

Il est assassiné à Saint-Cloud le 2 août 1589 à 37 ans. Il est le dernier de la branche des Valois et était le fils préféré de Catherine de Médicis.

Après sa mort, naît à titre posthume son unique fils HENRY 1er de Bourbon Conde né en 1590 qui aurait dû être le souverain, mais il ne sera légitimé que 20 ans plus tard. Grand protestant il sera tantôt le rival, tantôt l'allié fidèle d'Henri de Navarre qui a pris sa place de roi, et qu'il considère comme son père.

Henri de Navarre n'oublie pas son ami de toujours, son fidèle de Bouchard d'Aubeterre allié contre la Ligue et les Bourguignons. Il l'aidera à tenir sa position à Aubeterre, ne le laissera jamais sans son aide et appellera en cas de besoin les troupes de Ribérac et de Chalais.

La guerre à la succession des trois « Henri » (Le roi Henri III, Henri de Guise, Henri de Navarre) prend fin dans le sang.

Assassinat à Blois d'Henri de Guise et de son frère le cardinal de Lorraine, commandité par le roi Henri III.

L'assassin (1563), Jean Poltrot de Méré, qui avait passé son enfance à Nabinaud né dans une famille pauvre, prend la route avec le vicomte de Bouchard d'Aubeterre ambassadeur d'Espagne. Il suit les troupes et dans une auberge où ils s'arrêtent, vole un couteau aux cuisines dans l'intention de tuer le duc de Guise et son frère le Cardinal, pour les punir de toutes les fourberies et les mensonges que ces derniers menèrent contre Henri de Navarre et pour venger tous les meurtres de la Saint-Barthélemy.

Henri III règne de 1574 à 1589. Il sera le dernier des Valois.

Il prépare sa succession contre l'avis de tous, il a choisi Henri de Navarre, un Bourbon qui sera Henri IV.

Assassinat du roi Henri III par le moine Jacques Clément.

C'est l'insurrection à Paris qui se forme en commune, les faubourgs se soulèvent. Le roi Henri III, venait de désigner Henri IV son successeur qui sera la charnière entre les Valois et les Bourbons.
Son fils fera la branche héritière des Bourbons.

Fin des Valois 1328-1589.

CHAPITRE 19
LES BOURBONS 1589-1791

Henri IV né à Pau en 1553 roi en 1589 épouse Marguerite de Valois qu'il répudiera sans enfant après 27 ans de mariage.

Marguerite de Valois dite – La reine Margot – catholique, épouse le 18 août 1572 le protestant Henri de Navarre futur Henri IV roi de France. Le mariage est célébré sous le porche de Notre-Dame-de-Paris, puisqu'Henri n'est pas catholique et n'aura pas droit d'assister à la messe de son mariage. Entre les deux confessions la situation est très tendue et dans cinq jours le feu s'allumera entre elles. Margot (surnom donné par Alexandre Dumas) n'est pas d'une beauté parfaite, étant affligée d'un léger strabisme et elle claudique légèrement à la suite d'un accouchement difficile. Cette alliance, contre nature diront certains, en guise de réconciliation entre catholiques et protestants fut boudée par les magistrats qui seront absents aussi à Notre-Dame-de-Paris. Ce sera le prélude au massacre du: **23 août 1572 – La Saint-Barthélemy.**

L'événement serait parti d'une rébellion entre des protestants éméchés et les gardes de la cour… Mais c'est bien l'ombre de la reine Catherine de Médicis qui plane et ordonne à la garde de son feu fils Charles IX d'œuvrer pour cette mortelle décision. C'est bien Catherine de Médicis qui est l'instigatrice de cette nuit d'assassinat des amis protestants tous venus à Paris pour le mariage de leur chef Henri de Navarre. Le tragique dura la nuit entière du 23 au 24 août, durant laquelle plusieurs milliers de protestants furent massacrés par des catholiques. Les hurlements, les cris, les pleurs ne seront jamais couverts par le bourdon de Notre-Dame. Les portes des maisons sont enfoncées, les protestants pris comme des rats, une hégémonie complète, hommes, femmes enfants tous passent par la lame des épées des soldats. Du sang partout, cette odeur de sang emplit les poumons tant elle est forte. Il est impossible de poser un pied ou une main sans être entaché de sang. Une vision et une odeur pestilentielle qu'Henri de Navarre n'oubliera jamais. Pour que plus jamais n'arrive un tel drame, il se décide à prendre la religion catholique et va abjurer le protestantisme.

Quand le matin du jour du 24 août se lève, ce ne sont que des corps dépouillés, entassés, dépoitraillés. À certaines femmes les soldats ont enlevé le cœur. Le chiffre de 60 000 huguenots assassinés remplit de joie les catholiques.

Margot n'a pas de descendance et son entourage considère que c'est elle qui est stérile, puisque le roi de son côté, durant leur mariage, a eu une fille naturelle en Italie, la duchesse d'Angoulême, ainsi qu'un fils, Henry d'Angoulesme « Grand prieur de France ». Titre acheté par Marguerite de Valois pour le protéger. Elle mettra ce dernier à l'abri dans le giron de l'Église catholique et développera un sentiment maternel pour cet enfant dont on ne connaîtra jamais la mère. On pense qu'il est certainement le fils de la fille d'honneur du cabinet de Margot et du roi. Elle qui n'a pu enfanter se consacrera à l'élever comme si c'était le sien et écrira de la poésie.

En réponse à son époux infidèle, 25 maîtresses « reconnues ». Elles sont princesse, fille d'honneur de la reine, plusieurs mère abbesse, une clarisse, une duchesse, fille de meunier ou de jardinier, paysanne ou bourgeoise, il les aime toutes. Le roi reconnaît 8 enfants naturels (il y en a plus de la cinquantaine) qu'il imposera à son épouse d'élever avec les 6 enfants royaux. La reine Margot par provocation s'affiche en évidence aux processions catholiques des Rameaux à Agen où se trouve sa belle mère Jeanne d'Albret. Attitude qui représente un spectacle odieux pour les calvinistes. Le futur Henri IV qui chasse sur Nérac et jusqu'en Périgord, fera ses derniers adieux à Agen à sa mère tuberculeuse. Sa mère, la reine Jeanne d'Albret, cette femme de caractère qui éduque les protestants dans son école à Pau ou à Nérac, ne verra pas le 1er mariage car elle décède à Paris le 9 juin 1572, deux mois avant *la Saint-Barthélemy.*

La reine de Navarre, sa mère huguenote, aime se faire nommer la « parpaillote ».

En 1571, La ville d'Aubeterre devenue protestante soutient la reine Jeanne de Navarre qui tient ses quartiers dans la ville de La Rochelle devenue place de sûreté. C'est de là qu'avec François Bouchard la reine organise et n'a de cesse de faire appliquer **la charte de Saint-Germain** pour que la pratique des cultes soit respectée. Henri de Navarre vient plusieurs fois à Aubeterre, tiraillé entre son mariage très catholique, et sa propre foi. Coligny sera un émissaire important pour mener à bien le mariage, opposé aux Guise et aux Montmorency. Henri de Navarre n'a rien d'un tombeur. Il sent l'ail et l'hygiène, il pue le bouc n'est pas son problème. Il se montre par ailleurs très économe. Par exemple, pour recevoir des officiels à Pau, il décroche les tapisseries de Nérac afin de décorer le château de Pau. Il paye ses soldats rubis sur l'ongle, et assure en priorité les dépenses de la domesticité, et c'est seulement après qu'il pense à lui. C'est à l'image de ses mouchoirs :

« Combien ai-je de mouchoirs ? demande-t-il à son aide de camp.

— Douze sire !

— C'est parfait ! répond Henri de Navarre.

— Deux seulement ne sont pas troués, sire… »

Le titre de « vert galant » ou de « roi de cœur » le résume parfaitement.

Il aime à l'envi, sans restriction, sans tenir compte du milieu ou de la condition sociale. Il a un succès fou par sa douceur et sa gentillesse, son empathie.

Qu'elles soient fermières ou princesses, il les trousse avec sincérité sans complexe.

À la petite Fleurette, fille du jardinier de Nérac, il a promis une rencontre de nuit le long du jardin de la Garenne. Il l'oublie pour aller rejoindre une autre soupirante. Fleurette attend le roi, et inconsolable se noie dans la Baïse. D'où l'expression « conter Fleurette ! » c'est-à-dire ne pas tenir sa promesse.

Gabrielle d'Estrée sera la favorite en titre du Roi jusqu'à sa mort, vivant dix ans en bateau au pied du château de Nérac, elle lui donnera plusieurs enfants tous légitimés par le roi. Elle le suit partout par voie fluviale ou par voie terrestre. Il sera très affligé de ces décès, car très paternel.

Avec Gabrielle, ce sera sa plus longue liaison. Elle décède en 1599. Il se consolera avec la propre sœur de Gabrielle.

Son cœur va aussi en 1589 à Diane d'Ardoins dite Corisande, qui a un an de moins que lui ; c'est une amie de sa sœur Catherine. À 26 ans, mère de deux enfants elle est veuve du comte de Guiche. Il tombe sous le charme de Corisande, quoique catholique, mais pétrie de bons conseils politiques et de connaissances étendues. Lettrée, elle connaît bien Montaigne, ou la Boétie.

Chaque fois qu'il est père d'un enfant illégitime il s'occupe de lui procurer le nécessaire et veille à son destin. Et ils sont nombreux dans la région les petits bâtards d'Henri IV ! C'est un homme drôle, bon vivant, aimant les gens.

En 1600 Henriette de Balsac d'Entrague (charentaise) remplace la favorite royale Corisande.

Celle-ci raffole des perles et des bijoux. Il est fou d'elle et la couvre de cadeaux sans compter pour elle.

Même le jour du sacre, Henri IV rit de l'absence de l'ampoule d'huile sacrée censée ondoyer le roi. Car elle est restée à Saint-Remy de Reims et arrivera en retard. La sainte ampoule n'étant pas arrivée, cela fera dire à Henri IV au moment de son sacre à Chartres le 7 février 1594 : « pour faire un roi, il suffit d'avoir de l'huile ».

La population de Paris est rétive, voire hostile, pour accueillir Henri IV, et lui ferme ses portes.

Henri IV épouse Marie de Médicis en 1600. Elle a 27 ans, lui 47 ans.

Après plusieurs jours de formation religieuse, d'éducation catéchétique aux pratiques catholiques, durant lesquels Henri IV fera courir les abbés autour et derrière lui comme des abeilles, arrive le jour d'épouser *Marie de Médicis*. Cela se passera en deux parties, l'une par procuration sera orchestrée par un émissaire qui se rend à Florence, la seconde partie du mariage se déroulera à Lyon. Le 4 décembre 1600, Henri de Navarre réfléchit encore, hésitant, puis se dirige entouré d'une cohorte de religieux vers sa future immensément riche épouse.

Mariage d'Henri IV et de Marie de Médicis en la cathédrale Saint-Jean de Lyon, quatorze jours après parvient une dot conséquente offerte par le légat du pape.

Seul il entrera sans ses amis « le catholique Henri IV », la famille Bouchard d'Aubeterre est bien là debout dans la nef.

Les protestants restent puissants, souvent en conflit avec la cour de France, mais cependant demeurent de fidèles patriotes. Ils déjouent des conspirations fromentées notamment contre le roi, car même se faisant catholique il reste leur roi ! Cela ne les empêche pas de donner leur aval au pillage des gabarres, afin d'enrichir la cause protestante… La famille Bouchard d'Aubeterre chevauche fréquemment avec Henri IV qui viendra à Aubeterre à plusieurs reprises.

En famille, le roi Henri IV, son épouse Marie de Médicis, lui donnera six enfants. Le futur Louis XIII est gardé au Louvre afin de le protéger d'un assassinat ou d'un empoisonnement.

Henri IV est un père attentionné et tendre envers ses enfants, que ce soient ses enfants légitimes ou ses nombreux bâtards.

Régulièrement, Henri IV joue au cheval ou à la guerre avec son fils aîné (Louis XIII). Il câline les trois autres enfants, insuffisamment à son gré tant il est pris par sa vie politique, et il le regrette.

Aidé par les catholiques comme par les protestants, roi très populaire une fois rentré dans Paris, il restaure l'autorité royale, réorganise la France. Grâce au protestant Sully, il fait restaurer les routes, construire des ponts, creuser des canaux.

Les finances sont rapidement assainies, et grâce au protestant de Serres l'agriculture est mise en valeur, encouragée, l'industrie repart.

En 1608 est fondée « La Nouvelle France au Québec » où part l'un de ses amis, Bouchard d'Aubeterre.

Henri IV préparait une guerre impopulaire contre l'Empire Allemand lorsqu'il fut assassiné par Ravaillac, un Charentais venant d'Angoulême, complot ourdi par sa propre épouse de mèche avec l'Église catholique.

Assassinat d'Henri IV dans sa calèche prise dans l'embouteillage d'une rue par une charrette mise volontairement en travers de la route de son carrosse piégé.

Il se propage un peu partout que Madame son épouse aurait « participé » à l'élaboration de l'assassinat de son roi d'époux, lasse de le voir revenir tous les jours dans son lit que tôt le matin, après avoir couché avec une maîtresse. Elle, son épouse ultra catholique, qui lui donne 6 enfants en 9 ans de mariage !

Cette femme tellement trompée ne le supporte plus. Elle souffre que le roi lui mente.

« Vous rentrez bien tard mon époux ? (vers 3 heures du matin)

— Pour le royaume ma mie, pour le Royaume, rendormez-vous !

— Quel grand roi vous faites mon ami, qui mieux que vous, se donne autant pour son pays ? »

La reine, au courant du projet d'assassinat de son époux le roi a un moment d'hésitation, et le matin du jour fatidique tentera de le dissuader d'aller voir son ami. Trop tard, tout est enclenché. Le jeune Ravaillac habitant rue des arceaux à Angoulême monte sur le marche pied, le poignard à la main pour toucher en plein cœur le roi Henri IV le 14 mai 1610, qui avait 57 ans.

Le jeune charentais sera exécuté en place de Grève à Paris treize jours plus tard. De qui était venu l'ordre d'assassiner le roi ?

Chapitre 20
À Aubeterre David Bouchard

David Bouchard d'Aubeterre est né huguenot à Genève au sein de sa famille très protestante. Le jeune vicomte d'Aubeterre revient à Aubeterre grâce au seigneur de Bourdeilles dont il épouse la fille Renée en 1628. Le couple aura une fille Hippolyte (1575-1638) la fille unique de David.

La fille unique de David, **Hyppolite Bouchard d'Aubeterre épouse François d'Esparbès de Lussan marquis d'Aubeterre**.

Le marquis François d'Esparbès de Lussan de la Serre de Chadenac d'Aubeterre, Maréchal de France soutiendra Henri IV dans ses guerres contre la ligue pour la paix dans le royaume de France. Il est haut gradé en Périgord et en Saintonge.

Son père ayant quitté ses fonctions, François d'Esparbès de Lussan est nommé gouverneur de Blaye jusqu'en 1620. Grâce à son mariage avec la vicomtesse d'Aubeterre en 1597, Hippolyte Bouchard devient conseiller d'état en 1611, puis gouverneur et sénéchal de l'Agenois et du Condomois en remplacement de son père. Il est blessé mortellement lors des guerres de L'Isle en Périgord à peine ses quarante ans passés.

Son père, Bouchard III d'Aubeterre, huguenot, sera assassiné en 1573 à l'âge de 80 ans passés, dans son lit au château d'Aubeterre par le sieur Cluzeau, chef catholique issu d'une famille noble qui venge ainsi les siens des assassinats de la Saint-Barthélemy.

Le marquis Pierre Bouchard d'Aubeterre s'érige contre la Ligue Catholique. Il devient gouverneur du Périgord de l'Agenais et du Condomois, conseiller honoraire au parlement de Bordeaux, maréchal de France, il décède en 1628.

Famille de douze enfants, le 2e marquis né en 1605, **Pierre Bouchard d'Esparbés de Lussan d'Aubeterre**. Sa mère le trouvant trop belliqueux, il s'érige contre la ligue catholique, se révolte contre le roi Louis XIII et Richelieu. Il est condamné à mort à Bordeaux. Sa mère le déshérite au profit de son frère le **vicomte François**. Le marquis Pierre privé de ses biens quelques années, il participe en 1637 aux révoltes des croquants. Arrêté, Pierre est de nouveau condamné à mort à Périgueux. Il mourra en 1683, maréchal de France, époux comblé par Marie-Claire de Pardaillan-Gondrin avec un fils héritier ***Louis***.

Autant vous dire que le Marquis est en fureur contre son frère le vicomte François et n'attend que la première occasion de se venger. La même année les croquants se révoltent, et il choisit son camp, celui de la vengeance.

Cachés dans les ajoncs, les croquants grimpés dans les arbres ont scié des troncs prêts à être poussés et abattus sur la route lorsque la troupe va passer. Une troupe de croquants tend un piège au collecteur de redevances du vicomte François Bouchard d'Esparbès, maréchal de France dans la forêt de la Double. Ils veulent le retenir en otage. Les taxes ne cessent d'augmenter, les hommes ne peuvent plus nourrir leur famille. Il n'y a que dans les châteaux qu'on peut faire encore bombance ainsi que dans les presbytères ou les évêchés.

Les hommes guettent le signal des enfants qui semblent s'affairer en ramassant des brindilles. Quelques sifflements et le piège se referme sur les hommes du Marquis. Stupéfaits, les hommes d'armes sortent leur épée, mais n'ont pas le temps de s'en servir que deux croquants leur tombent dessus le paletot et leur transpercent le cœur avec de longs couteaux.

Le collecteur de quittances se retrouve seul, au milieu de tous ses hommes qui sont meurtris.

« Pourquoi ce piège ? Que me voulez-vous ?

— Nous voulons du pain, pouvoir nourrir nos familles, des conditions meilleures pour travailler, et ne pas donner tout ce que nous avons à votre château » répond *Pied qui traîne.*

« Oh ! Oh ! Crient les autres. *No pasarán, No pasarán mai !*[34]

— Vous vous attaquez à votre seigneur ? Et vous pensez que je vais céder à votre chantage ?

— Si vous ne voulez pas entendre ce que nous avons à dire, nous brûlerons les châteaux, les églises et rien ne sera épargné, car nous ne possédons plus rien que nos bras et nos jambes pour trimer à longueur d'année, lui crie *Lisa*, la femme de *Pied qui traîne.*

— Vous méritez la mort, le savez-vous ?

— Que ce soit la corde ou la famine, elle viendra de toute façon réplique *Pied qui traîne*, visiblement le chef de bande. Aujourd'hui ce n'est qu'un avertissement, dites au seigneur que nous irons jusqu'à nous battre chez lui.

— Oh, Oh, crient les autres, armés de fourches et de faux.

— Que me proposez-vous ?

— Partager ! Nous gardons les chevaux de vos hommes, vos armes et vos bijoux. Nous les distribuerons à ceux que vous avez coutume de saigner à blanc. Nous allons vous bander les yeux, et vous ramener pas très loin du château et nous attendrons d'être sûrs en retour qu'il y aura des réductions immédiates de redevances.

Et puis, attention, qu'il n'y ait pas de poursuites de l'armée sinon c'est le feu au château assuré » répond *Pied qui traîne.*

Puis il énumère :

---

34 Oui ! Oui ! Ça ne se passera plus, plus jamais.

« Un porc au lieu de deux, un sac de farine au lieu de deux, trois poulets au lieu de six, la taxe du moulin une seule fois dans l'année, la taxe du sel diminuée de moitié, et le passage gratuit de la Dronne pour nous rendre de l'autre côté les jours de marché. Ne tentez pas non plus de vous joindre aux prêtres, car nous brûlerons leurs églises puisqu'eux aussi nous saignent et nous menacent. Bientôt ce sera leur tour. »

Le boiteux, prend la bride du cheval, fait descendre le collecteur, lui ôte tous ses habits et une femme lui bande les yeux. Deux autres le prennent par la main et le conduisent par maints lacets au pied de la barge de la Bertrade. Elles lui lâchent alors les mains et s'évaporent.

Le receveur de redevances, reste quelques instants sans bouger, et n'entendant plus rien, enlève les tissus qui lui masquent les yeux.

Il se dirige vers la maison du passeur qui est bien surpris de le voir nu, à pied, et sans escorte armée.

« Allons idiot ! Prête-moi quelques vêtements et presse-toi de me ramener au château lui ordonne-t-il amer. J'ai une requête à mener ».

Ainsi, pauvrement vêtu, il se hâte de monter la rue barbacane à dos d'âne et passe le pont-levis.

« Je demande à être reçu en urgence par notre seigneur le Marquis ».

Par chance, ce dernier se trouve au château d'Aubeterre, et le reçoit séance tenante.

Penaud, le receveur lui raconte la peine qu'on vient de lui infliger et ce qu'il a dû supporter comme humiliation, dépouillé par des paysans à la manière des Brabançons.

« Maudits croquants ! siffle le marquis Bouchard.

— Que toute la garnison se rassemble en salle d'armes. Allez prévenir dame Julie, le sergent, et le bailli. »

Le ton est sans réplique, et le soldat s'empresse d'aller porter les ordres.

Rapidement, le seigneur étanche sa soif d'un cruchon et file à son siège. Il est raide comme le fer, tant sa colère est grande. Sa fierté atteinte, il ne compte pas en rester là. Il concocte un plan pour se venger et passer l'envie aux croquants de se révolter le mois suivant car il ne cédera rien.

Les hommes d'armes se groupent, sa dame arrive avec ses suivantes, le regarde interrogative, et comprend qu'il s'est passé quelque chose de grave. Le vicomte écume de colère. Elle se demande s'il va pouvoir parler tant il est rouge, les veines du cou gonflées. Il lui fait peur :

« Voilà l'affaire, vocifère-t-il. Notre collecteur d'impôts vient d'être attaqué et dépouillé, quatre de nos hommes viennent d'être homicidés par une bande de gueux. De plus ces paysans n'ont pas hésité à nous dicter leurs conditions et requêtes inacceptables.

— Mais pourquoi mon ami ? se risque son épouse.

— Parce qu'ils prétendent ne plus pouvoir nourrir leurs familles et avoir faim, ma mie… Dans notre pays si abondant, comment osent-ils ?

— Que vous demandent-ils au juste ?

— Rien de moins que de leur remettre la moitié de ce qu'ils versent habituellement. Je veux les saisir et le pilori les fera réfléchir.

Ah, les feuillards, ils se cachent comme des feuilles mortes. Aussi, faut-il unir nos forces avec celles des autres châtelains, afin de les prendre au piège. Ils nous ont donné un délai d'un mois, c'est plus qu'il ne m'en faut pour avertir le roi et réunir des troupes ».

Mais ce que le seigneur ne sait pas c'est qu'il existe au château des oreilles complaisantes à la fureur paysanne, et toujours en lien avec le frère déshérité le marquis Pierre Bouchard qui va se joindre à la cause paysanne venant d'être rejeté, il entend donner une bonne leçon à son frère François seigneur d'Aubeterre le plan que le vicomte François Bouchard veut mettre en place, un piège qui va être dévoilé. L'espionne du château rejoint *Lisa* qui faisait semblant de faire des achats auprès des boutiquiers. Elle s'approche discrètement et lui demande de se hâter pour aller prévenir son homme *pied qui traîne et le marquis déshérité.*

La bande des croquants du Périgord ainsi informée s'organise, rejoignant ceux du bas Saintonge. Le marquis François Bouchard d'Aubeterre de son côté aura eu le temps de mettre en place une armée à pied et de regrouper une cinquantaine de cavaliers, le roi lui a promis des troupes espagnoles.

Alors que seigneur vicomte François Bouchard quitte Aubeterre sûr de ses forces et de son bon droit, avec 50 cavaliers et 100 hommes de pieds, fiers et dignes.

Les croquants sont fin prêts à la bataille. Ce à quoi le seigneur ne s'attendait pas, c'est à une foule de croquants sortant des bois, foulant les chemins défoncés, hommes à la faux et femmes munies de faucilles ou fourches pour les une, haches ou gourdins pour les autres, certains ont des dagues, fonçant sur les soldats. Les croquants sont plus de 6 000 hommes et femmes du Périgord, du bas de la Saintonge et du Lot-et-Garonne, de Guyenne à se rassembler pour engager la lutte. *Pied qui traîne* est devant avec *Lisa*. Paysans en haillons, jeunes gens édentés sont unis dans cette rébellion, complètement imprévisible, inattendue pour les militaires. Nous sommes en juin 1637, et avec le temps qui fut incertain, la récolte s'annonce maigre. Le marquis Pierre Bouchard déshérité, homme rompu au métier des armes, reste à l'arrière, pour donner l'assaut final avec ses militaires, s'étant retourné contre le pouvoir du roi, pour en finir au plus vite avec son frère. Son frère attendait 3 000 hommes de la frontière Espagnole qui n'arriveront pas avant le choc de Saint-Aulaye. Le marquis Pierre Bouchard déshérité donne les ordres et envoie par vagues successives les croquants attaquer les troupes de son frère dépassé par ces hordes vengeresses très organisées.

Les pauvres croquants se battent avec fougue et la force du désespoir. *Lisa* avec un pieu tue plusieurs soldats avant d'être égorgée par deux fantassins. *Pied qui traîne* ne s'en apercevra pas. Il a en vue le vicomte François Bouchard qui de rage aveugle meurtrit les croquants du haut de sa monture. La campagne est jonchée de corps, le soleil baisse, les hommes sont épuisés. Les croquants arrivent à se saisir du vicomte François Bouchard seigneur d'Aubeterre et le conduisent pour être condamné à mort à Périgueux.

(Son frère Pierre déshérité avait été déjà condamné à mort à Angoulême trois ans auparavant, en 1634. En 1637 Pierre Bouchard d'Aubeterre est de nouveau condamné à mort après la bataille des croquants pour trahison), sera emprisonné, s'évadera, recherché mort ou vif, il retrouvera tous ses titres moins de dix ans plus tard , par procès il hérite du château de Bonnes.

Son frère François pour sauver sa vie accepte de baisser les prélèvements d'impôts, et gagne la liberté et l'héritage de Bonnes, s'octroie les rentes et les charges qui même diminuées, sont importantes.

Le château de Bonnes, convoité par les deux frères, restera après procès à Pierre Bouchard. Ils sont d'une famille de cinq enfants.

– Pierre Bouchard d'Esparbès de Lussan marquis d'Aubeterre, seigneur de La Serre, Francescas, Ligardes, Chadenac et Vitrasé (1605-1650) en 1646 se marie avec Marie-Claire de Pardaillan de GONDRIN, fille du marquis de Montespan. Ils ont un fils ! Louis.

– Louis Bouchard d'Esparbès de Lussan de La Serre marquis d'Aubeterre (1647-1696) épouse le 2 novembre 1679 Henriette Dorothée Bouchard d'Aubeterre, dame de Saint-Martin de la coudre, sa cousine germaine. Ils ont un fils ! Charles.

Sous le règne du roi Louis XIV le Grand de 1643 à 1715 et de son épouse Marie-Thérèse d'Autriche !

Marquis Charles Louis Henri Bouchard d'Esparbès de Lussan d'Aubeterre (1682-1740) épouse le 1er mai 1713 Marie Anne Le Jay (1694-1741). Dame de la reine (sous Louis XV)

– Henri Joseph Bouchard d'Esparbès de Lussan marquis d'Aubeterre, Baron de Saint-Quentin, seigneur de Puypatrot (1714-1778) deux mariages pas d'enfant.

Fin de la lignée des Bouchard d'Esparbès de Lussan de La Serre d'Aubeterre.

Chapitre 21
Les faits d'armes des d'Aubeterre

Louis XIII né en 1601 règne de 1610 à 1643 épouse Anne D'Autriche.

Ils passent une nuit à Aubeterre, en vue de la préparation du mariage. Ils y occuperont deux chambres distinctes, mais malgré la brièveté de leur passage ils se plurent dans cette campagne.

Lors du retour de ce voyage en regagnant Pillac, en bas du hameau du rapt, un bosquet sera appelé « Le bois de la Reine » en souvenir du soulagement de cette dernière à l'abri d'un églantier.

Le futur roi Louis XIII et Anne d'Autriche obéissaient à leur destin. Le bois a malheureusement été arraché par le remembrement mais l'histoire reste vraie.

À Aubeterre :

En 1621, le vicomte François Bouchard d'Esparbès de Lussan d'Aubeterre fonde avec sa femme le couvent des minimes.

Il est démis du gouvernement de Blaye où il avait succédé à son père.

Il meurt sept ans plus tard. François Bouchard d'Esparbès de Lussan, comte d'Aubeterre, lieutenant-général des armées du roi meurt à Aubeterre le 28 février âgé de 72 ans.

Son épouse avec qui il aura eu douze enfants fait faire deux gisants en marbre funéraire pour leur tombe dans la chapelle des Minimes. Ils sont à l'entrée de la chapelle sur la gauche.

À cause de son entêtement et de sa désobéissance, le roi Louis XIII, en répression de la désobéissance et des affronts ligne 02 ? du marquis Pierre Bouchard, fait raser un de ses châteaux, celui de Castillon sur Dordogne.

De 1636 à 1716 (sous Louis XIII et Louis XIV)

Le marquis Pierre Bouchard d'Esparbès de Lussan de la Serre d'Aubeterre, se bat sur de nombreux champs de bataille. Il sera blessé à Fribourg, puis à Nortlingen, blessé de nouveau. Ensuite, l'épée à la main, ce sera dans les tranchées à Dunkerque, toujours blessé.

On ne compte plus blessures ni batailles : Lens, Cognac, puis le Limousin, la Catalogne à Puyvalodor, à Solsone en Espagne où son cheval est tué sous lui. À Collioure il est fait Gouverneur sur l'humble requête du cardinal Mazarin. Blessé sur les bords du Rhin par les Hollandais le 12 juin 1672, il repart en Espagne. Il est fait lieutenant-général des provinces de Saintonge et d'Engoumois, gouverneur de Cognac où il y meurt.

Le comte Louis Bouchard d'Esparbès de Lussan de La Serre d'Aubeterre son héritier, pour zèle particulier au service de Sa Majesté, reçoit la charge de lieutenant du roi pour la Haute Guyenne. (Louis XIV).

Fils du Maréchal d'Aubeterre, il est fait lieutenant-général des armées du roi et meurt à 77 ans en 1693 (Louis XIV et Louis XV).

Le comte-chevalier Léon Bouchard d'Esparbès de Lussan en 1704 est nommé brigadier de cavalerie du roi, il est fait général en 1707 sous Louis XV.

Il épouse Isabel ou Isabeau de Salignac et meurt à 92 ans.

Ses descendants, un religieux partit évangéliser les Iroquois, son frère le célèbre Fénelon marquis François de Salignac, 31 ? célèbre théologien et écrivain, marié en 1666.

32 ? Leurs deux petites filles nommées toutes les deux Madeleine seront religieuses, l'une à Condom, l'autre abbesse à Prouille.

Le roi Louis XIV le Grand : règne de 1643 à 1715. Il épouse Marie-Thérèse d'Autriche.

Soixante-douze ans de règne que ce roi aura utilisés pour agrandir la France par de multiples guerres, mais il se montra aussi un bâtisseur à sa gloire avec le château de Versailles. Sous la tutelle de Mazarin, puis celle de Colbert qui seront d'excellents ministres, l'agriculture est enfin prise en compte. Le roi encourage le commerce et l'industrie. Louvois réorganise l'armée.

La France est réellement gouvernée.

Louis XIV en révoquant l'édit de Nantes, se rendra compte trop tard de son erreur, des pertes humaines et financières qu'il a provoquées par cette révocation. Ce long règne, bien que glorieux, laisse un grand pays en bon état financier grâce à Mazarin, mais divisé entre les riches et les pauvres bougres.

Le roi Louis XIV ne veut qu'une foi et qu'une loi. Il se méfie des huguenots qui peuvent semer leurs idées républicaines et mettre la monarchie en danger. Suite à la révocation de l'édit de Nantes par Louis XIV, le Prince Prusse Frédéric Guillaume Ier accueille 20 000 calvinistes exilés de France. Il n'y a plus trace des reliques à Aubeterre. Un clou sera retrouvé en Autriche.

De nombreux enfants huguenots ont été enlevés à leurs mères et enfermés dans des couvents afin de les éduquer au catholicisme.

Les parents, pour sauver leur descendance, organisent des expatriations et font partir leur progéniture vers Amsterdam en Hollande, cachée dans des tonneaux de sucre. La mer était la seule voie possible pour sortir hors de France. Les envoyer par calèche aurait été trop dangereux, à cause des multiples contrôles sur les routes. Les destinations seront diverses, en fonction des routes maritimes empruntées par les marchands, vers les Pays-Bas, l'Angleterre, et même l'Afrique du Sud. Les huguenots feront merveille partout où ils arriveront, dans les tissages, la ganterie, les perruques, les bas, les dentelles, tout le chic des nouvelles modes Parisiennes, leur sens des affaires justes et honnêtes. Les manufacturiers s'arrachent cette main-d'œuvre qualifiée et sûre de travailleurs acharnés.

À La Rochelle la plupart des négociants deviennent huguenots influencés par les échanges qu'ils ont avec la Belgique, les Pays-Bas, la Suisse ou encore l'Italie.

Le roi et les papistes s'irritent de cette situation, et prennent connaissance des nouvelles fortunes qui se font en Allemagne, à Hambourg, au Danemark par ces manufacturiers calvinistes qui créent des articles d'élégance ou des uniformes pour l'armée, et qui plus est, commercent avec les Antilles françaises.

Pour les huguenots, travailleurs, sérieux, et consciencieux, leur réussite est un signe de Dieu. Ils viennent en aide à ceux qui sont restés en France, qu'ils soient Parisiens, Lorrains, Bretons, ou Normands, les incitant à patienter, en faisant transiter des dons d'argent conséquents souvent passés par l'intermédiaire des juifs basés dans la ville de Franquefort devenue la plaque tournante des affaires commerciales.

Bordeaux prend de l'ampleur avec les riches armateurs, faisant trafic d'esclaves et ramenant café, chocolat, fourrures, or, ainsi que les pierres précieuses.

Le roi Louis XIV ordonne d'intensifier la traite des nègres pour donner de la main-d'œuvre bon marché aux colons. Mais les huguenots refusent, ce qui déclenche une vive colère royale à leur encontre. LOUIS XIV envoie les dragonnades pour en finir avec les huguenots dans tout le pays.

Les Dragonnades en 1680 envoyées par Louis XIV pour soumettre les huguenots durant cinq ans.

Le roi se heurtera au commerce naval presque totalement tenu par des huguenots. Il sera entravé dans tous les échanges maritimes, contraint de faire appel à la compagnie des Indes qui refusera le commerce des esclaves.

Cependant, durant toutes ces années, des traversées continueront avec la Nouvelle France. Les cales des bateaux sont remplies de prostituées, de prisonniers, mais aussi de nombreux, poitevins, charentais, vendéens, girondins, bretons, basques ou limougeauds qui sont sans le sou et partent se rêvant d'un nouvel avenir. Les conditions de voyage sont toujours intenables, pas d'hygiène du fait de cette surpopulation, de mauvaises conditions de nourriture. Quand un passager décède on le jette par-dessus bord.

Après la mort de la reine, alors que le roi Louis XIV avait eu de très nombreuses maîtresses et d'enfants légitimes ou non pour lesquels il avait organisé un pavillon où ils étaient choyés. Seuls les héritiers se faisaient appeler sire.

Il épouse secrètement Madame de Maintenon née à Niort de la famille d'Aubigné, qui avait éduqué ses enfants royaux. Femme douce et pieuse, elle entourera le roi dans toutes ses tragédies familiales, et l'accompagnera fidèlement dans sa grande vieillesse.

Le château de Versailles marquera l'apogée du luxe et de l'élégance à la française et mondiale. Une merveille dans l'art et l'architecture sera plusieurs fois copiée en Europe, mais jamais égalée. Les rois et grands de ce monde y sont encore reçus, même au XXIe siècle.

La magnifique vaisselle de porcelaine est sortie pour ces grandes occasions ainsi que les verres en cristal ; des mets fins seront servis, mais en trop petite quantité dans les assiettes au grand regret des invités de haute noblesse… Il faut veiller à la taille fine de ces dames…

<u>Louis XV le Bien-Aimé épouse Marie de Leszczynska en 1725</u> qui est alors sous la coupe du duc de Bourbon.

Arrière-petit-fils de Louis XIV Sous la Régence de Philippe d'Orléans. Le roi Louis XV a 5 ans il va régner 59 ans. Toute sa famille décède de la petite vérole la varicelle.

Né en 1710. Il régnera de 1715 à 1774 (59 ans).

Louis XV est de caractère facile et se laisse manipuler. Il reprend les guerres de Pologne, d'Autriche.

À sa prise de pouvoir, il renvoie le duc de Bourbon et décide de gouverner avec le cardinal de Fleury. Celui-ci engage la France dans la guerre de succession de la Pologne, puis celle d'Autriche. Heureusement l'excellente gestion du contrôleur général des finances Philibert Orry favorise l'expansion économique.

Le roi d'abord sous l'influence de sa maîtresse, puis de ses ministres, va s'éloigner de la préoccupation de son peuple et les conséquences en seront dramatiques. La bataille des croquants contre les seigneurs du Périgord en 1637 (sous Louis XIV) n'avait été qu'un petit aperçu de ce qui allait advenir. En effet à Paris, sous Louis XV, on en arrive à manger les rats car tous les chats ont été servis en gibelotte de « lapin » avec du pain de paille.

Pendant ce temps-là à Aubeterre en 1646, le clergé catholique demande la démolition du Temple, trop proche de l'église paroissiale et du couvent des cordeliers. Les chants des protestants « incommodent » les prières latines des catholiques.

Les catholiques demandent également la suppression des écoles protestantes, car selon eux, les maîtres zélés, femmes ou hommes, enseignent à lire et à écrire mais dépassent les bornes car ils le font en permettant aux garçons et filles de travailler ensemble.

Par ailleurs ils dénoncent cette pratique car pour eux elle prépare les esprits à s'opposer au pouvoir de la Monarchie en parlant **de liberté**, **d'égalité** et **de fraternité**. Aussi pour lutter contre la propagation du protestantisme et de ces idées révolutionnaires, des religieux lazaristes vont instruire un procès.

Les troupes du roi s'installeront à demeure chez les réformés avant que ceux-ci ne soient exécutés.

Le roi se considère comme un monarque de droit divin. Il prend des distances par rapport aux religions et donc avec la papauté et il dénonce l'édit de Nantes qui protégeait jusqu'alors le culte protestant. Pour ce faire il envoie les dragonnades meurtrières contre les communautés protestantes.

Dans un même pays, deux mondes s'ignorent :

D'un côté les bals opulents et fastueux de Louis XV continuent au sein d'une noblesse insouciante qui se poudre et se fait des mouches sur le visage, et de l'autre les crève-la-faim chez les paysans et les manœuvriers, ce qui provoquera la préparation à la Révolution française.

Les faubourgs prennent de l'importance et se multiplient artisans, ouvriers et miséreux qui survivent et ne mangent qu'à la tâche, seulement les jours où ils travaillent. Lorsqu'ils n'ont pas d'emploi, ils quémandent. Leur femme lavandière ou repasseuse gagne peu et la famille vit la malefaim. Les enfants sont exploités et réduits à voler, travaillant très jeune pour presque rien.

Les Bouchard d'Esparbès de Lussan de La Serre d'Aubeterre, sont reconnus par les rois qui se souviennent de leur indéfectible fidélité, toujours au service des rois, répondant toujours présents.

Louis XV devient roi en 1715 après une régence assurée par le duc d'Orléans qui aurait voulu évincer le roi. Nous sommes alors dans un contexte de trouble social, douloureux héritage de son arrière-grand-père Louis XIV qui ruina la France par de nombreuses guerres, la construction du château de Versailles, et d'autres châteaux plus petits ainsi que par un train de vie dispendieux. Mais il y a aussi l'influence de Madame de Pompadour que le roi écoute (1745 à 1764).

Madame de Pompadour (qui fut anoblie en prenant le nom du petit village en bas du Limousin qui jouxte le Périgord).

Le roi Louis XV ne savait pas qu'une famille de Pompadour demeurait à Bonnes et que là résidait la belle-mère des Bouchard d'Esparbès de Lussan de la Serre.

Le roi prendra réellement ses fonctions en 1743 à la mort du cardinal de Fleury. Homme secret très intelligent, il conteste son absolutisme, mais aussi l'emprise de l'Église. Il met en place des écoles administratives novatrices et se confronte au parlement qui ne lui attire pas que des amis. À 64 ans il décède, alors père de 14 enfants. La cour ne pense qu'aux colonies pour s'agrandir et s'enrichir sans penser à les garder. Seul le profit immédiat intéresse. Voilà qui se révélera une grosse erreur d'impréparation pour l'avenir.

Trop tard, la France perd sa place de première puissance mondiale et cède aux Britanniques la colonie la plus grande et la plus peuplée « La Nouvelle France » qui comprend le Canada en 1763.

Le président américain G. Washington est heureux de voir s'éloigner l'éventuel colonisateur français.

Le roi Louis XV « le bien aimé » finira son règne haï, il meurt en 1774.

Chapitre 22
La Nouvelle France

Sur place… En Charente à Chalais.

<u>Les Dupont du Chambon</u>, famille amie **des Bouchard d'Esparbès de Lussan de la Serre d'Aubeterre** sont de grands amis, habitant en dessous du château familial de Chalais. À Curac en **1664 Montrignac, Sergent Royal**, achète une propriété voisine sous le château de Chalais, il devient l'auxiliaire de justice du Lieutenant du roi à Saint-Louis de Dupont du Chambon, et le sergent général en 1681.

Montrignac fait baptiser son fils à Saint-Louis au Canada.

En 1690 Louis Dupont Duchambon naît un dimanche à Sérignac aujourd'hui appelé Chalais. En 1702 il est enseigne des troupes royales. Il épouse Jeanne Mius d'entremont de Pobomcou en 1709 à Port Royal en Acadie.

En 1713 le 20 septembre. Il sera Lieutenant du roi à Louisbourg (Canada) puis Commandant des troupes.

Avec **Jeanne Mius d'Entremont de Pobomcoup** ils deviennent parents de dix enfants. Veuf, il épouse Marie sa belle-sœur avec qui il aura 3 filles et 5 garçons. Une famille de 18 enfants.

Sa femme apprend la langue des Indiens d'Amérique, les Hurons, farouches ennemis des Iroquois, et les Algonquins alliés des colons. Jeanne ne peut qu'assister aux débarquements d'Africains dont le tiers périt en traversée, les survivants étant dans un état déplorable. Elle s'en plaindra auprès de son époux qui la renverra à ses bonnes œuvres, s'occuper de ce qui la concerne.

Son fils aîné, **en 1740 Charles François Ferdinand Dupont du Chambon** dont le témoin de mariage fut Jacques **Marie Blaise Brunet** (bâtard de la famille du roi Henri III et Julie). Il succède à son père qui se livrait au commerce d'esclaves, les 18 enfants sont tous nés à Port Dauphin et se marient à Louisbourg.

Après une guerre de 7 ans, son fils **Louis** devenu **capitaine**, noté « bien que médiocre à tous égards » par ses pairs hauts gradés militaires, **est nommé** par le roi commandant du fort Beauséjour à Port-Dauphin au Canada, **Gouverneur de l'Île Royale**. Il place ses coreligionnaires aux places fortes de Bordeaux mais surtout à La Rochelle ou à Rouen pour son commerce d'esclaves, ses échanges de cacao, café, sucre de canne, rhum, peaux et autres marchandises or, argent, pierres précieuses.

Suite aux plaintes reçues pour commerce d'esclave, une enquête diligentée par le roi mentionne « Fort bien mal tenu. » rien sur la traite des esclaves.

C'est un mauvais officier, et un mauvais époux. Sa femme prend ses quatre enfants et revient en France dans sa famille.

Comme les huguenots refusent ses cargaisons, il s'enrichit sans aucune réserve et s'achète sa propre flotte de bateaux.

Cet officier capitule devant l'armée anglaise. Au lieu de faire brûler le fort afin que l'ennemi ne récupère rien, il marchande sa liberté avec armes et bagages. Il invite tous les officiers anglais et français à un immense banquet à Louisbourg à l'issue duquel il remet « gaiement » la clé de l'Acadie. Il prend la mer très riche, pour regagner la France.

Pendant ce temps-là à Aubeterre en 1646.

Les troupes s'installeront chez les réformés avant que ceux-ci ne soient exécutés (les dragonnades).

Les bals de Louis XV (qui est né à Versailles et mourra à Versailles) sont somptueux, illuminés de milliers de chandelles qui éclairent les dorures des murs. Les femmes portent des robes sublimes faites de tissus précieux ornés de diamants, de rubis d'émeraudes ou de jaspe, leurs têtes surmontées de coiffures extravagantes faites de plumes d'animaux exotiques, de bateaux à voiles.

La grande mode est de prendre du chocolat entre gens de la noblesse.

La cour ignore les centaines de paysans et manouvriers qui vivent dans la misère. Deux mondes totalement à part. De même ils ne savent rien à la cour des attaques sauvages des Iroquois poussant de sinistres hurlements et brandissant leurs tomahawks fracassant la tête des émigrés français, leurs coreligionnaires, en poussant des cris stridents lorsqu'ils scalpent les blancs à Louis Bourg.

À la mort de Louis XV les parisiens vont chanter de joie dans les rues, tant ils haïssent le roi Louis XV, affamés et désespérés, c'est la liesse de l'espérance.

Chronologie et faits d'armes des d'Aubeterre

Le neveu Louis-Pierre Joseph d'Esparbès de Lussan d'Aubeterre *comte* de Jonzac, capitaine-lieutenant des gendarmes Dauphins, meurt à Paris le 18 août 1717 à 35 ans.

1733 : Son fils « Le marquis de Jonzac » *est fait guidon* des gendarmes du Berry, puis Enseigne des gendarmes d'Orléans, puis Sous lieutenant de la compagnie des chevaux-légers (Louis XV).

Né en 1715 en Armagnac au château de Lussan le petit-fils du *Comte* d'Aubeterre dispose du gouvernement de Collioure, **Louis-Henri-Théophile dit le « Comte d'Aubeterre » Bouchard d'Esparbès de Lussan**, de Sainte-Maure, de Jonzac, de La Serre est colonel du régiment Royal Vaisseaux, Chevalier de l'Ordre Militaire de Saint Louis et meurt à la tête de son régiment en 1747. Auparavant, il était entré dans la première Compagnie des Mousquetaires à 19 ans en 1734 (Louis XV).

Pierre-Charles-François Bouchard d'Esparbès de Lussan de Sainte-Maure, d'Aubeterre, né le 29 avril 1771. Il découvre la pierre de rosette en Égypte qui permettra à Champollion de décrypter les hiéroglyphes. Épouse Pierrette Jannet de Cressia, ils auront sept enfants dont le successeur Pierre-François Xavier.

Époux de la marquise de Jonzac, ***il est le dernier de cette branche de cette*** *Maison la plus distinguée du Périgord.* Une fille naîtra lors d'une visite à Rome du Pape. La *Marquise* accouche d'une fille à Rome le 19 octobre 1764, sa mère Elisabeth Pauline Colbert de famille de Jean-Baptiste Colbert décède en 1768.

Le chevalier marquis d'Aubeterre, Charles-Louis Henri Bouchard d'Esparbès de Lussan, né en 1682 meurt à Paris âge de 58 ans le 20 avril 1740. Il sert le roi LOUIS XV. Son épouse est dame d'honneur de la reine. Il est Brigadier des armées du roi, capitaine dans la Royale d'infanterie, Maréchal de France, et rencontre à La Rochelle puis à Bordeaux le marquis Dupont du Chambon venant de Chalais. Une amitié chauvine entre les deux familles qui se connaissent bien. Grâce à cette connaissance **le marquis Dupont du Chambon** armera facilement plusieurs de ses bateaux pour transporter des immigrés vers Louisbourg où se trouve le Fort dont il est le maître.

En 1760 un de ses fils, **Pierre Dupont du Chambon** achète la moitié de saint Aulayes. La famille a le sens des affaires car la marine « marchande » rapporte fort bien. Autant dire qu'ils ont fait fortune en une génération.

La famille Dupont du Chambon est liée par alliance à un Bouchard.

Son fils Pierre et son cousin, déjà connu du comte Bouchard D'Esparbès de Lussan de la Serre comte d'Aubeterre, continuent le commerce des esclaves auquel son père Louis se livrait à Port Dauphin dès 1740.

Commerce qui s'étendra sur toute la Louisiane et en Acadie.

Le gouvernement royal ne voit rien, n'entend rien, seuls les résultats comptent.

Pourtant **le marquis Pierre-Charles-François dit « *Marquis de Jonzac* » Bouchard d'Esparbès de Lussan de la Serre d'Aubeterre,** fait part de sa désapprobation du commerce d'esclaves et dénonce de telles conduites au comte de Broglie à Vienne en 1754, ministre des affaires étrangères. Une enquête de la marine sera menée mais malheureusement le commerce des esclaves ne sera pas dénoncé et l'enquête stipulera seulement que « *le Fort est bien mal défendu* ». Constatation qui entraînera quand même une convocation de la part du roi.

Le sieur Louis Dupont du Chambon est rappelé en France par le roi Louis XV. À bord de son bateau une grave mutinerie éclate menée par l'officier **Brunet de Lasochetière (**descendant de Julie**)**. Jacques-Marie-Blaise BRUNET de Lasochetière **a épousé Jeanne, la fille** du commandant Du Pont du Chambon. Les soldats n'ont reçu aucune solde, et ils ont faim. Les marins en viennent donc à séquestrer leur capitaine.

Le roi ne met pas Louis Dupont du Chambon aux arrêts eu égard à ses titres, mais lui donne 3 000 pièces d'or, le titre de commandant de Port Dauphin et lui demande de rester sur ses terres de Sérignac afin de ne plus jamais le revoir. Il décédera en 1775 à Chalais à l'âge de 85 ans.

Mais la famille Dupont du Chambon a une nombreuse descendance avec ses 18 enfants répartis sur tout le Canada et le Québec.

Elle continue de s'enrichir grâce au trafic d'esclaves et au commerce de l'or, des peaux et des pierres précieuses, ainsi que de l'alcool dont les Indiens raffolent.

Ils voient dans le commerce qui se fait avec l'Afrique et les colonies d'Amérique une carrière toute trouvée, et s'enrichissent rapidement, bien plus vite que dans l'armée.

Aujourd'hui de nombreux descendants existent encore aux États-Unis, et en France dont l'un d'entre eux va venir s'installer **au château du Bernou à Pillac**.

D'autres bateaux proviennent de France chargés de paysans, de travailleurs qui espèrent une belle vie dans cette Nouvelle France, le roi les encourage à partir.

Félix le Vendéen regarde au loin cette terre promise au-delà de cette eau. Il est prêt, il a fait son ballot, dit adieu à ses frères et à sa mère, est passé voir le curé pour lui remettre le peu d'argent qu'il possédait afin qu'il aide sa mère après son départ. Il sent qu'il ne reverra plus jamais sa terre. Mais comment vivre à trois garçons qui voudront faire foyer avec la mère sur une parcelle aussi petite sur l'Isle de Ré ? Il laisse donc à ses frères sa part, et souhaite à sa sœur de faire un bon mariage.

Félix le Vendéen avait déjà repéré le bateau « l'Intrépide » en partance pour Louisbourg, et avait lié connaissance avec des matelots. Les gars font monter à bord une cohorte de gens endimanchés comme lui, en les soulageant du prix de la traversée car il faut payer d'avance.

À peine le port de la Rochelle hors de vue, les marins séparent les hommes des femmes et des enfants, et les font descendre dans les cales. L'odeur est nauséabonde, déjà certains sont malades. Félix mâche des tiges de menthe verte, ce qui lui permet de tenir et de tromper sa faim car sa mère lui a fait des galettes de pain noir et il veut les économiser avec les cabécous secs, le lard et les pommes qui garnissent sa musette afin de tenir le plus longtemps possible.

Ces migrants sont encouragés par le roi qui leur promet une prime de cent livres (1 814 €) une fortune ! Félix le Vendéen rêve de devenir fermier.

Bien d'autres passagers sont comme lui, attendant avec impatience de savoir ce qu'ils vont devenir, leurs conversations sont pleines d'espoirs.

Car personne au pays n'est revenu jusqu'à maintenant, seuls les courriers racontent que c'est la terre promise. La promiscuité provoque obligatoirement des rencontres mais aussi des bagarres.

Félix le Vendéen fait la connaissance d'Honorin le Charentais venant de Montignac-le-coq. Lui aussi vibre à la pensée de s'installer. Il espère qu'il y aura assez de terres à partager pour tout ce monde parti à l'aventure. Félix le Vendéen sait lire difficilement mais il parvient à déchiffrer. Honorin le Charentais de son côté ne sait que compter, ce qui est déjà fort utile et précieux. L'océan devient houleux, sur le pont des cris, et on entend des pas de course, des matelots les appellent pour aider à affaler les voiles afin de maintenir le bateau à flot alors qu'il gîte dangereusement. Les deux jeunes hommes ont du mal à se tenir debout auprès du bastingage car cela faisait trois jours qu'ils étaient enfermés. Honorin le Charentais glisse et part vers bâbord juste sous les barrières du pont où l'eau emmène avec force tout ce qu'elle trouve sur son passage. Félix le Vendéen lui lance une corde, Félix parvient à la fixer au mât pour qu'Honorin s'agrippe et remonte.

Ils ont eu bien peur !

Honorin allait se noyer même si ce dernier savait nager, mais quant à lui, il ne fallait surtout pas qu'il tombe à l'eau.

Le ressac des vagues recouvre dangereusement le pont du bateau. La traversée de l'océan sera une épreuve pénible, avec de nombreux morts et des maladies dont on n'arrivait pas à bout.

Ils se tiennent tous trempés l'un contre l'autre, ils sont vivants, plusieurs de leurs compagnons de voyage n'ont pas eu cette chance et sont disparus en mer. Le jour se lève, la tempête se calme, et les marins les conduisent vers la cale avec un hareng pour tout paiement. Ils dévorent cette manne férocement une fois de retour à l'abri.

Presque trois semaines se sont écoulées et enfin ils arrivent à *Louisbourg* !

Dès leur arrivée au port, ils sont triés, parqués selon leur force et leur taille. Des hommes d'affaires les remarquent, carrés d'épaule, vigoureux et en bonne santé et les choisissent pour *le gouverneur de l'île, le marquis Dupont du Chambon.*

Honorin et Félix disent qu'ils sont « cousins » afin de ne pas être séparés.

Ils sont remarqués parmi les premiers, car ils sont costauds l'un et l'autre, possèdent une bonne dentition.

Un homme bien vêtu leur explique qu'ils vont avoir chacun une concession d'une année, un lopin de terre de deux arpents de large et trente de longueur (superficie de 20 hectares 4), couvert d'immenses arbres. Terre située à plusieurs jours de marche du port et des commerces qu'ils auront à défricher.

Leur « maître » les embarque en carriole et les dote d'une faucille, d'une pioche, d'une pelle, d'une fourche, d'une faux, d'une masse et de marteaux, de pointes ainsi qu'une hache, des coins et une scie. Ils auront également en attribution, deux sceaux, six poules, avec l'obligation d'avoir défriché puis labouré en un an la moitié de la concession en laissant les souches pour aller plus vite et pour pouvoir au plus tôt ensemencer la terre des précieuses graines de blé et d'avoine confiées dans un tonneau.

Puis il leur faut construire une cabane en bois avec une cheminée. Toute cette mise en route est obligatoire pour avoir une maison et avoir le droit de se marier.

Le Maître qui les a accueillis sous son autorité leur fournit de l'étoupe pour faire du feu, un baril qui contient des anguilles en saumure, une jarre en terre remplie de cidre, des galettes de pain séché pour pouvoir tenir quelque temps.

Les deux nouveaux quittent leur maître et sont montés sur une charrette, où se trouve un prêtre. Celui-ci les enregistre dans son carnet, et leur annonce qu'il viendra les rechercher dans un an après l'hiver quand ils auront semé l'avoine et le blé. S'ils reçoivent du courrier, il le leur fera passer par un des autres colons de la même vallée.

Félix le Vendéen et Honorin le Charentais impatients, trouvent la route bien longue tant ils ont hâte. La forêt est gigantesque et ils sont impressionnés par les arbres d'une hauteur vertigineuse, inconnue en métropole. Enfin la carriole longe une rivière immense en évitant des ornières, la boue est glissante et la terre rouge.

Le curé montre deux lopins de terre pour les « cousins » :

« Ne tardez pas, leur dit-il, les neiges arrivent vite. Quels noms donnerez-vous à cet endroit ?

— "Le ptit Pible" dit Honorin le Charentais, "La Charie" dit Félix le Vendéen.

— "Le Ptit Pible" pour l'un et "La Charie" pour l'autre nous sommes d'accord.

— Je bénis la terre du "Ptit Pible" et celle de "La Charie" et vous les hommes qui vont faire fructifier ces terres ».

Le curé, râblé, homme bien sympathique, bienveillant et habité par une autorité naturelle, les accompagne puis passe voir ceux qui seront leurs voisins et les présente. Il sera de retour dans un an pour les marier et baptiser les enfants nés dans l'année. Chez les couples déjà présents et installés le long de la rivière, les résultats sont visibles.

Une maison, une femme plusieurs enfants, une vache ou un bœuf, une grange avec du matériel agricole.

Ils sautent de la carriole, descendent en faisant signe à leurs futurs voisins qui les observent et leur retournent le salut. Pas de temps à perdre, au pied de trois arbres ils déposent leurs outils et leurs vestes, construisent rapidement un enclos pour enfermer les poules, et se mettent de suite à arpenter leur terre, puis prennent la scie, la hache et les coins.

« Un jour chez l'un, un jour chez l'autre ! » proclament-ils avec de larges sourires. Les mains sont topées, et la sueur coule, malgré les moustiques et la chaleur de ce printemps. Ils terminent leur première journée avec la satisfaction d'avoir bien œuvré et d'être à la bonne place. Après s'être désaltérés avec une goulée de cidre dans le gosier et avoir mangé une galette de pain dur, ils montent rapidement la tente pour mettre leurs affaires à l'abri.

Le lendemain ils continuent sur l'autre lopin. On entend le bruit rythmé de la scie, des ahanements d'effort. L'ébranchage se fait pour découvrir les troncs, ils ne parlent pas et sont entièrement concentrés sur leur ouvrage…

« Et si on voyait un peu ce qu'ils ont dans le ventre ces troncs, lança Félix ?

— Prends les coins, je tape ! » dit Honorin.

Le fut de l'arbre s'ouvre et se fend pour laisser apparaître un beau bois clair et filandreux sans nœud. Magnifique…

« Ce sera le premier pour la maison sourit Félix et tu en auras la moitié ! » Les deux hommes sont repartis d'arrache pied à couper les arbres. Le soleil leur indique bien midi, mais ils ont tant à faire. Un quignon, un bout d'anguille, et les voilà repartis jusqu'à la nuit. Le soir, ils gobent un œuf ou deux et finissent leur bout de pain, ils se régalent de miel trouvé en abattant un arbre.

Leurs mains, leurs bras, leurs dos sont endoloris, d'autant plus qu'ils dorment par terre, la tête sur la musette, et la veste sur le corps.

Un matin, alors qu'ils sarclent leur terrain :

« Honorin ?...Regarde discrètement sur la butte... murmure Félix.

— Des Indiens ?

— Ça m'en a tout l'air, que nous veulent-ils ? »

En effet une escouade de dix hommes en pagne de cuir s'avance vers eux à cheval, et leur font comprendre qu'ils ont des peaux à échanger contre des poules.

« Que faisons-nous cousin, susurre Antonin ?

— Vaut mieux les avoir en amitié qu'en ennemi, et cet hiver les peaux nous seront bien utiles. Marché conclu, gardons simplement chacun trois poules ».

Les Indiens les saluent en leur tournant autour avec des cris stridents et disparaissent comme ils sont apparus.

« Tu parles d'une peur quand j'ai vu ces Indiens ! dit Félix.

— Ils ont l'air farouche avec leurs peintures ! »

— J'en menais pas large moi non plus, mais je pense que même si on ne les voit pas, ils nous surveillent, il faut être prudents. »

La troupe d'Indiens revient en effet, et le chef remet à chacun des graines en leur montrant le sol. Ils ne savent pas ce que c'est, mais remercient vivement leurs visiteurs. Comme ils avaient retourné une rangée de terre fraîche, ils sèment une partie des graines offertes.

Ils n'ont que quelques heures avant la nuit pour se construire une hutte pour mettre tout à l'abri. L'orage menace, et bientôt une pluie torrentielle les submerge. Si forte et si drue qu'ils ne peuvent s'entendre crier.

Heureusement l'entraide est là. Entre défricheurs on a fait connaissance avec ses voisins et on travaille ensemble. Ils apprennent par leurs voisins que l'hiver s'annonce rude et long.

Les deux hommes prennent leur eau dans la rivière et s'en servent pour tout. Mais cet hiver elle sera gelée, il faudra creuser un puits, il faut absolument commencer les maisons. Le petit bois sec des abattages servira de combustible.

Alors, lorsqu'au bout de la première année, la moitié du champ fut retournée à la pioche, Félix le Vendéen et Honorin le Charentais qui avaient un peu d'argent, demandèrent à louer le bœuf et le socle de leur plus proche voisin, Lucas, qui lui est du Morvan, afin d'aller plus vite. Après une rapide négociation qui arrange tout le monde, le bœuf est mis à l'ouvrage et la terre s'ouvre, lourde et pleine de vers, c'est une bonne terre. Elle se révélera fertile. Les cultures vont donner de belles récoltes.

Ils courent pour pouvoir semer à la volée les semences d'avoine et de blé. Mais les maisons ne sont pas encore construites…

Les journées sont rapidement moins longues, le soir tombant si vite, la température baisse…

Ils sont accueillis chez leurs voisins et visitent leur maison solidement construite pour en prendre modèle. Lucas et Toinette, des Morvendiaux, sont les habitants les plus proches et propriétaires du bœuf qu'ils ont loué. C'est bien volontiers qu'ils leur ouvrent leur domicile. Ils sont parents de deux fillettes et d'un garçonnet juste né. Félix et Honorin sont tout heureux de bénéficier de cette chaleur familiale et d'une soupe aux choux bien chaude. Ils se régalent, et se projettent dans la construction du premier chalet :

« Nous irons vous aider à soulever les grumes pour monter les cloisons avec les deux autres défricheurs du coin qui habitent plus loin, leur dit Lucas.

J'irai aussi chercher Jules et Thiers avec leurs familles. À cinq hommes et avec les femmes et les enfants nous avanceront le travail. Les enfants remonteront les pierres du Saint Laurent avec les seaux pour monter les murets des fondations et la cheminée, ainsi que les seaux de terre maçonne. Les plus petits ramasseront la mousse à mélanger pour faire les joints. Les femmes nous aideront aux fondations et à tenir les madriers et les solives. Pour le sol, vous devrez vous faire des planches sciées dans les troncs qui n'auront pas été utilisés.

— Nous avons le premier ! crie Félix ». Au bout de deux jours les quatre murs sont montés. Honorin qui est très ému, admire ce qui sera son chez lui. Le second soir, les quatre murs de Félix sont érigés à leur tour et son chalet prend forme. Tous à terre ils construisent et assemblent les charpentes les planches, les fenêtres et les volets, les hissent avec des cordages, ainsi qu'un auvent pour chaque chalet à la porte d'entrée.

Les femmes pèlent les grumes pour les couvertures de toit et assemblent les tiges de bambous afin de poser les toitures et de les protéger de l'usure et des assauts du temps. Pour plus d'efficacité, elles enduisent les planches de sève gluante, ainsi les toitures seront encore plus étanches. Les cheminées de gros galets dépassent des toits désormais.

Cet hiver, ils feront les planches, la table, un buffet, des bancs, un lit-cage pour pouvoir loger dignement leur future épouse.

Sans perdre de temps, toute la population qui voisine le « Ptit Pible » et « la Charie », arrive de bonne heure, avec de la soupe chaude. Chacun sait ce qu'il a à faire.

Les chalets s'animent timidement, un mois plus tard tous les yeux sont rivés sur la cheminée. La terre maçonne ayant durci et séché, ils apprécient la solidité de leurs édifices. Les premières fumées sont saluées de cris de joie et de fierté, un bouquet est monté sur chaque toit. Les hommes, les femmes et les enfants ont rempli leur contrat. Toinette leur fait quérir des œufs et les invite à fêter la *goularde*[35].

Toinette leur dit : « Et n'oubliez pas d'amener vos citrouilles je vais les cuisiner en soupe ou en gâteaux. »

Les deux hommes ne connaissaient pas ce que les indiens leur avait offert.

---

35 Fin des travaux d'automne.

Tous se régalent de poissons séchés, pêchés dans le fleuve voisin, et des crêpes au sucre d'érable, sans oublier des beignets. Un vrai banquet, quel régal !

Ah qu'il doit être bon d'avoir une vraie famille et comme on se sentira avec encore plus de sécurité avec de bons voisins.

Lorsqu'ils ressortent, les premiers flocons tombent dru, Félix et Honorin peinent à retrouver leur chemin, heureusement les maisons sont là.

Les premiers feux réchauffent leur cœur, bientôt la liste des achats pour le retour à Louisbourg prend forme. Ils fabriquent tout l'hiver avec application leur mobilier, les planchers. Chacun aide l'autre pour poser le plancher raboté le plus ras possible sur des poutrelles. Ils vont pouvoir prétendre à prendre épouse. Ils ont le droit de la choisir, et doivent pour cela se rendre au port, où les femmes sont sous la surveillance de « mères » qui les « éduquent » à l'entretien domestique et les font travailler pour confectionner leur trousseau, mais surtout qui les protègent d'un risque de prostitution car elles sont « filles du Roi ».

Elles seront choisies par le défricheur, mais ce sont elles qui donneront leur approbation, sachant qu'elles ne peuvent rester indéfiniment chez la dame qui les loge, les nourrit et les habille, même si c'est le roi qui paye. Le but est qu'avec de nombreuses familles naissent beaucoup d'enfants afin de coloniser la Nouvelle France. (Colonie commencée en 1534 par Henry IV et abandonnée à l'Angleterre en 1763, et la Louisiane aux espagnols.)

Le prêtre est là pour leur rappeler leur devoir conjugal lorsque trop peu d'enfants voient le jour au sein d'un couple, le curé demande s'ils font tout ce qu'il faut pour mettre leur épouse enceinte.

Le blé et l'avoine sortent déjà du sol et verdissent la terre. Les jours rallongent.

Une carriole s'arrête devant le Ptit Pible et La Charie.

C'est le prêtre qui revient les chercher pour les marier. Il ne passe pas son temps en admiration devant le travail titanesque effectué, il voit simplement que les cheminées fument et que les récoltes sont vertes. Donc des foyers peuvent s'y installer.

« Ah vous avez semé des citrouilles ? Ce sont d'excellents légumes » leur dit l'homme d'Église.

— Ce sont les Indiens qui nous les ont troquées dit Félix, nous ne savions pas ce que c'était ».

Vite Félix et Honorin enfilent leur seule veste propre. Leurs galoches sont nettoyées. Ils n'ont pas taillé leur barbe ni leurs cheveux depuis un an, aussi égalisent-ils les poils dans la carriole pour être plus présentables.

Enfin les quais du port, les gens vont et viennent, des cabriolets leur coupent le passage. Les femmes portent des bottines à talons et se protègent du soleil avec une ombrelle. C'est la ville, un autre univers. Ils préfèrent « leur village ».

Eux deux doivent d'abord voir leur Maître pour rendre des comptes et détailler l'avancement de leur installation. Celui-ci, content de leur travail, leur remet des bons pour d'autres semences, pour acquérir une truie pleine, ainsi qu'une vache et son veau, leur laissant le reste, à chacun 50 livres, de la prime du roi, somme qu'ils n'ont jamais possédée auparavant. Ils ont l'accord pour trouver et prendre épouse.

Tous les deux se rendent à l'adresse qui leur a été donnée pour rencontrer les demoiselles à marier. Une femme d'un âge certain leur ouvre, regarde leur certificat, et fait descendre ses filles.

Elles sont toutes différentes. Pour faire connaissance chacun se présente timidement.

Naturellement Félix et Honorin ont le cœur qui penche vers les deux femmes issues de la Saintonge, l'une de l'île de Ré toute rousse et petite, l'autre de Confolens, grande brune et élancée. Cette dernière sourit à Honorin le charentais à qui elle est loin de déplaire.

La Rousse se prénomme Rose pour Félix, et la charentaise de Confolens se prénomme Augusta pour Honorin. Elles sont toutes deux émues, et acceptent de partir déambuler avec les deux hommes, histoire de faire connaissance. Il n'y a pas beaucoup d'hésitation chez aucun d'entre eux, et de retour chez « La Mère », elles confient à leurs hommes plusieurs sacs d'un trousseau confectionné dans l'attente de construire leur foyer. Elles pleurent en embrassant « leur mère » et les autres filles qui espèrent bientôt un mari à leur tour les voient partir à regret en les enviant.

Chacun des hommes a loué une charrette pour l'année, Félix installe Rose dans la sienne, et Honorin à son tour installe son Augusta qui le dépasse d'une bonne tête. Les courses prennent du temps. Les femmes en effet demandent avec timidité mais néanmoins avec fermeté ce dont elles ont besoin : de la vaisselle, des récipients, du tissu, des draps, de la passementerie, des ustensiles de cuisine, des bottines, des chapeaux et veulent habiller chacune leur homme, ce qu'ils acceptent bien volontiers en riant de plaisir. Les 50 livres (907€) ont fondu comme beurre au soleil, il ne reste que 10 livres (181,40€), mais bientôt ils auront leurs produits à vendre, avec le potager que les femmes vont cultiver, les lapines, la truie, le veau et le lait, les céréales et les poules, ils ne seront pas en manque ni à plaindre.

Même si les jours se sont rallongés, ils ne rentreront qu'après avoir vu le curé et l'officier du gouverneur pour pouvoir se marier officiellement.

Leurs devoirs accomplis, ils embarquent leurs épouses vers leurs nouveaux logis, chacun dans son chariot rempli comme un œuf à deux jaunes, suivi de la vache et du veau qui trottinent à l'arrière.

Quelle bonne surprise les attend ! Toinette a fait préparer le feu par les filles pour allumer l'âtre et préparer pour chaque couple du pain frais et du fromage, avec un bouquet de fleurs des champs sur la table en signe de bienvenue. Tous ces signes touchent le cœur des quatre voyageurs qui se sentent attendus par des amis, des voisins, des cousins.

Durant le temps printanier chaque couple s'organise. Au potager les femmes s'activent pour mettre les graines de citrouilles à la bonne période, et d'autres graines achetées sur les conseils de la « Mère », elles gèrent les poulaillers. Il en est de même pour les pommes de terre. Les premiers rayons du soleil chauffent la terre, et Augusta perd connaissance au bout du sillon. Honorin le charentais alarmé tente de la réanimer et revient avec de l'eau pour qu'elle se désaltère. Elle lui sourit et lui dit : « C'est le mal joli mon homme ! Un bébé va naître. J'ai trois mois de fait, mais ça porte malheur de le dire trop tôt… » Honorin est fou de joie et prodigue du mieux qu'il sait faire des soins pour Augusta. Honorin la prend dans ses bras, et lui confie doucement à l'oreille :

« Il faut agrandir la maison, je m'en charge »… Mais il faut avant abattre la seconde partie de la parcelle et la labourer avant de procéder à l'agrandissement de la maison.

Il court demander aux autres hommes de lui donner la main, et les femmes devinent de suite ce qu'il en est pour la nouvelle future maman en se faisant des clins d'œil sous-entendus, même si elles attendent qu'Augusta le leur annonce d'elle-même. Elles se réunissent chez Augusta, l'une avec de l'eau de mélisse, l'autre avec des pâtes de fruits, la troisième avec du fromage frais de chèvre.

La quatrième, déjà mère trois fois, lui prêtera le berceau si Antonin n'a pas le temps d'en construire un et lui montrera la layette dont elle dispose, car le temps presse, il faut continuer de défricher entièrement la seconde partie du lopin pour ensemencer ce qui leur a été confié à Louisbourg.

Malgré la chaleur, la moiteur et les moustiques, tous deux termineront à temps avant la naissance du premier enfant d'Augusta.

Et c'est Rose deux mois plus tard qui, ravie, montre son petit ventre qui s'arrondit à son tour devant Félix en pâmoison. Les naissances seront pour l'hiver, en décembre et février. Ce n'est pas la meilleure saison pour accoucher, il fait tellement froid pour accueillir des nouveau-nés, mais il fait bien chaud au fond des cœurs et auprès de l'âtre et les peaux des Indiens vont être bien utiles.

L'été est brûlant et le soleil darde ses rayons. Pour se rafraîchir ils ont aménagé une petite crique pour pouvoir se baigner à l'abri des courants dans le fleuve Saint-Laurent. D'ailleurs qu'elle n'est pas leur surprise de constater qu'au-delà, sur la falaise, plusieurs Indiens sont présents et les regardent. Bien étonnés mais pas trop inquiets, les jeunes couples s'interrogent. Les Iroquois leur demandent de l'alcool, ce qu'ils refusent car ils n'en ont pas et d'ailleurs il est interdit de commercer de l'alcool avec les Indiens.

Après concertation, les Indiens montrent de belles peaux et demandent en échange deux porcelets à chacun. Marché conclu. L'hiver pourra venir, les peaux leur tiendront chaud. Rose qui a appris la couture, coupe des bandes de cuir et fait des habits fourrés pour affronter l'hiver à son homme, c'est un succès, toute la petite communauté lui en demande.

Elle leur confectionne également des chausses et des vestes sans oublier une coiffure qui couvre les oreilles et protège la bouche avec les restes de peaux soigneusement découpées et doublées avec la peau de leurs lapins, rien n'est perdu, même les peaux d'écureuils sont soigneusement utilisées comme fine doublure dans les vêtements. Les maisons sont confortables. Les quatre femmes font la bugée[36] ensemble. Puis elles rincent et sèchent du linge en l'étendant ensemble sur l'herbe en plein soleil.

Surtout qu'il faudra prévoir les deux baptêmes et envisager de porter les enfants en charrette jusqu'à Louisbourg au printemps.

Noëlla pousse son premier cri chez Augusta et Honorin le jour de Noël. Elle est brune et bien rondelette. Elle boit au sein gloutonnement, couvée de tendresse par sa jeune maman heureuse.

---

36 Bouillir le linge.

Ensuite, pour Rose, l'affaire se complique, l'enfant ne veut pas sortir. La mère s'épuise à pousser en vain, le bébé ne descend pas, c'est trop long à venir. Alors, Augusta et Toinette lui montent sur le ventre à califourchon et poussent avec leurs poings pour aider l'enfant à descendre. Et c'est l'autre voisine qui tire la tête enserrée du cordon ombilical, le coupe dans une giclée de sang, puis vient l'épaule et le petit bras, entraînant tout le corps de l'enfant. Victoire, ça y'est, le bébé gicle comme un boulet, un gros gars qui braille, perçant les tympans de l'assemblée. Après une grande peur c'est la joie qui domine et des rires qui jaillissent de partout. Les femmes font les toilettes et mettent l'enfant à la mère. Celle-ci à son grand désarroi n'a pas de lait… Rose pleure car elle ne peut allaiter et alimenter *Victor* le nouveau-né. Augusta soulève son tablier et le met à son sein gonflé, aussitôt Victor s'apaise et aspire avec application le précieux lait :

« Quand y'en a pour un, y'en a pour deux ! Cousine, déclare Augusta.

— Tu vois Rose, moi j'allaite et toi tu laveras les langes »… Toutes les femmes rient de bon cœur en admirant ce poupon joufflu qu'elles vont emmailloter puis suspendre auprès de l'âtre de la cheminée chez Rose afin qu'il ait bien chaud.

Les hommes ont alimenté les cheminées pour que les nourrissons n'aient pas froid.

Ils peuvent maintenant sortir sans risque. Pâques est passé et la neige fond, la communauté se prépare à faire baptiser *Noëlla* et *Victor*. Les deux jeunes couples, comblés, portent en plus l'espoir de deux autres nouvelles naissances pour novembre.

Les parrains et marraines sont fin prêts également, d'autant plus qu'eux aussi vont voir s'agrandir leurs familles. Sous chaque toit une naissance est attendue.

Toinette, malgré son ventre bien rebondi pour la quatrième fois, est la reine de la pâtisserie et a fabriqué nombre de plats pour le retour de la messe.

Les deux nouveaux pères, ont préparé les nouvelles chambres et font découvrir à leurs épouses émerveillées l'ingéniosité des installations avec la délicatesse des détails apportés, au moment de leur retour.

La fête est belle.

La vache meugle soudainement et les poules s'agitent et caquettent affolées.

« Que se passe-t-il ? » interroge Honorin.

Tous les hommes sortent et voient stupéfaits un grizzli tourner autour des abris des animaux. Il doit avoir faim et secoue furieusement le grillage de ses longues griffes. Heureusement des hommes avaient leur fusil à proximité, ils rentrent en vitesse les chercher et abattent l'animal. Les femmes et les enfants mi-apeurés mi-admiratifs reluquent l'animal. La viande va être salée et séchée, partagée entre tous ainsi que la peau.

La leçon que les hommes en tirent c'est qu'il va falloir faire des courses à la prochaine visite en ville afin de pouvoir protéger solidement leurs enclos.

Pour cette occasion, Toinette a préparé un véritable rayon de pâtisseries à vendre en ville et Rose a cousu des habits et des fourrures à vendre pour hommes femmes et enfants. Honorin et Félix ont fabriqué des cages pour y faire voyager les animaux à vendre. Les deux familles espèrent tirer un bon profit de leurs productions. Les nouveau-nés seront veillés par les grandes filles et nourris au sucre d'érable et au lait de vache pour la journée.

Augusta remplit le fond de la charrette de beaux légumes variés qu'elle a récoltés dans son potager et a disposé soigneusement sur la paille de la charrette. Dans une cage, plusieurs poulets vivants, des lapins, des œufs, des fromages, des jambons et de la viande séchée.

Dans la seconde carriole sont remisées les récoltes, et huit cochons attachés ainsi que des javelles de paille à vendre. Tous espèrent faire de bonnes ventes pour avoir de l'argent afin d'acheter du matériel agricole, de la vaisselle et des tissus, des draps pour les femmes, ainsi que des chaussures et des laines pour tisser de nouveaux habits. Les enfants grandissent, les hommes usent beaucoup en travaillant, et elles se feraient bien une nouvelle tenue aussi avec leur ventre qui s'arrondit. De larges blouses ne seraient pas superflues.

Placés le long du quai, ils découvrent un long défilé d'hommes enchaînés descendant d'un bateau. Ils assistent médusés et honteux au spectacle des acheteurs qui regardent les dents, les muscles, et achètent les esclaves par lot, marchandant le prix, avec en appoint des femmes et des enfants pour remporter le marché. Il y a deux ans c'était eux, mais ils étaient arrivés en hommes libres.

Toinette détourne les yeux devant cette scène qui la révulse. L'enfant tressaille en elle, ressentant le sentiment maternel de dégoût.

La petite colonie repart après avoir tout vendu, à une vitesse qu'ils n'auraient pas imaginée. Les achats pour tous sont faits, et ces dames sont même allées apporter un panier à leur « Mère » pour annoncer la naissance de leurs enfants et les promesses à venir. Touchée aux larmes, « la Mère » accroche une médaille de la vierge pour les futurs petits baptisés.

Ils apprennent en même temps que le fort a été attaqué par les anglais à plusieurs reprises, ils ont fini par gagner la bataille. Le commandant Dupont du Chambon a dû quitter son poste et fuir vers la France.

Ils sont devenus sous colonie anglaise sans le savoir ! Les anglais accordent aux français deux générations pour que les colons puissent s'installer et faire fructifier la colonie et parler leur langue.

C'est vrai en y réfléchissant qu'ils avaient entendu au loin des bruits sourds, mais Félix et Honorin ne pensaient pas que ce puisse être des tirs de canons à LouisBourg.

Malicieux et ingénieux, les anglais laissent flotter le drapeau français afin de piéger les navigateurs qui viendraient accoster à Louisbourg ignorant le départ des troupes françaises.

C'est donc un piège pour que les bateaux marchands entrent dans la rade, et se fassent spolier leurs marchandises. Une fois les cargaisons dérobées, les équipages sont tués sauf s'ils acceptent de se soumettre à l'autorité anglaise. En ce cas alors ils repartiront pour les commerces de semences, d'or, de pierres, d'esclaves et de peaux, pour d'innombrables allers et retours entre les îles, l'Afrique, et le continent.

La France ne veut rien voir de tout cela, ne rien entendre sur la traite des esclaves Africains, Dominicains, Martiniquais… Le commerce du cacao, des fruits exotiques, du café, du sucre de canne et du rhum demeure son seul intérêt. La façon dont la récolte est faite ne la regarde pas. Peu d'intérêt lorsque la France abandonne Louisbourg et ses 60 000 colons issus de France et 750 soldats qui devront se reconvertir en fermier ou en marchand.

Le général Dupont du Chambon file vers la France sans se retourner.

Mais le marquis d'Aubeterre a fait part de sa désapprobation au comte de Broglie à Vienne en 1754, alors ministre des affaires étrangères, il interpelle également le général de Lafayette vingt ans plus tard sur les droits de l'homme, en voyant la situation inhumaine de la traite des noirs, attachés, battus, sous alimentés, séparés de leurs femmes, parqués comme des animaux, et attendant d'être choisis comme de la vulgaire marchandise, ayant perdu toute humanité.

Le marquis Bouchard d'Esparbès de Lussan d'Aubeterre n'a pas assez d'entregent pour lutter face à ce fléau très lucratif et très bien organisé, favorisé par les rois de France et d'Espagne qui en retirent de gros bénéfices.

En Nouvelle France, l'attaque passée, les Indiens faits prisonniers par les anglais sont exécutés la tête haute en chantant des paroles incompréhensibles. La population locale les regarde avec admiration, subjuguée par leur courage et leur bravoure, comme hypnotisée par la mélodie de leurs chants, ils admirent leur courage.

La Louisiane sera vendue en 1803 équivalent à 380 202 140 € soit un prix à l'hectare de 1,77 €. Aujourd'hui 1 hectare de terre agricole se négocie (selon la région) en moyenne à 5 000 € en France.

La France a abandonné ses enfants, et en plus elle a bradé le pays canadien. Jefferson regardait d'un mauvais œil l'installation de la France sur tout le Mississippi allant jusqu'à la Californie. Mais cette colonie n'est pas rentable, trop coûteuse, et il est impossible de protéger les nouveaux arrivants. L'affaire est alors conclue avec l'accord stipulant que les colons peuvent rester au moins deux générations durant pour qu'ils puissent devenir Américains ou repartir.

Mais des vagues successives de migrants se succèdent pour tenter plus loin l'aventure et acquérir de la richesse, à Haïti, dans les Antilles, la Jamaïque, les Caraïbes et la Nouvelle France. Une épidémie de fièvre jaune va décimer une grande partie de la population et de l'armée.

L'épouse du Commandant des troupes, veuve, reçoit du roi une forte rente en dédommagement de la perte de sa situation coloniale et de son mari décédé à Chalais. C'est ainsi que les riches Dupont du Chambon sont encore auprès de Chalais. Leur troisième génération n'ayant plus d'enfant, ils achètent le château du Bernou à Pillac au bénéfice de leur neveu le marquis Dupont du Chambon.

Le marquis Dupont du Chambon en fait voir de toutes les couleurs au personnel local ayant eu l'habitude d'être servi par des esclaves. Il entend bien faire obéir la lingère (mon arrière-grand-mère Anne), la cuisinière, et la femme de chambre comme il le faisait avec les « négresses ». Le soir, elles s'enferment en déplaçant l'armoire, bloquant la serrure avec une chaise, pour que le Marquis ne les viole pas. La journée elles restent toujours par deux, évitant les mains baladeuses craignant le pire.

Toujours célibataire, et très entreprenant, le Marquis a des vues sur une demoiselle de Saint-Séverin très pieuse et qui, lui semble-t-il sera soumise.

Un matin il traverse à bride abattue les terres des paysans de Pillac, les coteaux de Montignac-le-Coq et Saint-Séverin, sans gêne aucune, écrasant les semailles ou foulant la récolte pour aller lui demander sa main.

Éconduit par la demoiselle, personne ne saura ce que celle-ci lui aura dit.

Fou de rage, le Marquis reprend sa magnifique jument alezane « Alizée » qu'il soigne mieux qu'une maîtresse et la pousse à l'extrême pour retourner au Bernou où là, ivre de colère et de rage, il l'abat et l'enterre sous un cyprès.

Les nouveaux occupants ont retrouvé les ossements de la jument en coupant l'arbre l'an dernier.

Toujours persuadé de sa supériorité, il arrivait la messe bien commencée en faisant claquer sa canne sur les dalles de l'église de Pillac. Il s'installait au premier rang, et ne donnait jamais à la quête. Mon arrière-grand-mère qui était domestique au château avait rencontré son mari Antoine Lestard au Moulin de l'Auzonne.

Ils économisèrent pour acheter le Pasquet et être enfin *propriétaires* afin de pouvoir s'éloigner de ce personnage brutal et détestable.

Enfin chez eux. Le temps bien bref du bonheur, Anne avec sa quichenotte, Moise leur fils et Antoine prennent la pose devant leur premier attelage d'une houe.

La mobilisation de l'été 1914 arriva, Antoine fut mobilisé deux jours après, il perdit une jambe et fut gazé à la moutarde. Le Marquis partit comme simple soldat. N'ayant plus aucun projet, il mourut « à l'ennemi », au champ d'honneur comme il est coutume de dire, et c'est ainsi que la branche familiale de Chalais prend fin.

Sur le monument au mort devant l'église de Pillac, vous pourrez voir l'inscription du décès de Dupont du Chambon son titre de marquis n'y figure pas.

Carnet des d'Aubeterre :

1772 : Le comte Félix Bouchard d'Esparbès de Lussan d'Aubeterre naît et meurt en 1840. Avec son épouse Angélique de La Brousse de Verteillac, ils auront un fils. **Le chevalier d'Aubeterre** meurt à 92 ans après avoir remis le gouvernement de Collioure. Il décédera à Collioure. En 2012 le comte Bouchard d'Aubeterre décède à 101 ans. Ses descendants nombreux à ses côtés ; Dorothée, Guillaume, Savary, Bathilde, Martial, Blaise, Amaury, Benigne, Izabeau, Eléonor, Jeanne, Barbe, Edme, Marie, Albert, Cathérine, Augustin, Philippe, Yvan, Baptiste, Reine, Philomène… La glorieuse famille Bouchard d'Aubeterre promet une longue lignée.

Le récit des faits de guerre de tous ces descendants d'Aubeterre ayant été au service des armées du royaume de France a pu vous montrer combien grandes étaient leurs valeurs et leurs engagements militaires auprès des rois.

Sans perdre leur âme au diable du pouvoir. La souche des Bouchard d'Aubeterre s'étend à Ohio et dans le Maine aux États-Unis. Au canada 42 000 Bouchard la 5e plus grande famille du Québec. Les 8 premiers pionniers Bouchard dont un mariage Bouchard d'Aubeterre ont laissé une nombreuse descendance. 750 ans dans le château des d'Aubeterre sans jamais perdre le nom d'Aubeterre malgré les mariages de Castillon, de Raymond, Achard de Verac, Bouchard, d'Esparbès de Lussan de La Serre de Jonzac.

Les successions furent tellement houleuses avec les héritiers de plusieurs lits qu'il fallut vendre le château. Le coup fatal est porté par Henri Joseph Bouchard d'Esparbès de Lussan marquis de Jonzac vicomte d'Aubeterre marié deux fois et sans héritier.

Les membres de la famille s'éparpillèrent dans tout le pays, faisant des mariages avec de nobles familles.

Chapitre 23
La vente du château 1784

Le marquis Bouchard d'Esparbès de Lussan d'Aubeterre vend son château à un seigneur, **le chevalier Bourbon-Conti**. En ce temps-là les biens du château s'étendent sur 19 paroisses et 40 fiefs. Ce grand, fils du Prince de la cour a été encouragé par le roi, son cousin pour l'achat de ce bien. De plus, les conseils sont de valeur puisqu'il a pour épouse l'arrière-petite-nièce de Mazarin.

Le château d'Aubeterre est acheté par le chevalier de Bourbon – Conti fort riche qui a épousé Louise dite Mademoiselle de Blois, la fille naturelle et très aimée du roi Louis XIV.

Fille aînée des trois enfants que le roi a eus avec sa première courtisane madame de La Vallière. Au décès de la reine, madame de la Vallière écœurée que le roi ne l'épouse entrera dans un couvent de carmélites où cette femme de lettres va écrire sous le nom de sœur Louise de la Miséricorde. Elle confiera les trois enfants du roi à la sœur de celui-ci madame Élisabeth d'Orléans.

Les premiers temps voient se dérouler des fêtes où s'affiche la plus haute noblesse alors en vue. Certains nobles locaux tentent d'acheter des œuvres du château, **mais le chevalier est un collectionneur**, il va tout faire démonter, arracher les linteaux, les armoireries, les portes.

Son fils Louis Armand II Comte de la Marche, a racheté aussi les titres des castillons (comte de La Marche) mais vend toutes les terres, et les manses.

Louis Armand II Bourbon-Conti est le plus important collectionneur d'art de la seconde moitié du XVIIIe siècle, il a dévalisé tous le château Bouchard d'Aubeterre.

Il épouse Diane d'Orléans.

Leur fils :

Louis François de Bourbon-Conti monnaye tout ce qu'il possède en France des collections et biens de son père. Fier et ambitieux on le dit « propre à tout et propre à rien ». Il épouse sa cousine Bourbon-Condé, ils n'auront pas d'enfant. Le couple va fuir la révolution et s'exiler en Espagne.

Les tombereaux ne cessent d'aller et de venir, la population pénètre fortuitement dans le château et profite de l'aubaine pour se servir gratuitement au profit des maisons du voisinage. Certains le font la nuit, ce qui mène à des situations cocasses. Le meunier veut embellir sa demeure et fait desceller des grosses pierres d'angles bien taillées. Il fait charger son butin, mais ne peut tout mettre, alors il reviendra le lendemain matin au plus tôt. Manque de chance, les pierres ont déjà disparu dans la nuit. Il les reconnaîtra quelque temps plus tard sur le fronton d'un château voisin bien connu qui se targue de sa nouvelle galerie de promenade.

C'est l'affliction d'un pillage total et désordonné.

Enfin en 1793 le château devient bien national. Il est transformé en grenier à grain sur la place d'arme où quelques pièces ont pu être préservées. L'église saint-Sauveur est devenue Saint Jean, désormais un cimetière, une décharge, mais aussi un lieu de collecte de salpêtre pour faire les munitions pour la guerre. Ô scandale ! Plusieurs ouvriers sont embauchés et cassent la croûte installés sur les tombes des anciens seigneurs. L'été, la fraîcheur de la basilique souterraine est bienvenue pour ces hommes heureux de travailler au frais.

Au frais aussi sont les prisonniers enfermés dans les souterrains car ceux-ci ont été transformés en prison. Les gardes se tiennent aux entrées. Ils ont à distribuer la pitance aux prisonniers, et veillent petitement à un semblant d'hygiène. Ils prennent leur temps. Rien ne les presse. Les odeurs sont pénibles, parfois pestilentielles et le noir total dans tous ces boyaux de craie. Plusieurs jours durant ils portent à manger à Letordu, Petit, Ventre à choux, Fontaine et Lerue. Les surveillants vont mettre un certain temps avant de s'apercevoir que ces derniers, avec la complicité d'un autre détenu, pépé ; se sont fait la malle en creusant un passage dans le tuffeau à l'aide de leur cuiller pour s'enfuir dans la campagne et rapidement rejoindre les bois. Peu fiers, les surveillants vont les déclarer décédés de maux de ventre.

C'est le plus âgé qui a permis aux évadés d'éviter les soupçons d'évasion en mangeant toute la nourriture apportée. Pépé se porte très bien, mais de peur qu'il raconte la vérité, que la ruse soit dévoilée et que l'incurie des surveillants soit découverte, il finira étranglé.

– 1789 La révolution jusqu'à *la terreur* en 1793

Le seigneur de Bonnes, qui appartenait au régiment Aubeterre-Infanterie succédant à Bouchard qui lui, avait appartenu au régiment Aubeterre-Cavalerie, celui de Palluaud, sont pourchassés, et doivent se sauver en Gironde pour ne pas être arrêtés et tués. Ils abandonnent lâchement leurs soldats qui s'éparpillent dans la campagne, jetant leurs vêtements trop reconnaissables.

Le château d'Aubeterre est forcé très facilement, car il n'y a plus d'habitant. Les surveillants se sont enfuis en entendant la meute de révoltés passer par le menu toutes les pièces, pillant ce qu'ils peuvent encore emporter, cassant ce qui peut représenter la noblesse, notamment les blasons, vandalisant la chapelle et mettant le feu au retable. Les révoltés libèrent tous les prisonniers qui leur sautent dans les bras, et se joignent à eux laissant exploser leur violence en se vengeant de nouveau sur les édifices religieux. Les statues sont fracassées à Saint-Jacques, les porches sont étêtés, les vitraux sont cassés et les signes religieux brûlés. Puis toute l'église Saint-Jacques s'embrase, et les belligérants sont ivres de joie. La révolution doit tout effacer de l'autorité, qu'elle soit royale ou religieuse. Les habitants dont certains suivent désormais ce qui est écrit dans les journaux lisent avec avidité ce qui se déroule à Paris. Mais ils sont surtout sous l'influence des Girondins qui viennent de Bordeaux afin de rameuter la population d'Aubeterre.

La guillotine est fêtée, lorsque le roi Louis XVI est décapité. Tous arrosent au vin de Belair le docteur Guillotin inventeur de cette merveilleuse machine à *raccourcir* la noblesse. À chaque charrette d'exécution, les Aubterriens trinquent largement en entendant les noms proclamés par Dubus, membre du parti des Girondins qui clame la liste des têtes coupées.

Toutes les congrégations religieuses se tiennent bien closes et silencieuses. Plus de cloches, ni d'offices. Elles ne subiront que quelques départs de feu à leur porte de la part de ceux qui y ont été éduqués sévèrement à coups de triques et de repas supprimés, de cachots et d'humiliations.

Chapitre 24
Jusqu'à aujourd'hui

Le **marquis de Lafayette** s'expatrie de 1792 à 1800. Il fut comme **Ludovic Trarieux** à Aubeterre quelque 100 ans plus tard, l'un de ceux qui inscrivirent l**es droits de l'homme et dénoncèrent l'esclavage.**

La suite s'engage avec **Napoléon Bonaparte** né à Ajaccio en 1769. Ce fut le Directoire en 1799 puis le Consulat. Devenu Napoléon 1er, il réorganise la France (Code civil), les Universités, la Banque de France et bien d'autres grandes décisions positives pour le Pays. Les guerres l'affaibliront, la campagne de Russie l'anéantira.

Après une rivière de sang et de têtes coupées dans toute la noblesse de France, arrive une période de **RESTAURATION 1**.

Le roi Louis XVIII est né à Versailles 1755
Petit-fils de Louis XV
Il règne de 1814 à 1824 (10 ans)
Grâce à Talleyrand et au Périgord, il regagne Paris. Impotent, sans prestige personnel, mais très intelligent, il rejette tout l'héritage de la révolution et de l'empire, abandonnant la dynastie des Bourbons.

RESTAURATION 2 (6 ans)

Le roi Charles X né en 1757 roi de 1824 à 1830 décède en 1836 petit-fils de Louis XV, frère de Louis XVI et de Louis XVIII, c'est un Roi impopulaire. La suppression de la liberté de la presse provoque la révolution de 1830. Charles X abdique et meurt en exil en juin, à l'âge de 79 ans.

Le roi Louis Philippe Ier. Né en 1773 roi de 1830 à 1848 meurt en 1850.

Fils de Louis Philippe d'Orléans, duc de Chartres aux idées libérales. Les « affaires » financières de la crise de 1846-1847 l'entraînent dans la révolution de 1848. Le roi abdique en faveur de son petit-fils **le comte de Paris**.

La population d'Aubeterre s'est entretuée lors des guerres de religions, et les patrimoines seigneuriaux ou religieux ont été détruits ou saccagés durant la Révolution. Jamais la population ne reviendra au seuil d'avant la révolution. Population avant la révolution : 680 personnes habitaient à Aubeterre-sur-Dronne, moins de 300 maintenant.

La basilique souterraine est devenue un cimetière, une décharge publique, et les hommes se servent du salpêtre pour les besoins des cartouches. De plus, les animaux sont parqués dans la grande salle qui sert d'étable, de remise, d'aire de jeux pour les enfants. Plus d'un siècle va s'écouler dans l'oubli de ce joyau.

La ville haute devient bourgeoise, la ville basse demeure commerçante et laborieuse. Mais Aubeterre s'endort.

Madame Moulinier au XXe siècle va acheter les ruines et tenter de sauver ce qui peut l'être encore, mais c'est un puits sans fond financièrement, et l'âge aidant elle se sépare du château en le vendant à **un Britannique** qui en fait en **1970** une luxueuse résidence où il y vit et travaille.

En **1973, les monuments historiques** classent la poterne, le logis et la chapelle dans les vestiges de l'enceinte du château.

En **1975, Roger Vivier**, prestigieux styliste et amateur d'art reçoit des stars comme Dalida « amie » de François Mitterand. Beaucoup de beau monde, et il accroche des œuvres de grands prix, César, Hartung, Poliakoff, Atlan. Passionné d'Afrique, il réunit de nombreuses œuvres de l'art primitif Africain mais aussi des pièces uniques et un mobilier magnifique.

Actuellement le château est privé et malheureusement on ne peut le visiter.

Chapitre 25
Des personnages célèbres :

Ludovic Trarieux :

Né dans la maison bourgeoise, devenue le café de la place d'Aubeterre où fut tourné dernièrement un feuilleton télévisuel, avocat à 21 ans il exerce au barreau de Bordeaux, devient bâtonnier à 37 ans.

Conseiller municipal de Bordeaux, il devient député de la Gironde à l'assemblée nationale, dans le groupe de la gauche républicaine. Battu en 1881, il reprend sa carrière au barreau de Paris. Il devient Sénateur de la Gironde 7 ans plus tard (et y siège jusqu'à sa mort).

Ministre de la justice en 1885, garde des Sceaux, il fit voter plusieurs lois pour trouver un équilibre entre la défense des condamnés et la réparation d'erreurs judiciaires notamment dans les conseils de guerre. Par contre il ne fera rien pour contribuer à l'évolution des syndicats et la condition paysanne ne l'intéresse pas.

Il se trouva confronté à « **l'affaire Dreyfus** » condamné à huis clos avec des pièces secrètes qui seront plus tard révélées fausses, et comme nous le savons maintenant la défense n'a pas eu les bons éléments en main.

Ludovic Trarieux révéla les dissemblances entre les écritures qui fondaient la culpabilité de Dreyfus. Il dénichera également « une monstruosité » communiquée au Conseil de guerre à l'insu de la défense. C'est ainsi que Ludovic Trarieux part de la Chancellerie pour innocenter le capitaine Dreyfus. Il dénonce « un simulacre » de justice, en interpellant :

« **Est-il vrai que**… ? » il fut au cœur même du combat pour prouver son innocence.

Émile Zola publie dans l'Aurore, le journal de Clémenceau, un article intitulé « ***J'accuse***… » lettre ouverte au président de la République. Émile Zola est condamné à la Cour d'assises pour diffamation. C'est Ludovic Trarieux qui assurera sa défense.

Ludovic Trarieux, va alors créer ***la ligue française pour la Défense des droits de l'homme et du citoyen en 1898*** à Paris, dont il sera le Président avec des milliers d'adhérents.

Jean Jaurès dira de lui lors d'un procès : « C'est la plus haute manifestation d'indignation passionnée, tout ce qu'une âme vraiment humaine peut contenir de fraternel ».

Ludovic Trarieux prend alors une stature internationale. Il va s'opposer au Tsar de Russie en soutien au peuple Finlandais qui lutte pour ses libertés.

La même année, la Ligue s'élève contre les massacres turcs en Arménie. Il collecte des fonds pour venir en aide aux juifs de Roumanie.

Il ne retient pas son indignation lorsqu'il apprend que certains chefs militaires continuent de pratiquer l'esclavage.

Ludovic Trarieux épuisé et malade ne connaîtra pas la réhabilitation du capitaine Dreyfus le 12 juillet 1906.

Ludovic Trarieux meurt en 1904, critiqué par les milieux de gauche qui le trouvent trop à droite pour les syndicats, et inversement, en réponse à ses combats du droit de l'homme et du citoyen, il lui sera faussement reproché d'être protestant, puis franc-maçon, puis on allégua qu'il était hostile à l'armée ; alors qu'en fait il respectait les diverses obédiences tout en étant fidèle à lui-même tout au long de sa vie.

Il faudra 80 ans pour que Robert Badinter, Jacques Chaban Delmas, Roland Dumas inaugurent le buste de Ludovic Trarieux, un monument à sa mémoire construit grâce à la cagnotte des avocats à Bordeaux.

SonbustetrônesurlaplaceLudovicTrarieuxàAubeterre-sur-Dronne.

François Mitterrand dont les grands-parents viennent de la commune d'à côté, à Nabinaud, et sont enterrés dans le petit cimetière autour de l'église Romane. Il contribua à donner un sérieux réveil à Aubeterre en modernisant le parvis et en donnant un rayonnement national à la belle endormie.

Il n'était pas rare de croiser l'homme politique au détour d'une de ses promenades dans les bois de son enfance. Grand amoureux des arbres et du silence, il aimait venir retrouver les parfums terreux de son enfance et caresser l'écorce des chênes. Longtemps il hésita pour se faire enterrer à Nabinaud auprès de ses grands-parents au pied de l'église du village.

Dans son bureau à l'Élysée est posée la photo de l'église de Nabinaud. Il y servit comme enfant de chœur, avec le prêtre appelé « le cardinal ». Ce prêtre avait une grande influence sociale en créant une usine à Roumazières une coopérative où les ouvriers étaient beaucoup mieux considérés. Les riches patrons de l'autre usine demandèrent à l'évêque qu'il soit sanctionné. Pour le punir, l'évêque le nomma dans la plus petite paroisse du département à Nabinaud et Laprade. François Mitterand ne manquait jamais l'occasion de venir voir l'abbé, ancien chef de réseau.

Ce prêtre résistant, demeurant à la limite de la zone libre, élevait des pigeons voyageurs pour passer les messages au maquis, et sera un modèle pour François Mitterand, l'incitant à entrer dans la lutte contre l'envahisseur. Une anecdote révélant que ce modèle a peut-être eu de l'influence sur ses décisions.

François Mitterand alors Président de la République, se rend dans la maison de son enfance, habitée par une femme âgée et lui propose de racheter sa maison familiale. La dame âgée, mais encore alerte, le mit à la porte à coups de balai :

« *C'est pas parce que tu es Président de la république que tu peux tout avoir ! File…* » et elle lui claque la porte au nez son balai à la main. Quand on connaît la personnalité de Monsieur François Mitterand, il a dû se demander s'il ne rêvait pas qu'on ose le traiter ainsi.

Il était très ami avec ***Paulette Merval et Marcel Merkés***, couple de chanteurs d'opérettes qui s'étaient connus jeunes ; lui ouvrier boucher sur la place Trarieux d'Aubeterre, elle à la caisse de la boucherie avant de faire leur brillante carrière à l'opéra de Bordeaux, puis dans toute la France comme chanteurs d'opérette. Leur domaine de Baisevigne appartient désormais à leur fils Alain. Je lui ai même vendu des espadrilles à Saint-Antoine dans le magasin de ma tante Josette qui tenait son magasin de l'époque à Saint-Antoine de Cumond.

Chapitre 26
Vous cherchez des prénoms originaux médiévaux ?

Julie	Arnaud	Florimond	Adélaïs	Milon
Charles	Murielle	Jacquet	Valence	Berthe
Louis	Hélie	Abel	Rotrou	Gosbert
François	Florent	Idelette	Adhémar	Thibaut
Henri	Florence	Huberte	Sarah	Narjot
Jean	Astier	Hubert	Eustorge	Renard
Pierre	Airard	Heliette	Emma	Aimon
Robert	Gui	Ayène	Théophanie	Luce
Isabelle	Itier	Talésie	Ebles	Lucie
Gabrielle	Guître	Mahaut	Sibilla	Daniel
Laurensanne	Agathe	Méru	Maubergeonne	Nicolas
Antoinette	Apoline	Clémence	Eustrogie	Julienne
Clérembaud	Eve	Gottschalk	Alpaïs	Lancelin
Anne	Amable	Simon	Aldoine	Judith
Marie	Just	Arnulphe	Odilon	Aspaë
Gabriel	Justin	Peyre	Orengarde	Humber
Suzanne	Justine	Yolande	Wulgrin	Aénor
Théodore	Raoul	Aimée	Pétronilla	Giraud
Catherine	Blaise	Berenguela	Richilde	Fossifia
Jeannot	Gaston	Odeline	Amédée	Damète
Isabeau	Amaury	Hildiarde	Gérard	Olivier
Guy	Magdeleine	Humbeline	Maurette	Arnaud
Philippa	Thérèse	Anseau	Aymon	Clotilde
Philippe	Claire	Hélissende	Abbon	Agnès
Marguerite	Bathilde	Ansério	Berlay	Amélie

Guillaume	Marthe	Jacques	Graécia	Catherine
Guilhem	Françoise	Channe	Florence	Anne
Amélia	Blanche	Dreux	Briant	Marie
Alaaz	Augusta	Ermengarde	Richilde	Jean
Raymond	Eustache	Bure	Edeline	André
Alausie	Emery	Eustache	Ursion	Bernard
Geoffroy	Elisabeth	Jacquelin	Grécie	Gauvain
Foulques	Evrard	Alexios	Anna	Françon
Léon	Basilise	Jadaros	Rusudan	Audéarde
Vitapoy	Josias	Garcia	Maud	Hersende
Amanieu	Jeanne	Arnold	Folmar	Aénor
Agnès	Emelina	Mechthild	Gilles	Sébran
Aimeric	Emeline	Héribrand	Ida	Aimeri
Aimon	Hypolyte	Bérengère	Adelheid	Germasie
Airard	Olivier	Valeran	Adolf	Mathilde
Alaas	Bertrand	Margareta	Gertrude	Rudel
Grimoard	Raimond	Ebles	Aubry	Conan
Ermessenz-f-	Gérald	Gilbert	Gisèle	Sarrasine
Adacius	Malvin	Réginald	Valéry	Helvide
Audoin	Nicolette	Pernelle	Mathieu	Amédèe
Alairia	Nicole	Alice	Guigues	Fernando
Ama	Hugues	Béatrice	Rostaing	Jeanne
Bernard	Rainurde	Rosine	Sibyl	Marguerite
Arnaud	Wulfnilde	Baudoin	Iolante	Lucas
Murielle	Konstantinos	Ide	Ermesinde	Helvis
Francine	Guillaume	Clarembaud	Irène	Ade
Rose	Léa	Philippe	Adrien	Érard
Hélie	Théodora	Adèle	Uta	Peronelle
Gilduin	Cécilie	Gestin	Geslin	Fleury
Josselin	Enoguen	Adeline	Roger	Jobert
Simon	Sophie	Alba	Almodis	Helvide
Milès	Richard	Ulrich	Alice	Aveline
Hamelin	Aèlis	Gaucher	Manassè	Gombaud

Juhel
Sulpice
Havise
Ximena
Amélie
Teuto
Tcheletis
Gerberge
Galeran
Dalmatie
Adèle
Elise
Eirene
Thomas
Cadelon
Reanud
Luce
Aymar
Bozon
Étienne
Mila
Hildéarde
Walter
Liziard
Avicai
Alain
Amelina
Humberge
Berta
Aymery
Béatrix
Alix
Godfried
Archambaud
Hedwige
Aliènor
Guichard
Gillette
Pétronille
Almodie
Aénor
Emma
Constance
Aldoindie
Typhanie
Rivoille
Enguerrand
Mabile
Actilde
Melisende
Arengarde
Alsinde
Gerbert
Guda
Albéric
André
Friedrich
Alphonse
Paven
Brunichilde
Sénegonde
Aymar
Ermessende
Eustachie
Francon
Adalaîs
Savary
Pépin
Ada
Adalbert
Jourdain
Rothberge
Eon
Boson
Déodat
Ameil
Adélaide
Béatrix
Isaakios
Garsinde
Gelduin
Adhémar
Angeliaume
Emperia
Bonifacio
Déodat
Aldéarde
Reine
Anséric
Dameron
Clérembaud
Héloïse
Hardoin
Garsire
Amboise
Maurice
Tiphaine
Ludwig
Othon
Ameil
Alayde
Godfried
Gonthier
Ramerupt
Joan
Eléonore
Laurence
Reinier
Hervé
Ithier

Table des matières

Imprimé en France
ISBN 979-10-423-0965-7
Dépôt légal : 2e trimestre 2025